本书为海南省教育厅教育教学改革项目（HNJG2014-48）及海南热带海洋学院“写作学课程群教学团队”实践教学成果

# 青春拥抱大海

## 海南热带海洋学院人文学院学生文学作品选萃

智宇晖　郭　敏　郑力乔　主编

文字间跳动着一颗颗善良的心灵，映照着一张一张充满阳光的脸庞，年轻而富于朝气，温情而敢于担当，使生活在嘈杂世界中的我们警醒、轻叹、莞尔……

光明日报出版社

**图书在版编目（CIP）数据**

青春拥抱大海：海南热带海洋学院人文学院学生文学作品选萃 / 智宇晖，郭敏，郑力乔主编. -- 北京：光明日报出版社，2016.9

ISBN 978-7-5194-2019-2

Ⅰ.①青… Ⅱ.①智…②郭…③郑… Ⅲ.①散文集—中国—当代 Ⅳ.①I267

中国版本图书馆 CIP 数据核字（2016）第 230664 号

**青春拥抱大海：海南热带海洋学院人文学院学生文学作品选萃**

主　　编：智宇晖　郭　敏　郑力乔

责任编辑：朱　然　　责任校对：赵鸣鸣

封面设计：中联学林　　责任印制：曹　净

出版发行：光明日报出版社

地　　址：北京市东城区珠市口东大街 5 号，100062

电　　话：010-67078251（咨询），67078870（发行），67019571（邮购）

传　　真：010-67078227，67078255

网　　址：http：//book. gmw. cn

E - mail：gmcbs@ gmw. cn　zhuran@ gmw. cn

法律顾问：北京德恒律师事务所龚柳方律师

印　　刷：北京天正元印务有限公司

装　　订：北京天正元印务有限公司

本书如有破损、缺页、装订错误，请与本社联系调换

开　　本：710×1000　1/16

字　　数：331 千字　　印　　张：19

版　　次：2017 年 1 月第 1 版　　印　　次：2017 年 1 月第 1 次印刷

书　　号：ISBN 978-7-5194-2019-2

定　　价：57.00 元

# 本书编委会

**编　著：** 海南热带海洋学院人文学院

**主　编：** 智宇晖　郑力乔　郭　敏

**副主编：** 陈智慧

**编委会：** 郑力乔　智宇晖　陈智慧
郭　敏　段　莲　郑文浩

# 南方之南的青春诉说

杜光辉

丙申年初春,淫雨,阴冷,不宜外出。拉上雨做的窗帘,书房浸洇出幽静的诗意,适读书。恰好海南热带海洋学院人文学院送来一部书稿,读,再读,字里行间浮现出无数充满青春阳光的脸靥,在充满春雨韵味的时节,我们围坐一起,推心置腹,侃侃而谈,理想、抱负、忧虑、迷茫、同情、怜悯、初恋、友谊、亲情、生活、渴望、憧憬、读书,尽管还欠深刻、欠高远,但丝毫不欠纯净、真挚。

大学生,二十岁,生命历程中最尴尬最重要的年龄段。书中有段对年龄段的描写非常准确:"自命清高而一无所有,充满理想而过于幻想,涉世不深而自谓看透一切,长大而未成熟,这些简单的词语,不正说明了二十岁或深或浅的尴尬?"(邱小妹《二十岁,一个尴尬的年龄》)。

大学生活,必须经历很多第一次:"第一次离家,第一次独立,第一次住宿舍……离家那么久,十分想家,常常躲在被窝里哭泣"(黄晶晶《走进大学》)。

还有文章怀恋小学、中学的生活,怀疑、不适应大学生活的"自由"、"独立"。又必须适应全新的生活。这个过程如春蚕蜕茧,痛苦、怀恋,挣扎。雏鹰长到一定的时候,必然要冲出窝巢,飞向蓝天。第一次伸展的翅膀,肯定孱弱、无力,但这是搏击长空的必然过程。当代大学生认识到迷茫是这个年龄段的必然,必须冲出去,而且有能力冲出去。"我不希望整天笼罩在愁云惨雾里,祝愿我的朋友和我能够明朗的成长,能够坦荡的生活。"(杨雪源《惟愿不为庸人不自忧》)

我们听到了走向成熟的声音:"很多事,很多人,当我们年轻的时候不懂得,当我们懂得的时候却不再年轻"(陈秀清《评语》)

大自然创造了南中国海,南中国海缔造了美丽三亚,三亚建造了海南热带海洋学院,迎来了青春学子。过去的二十世纪至今,是人类对大自然索取最残酷的时期,地球生态遭受从未有过的破坏。南中国海、海南、三亚,也不例外。世界各地的有识之士，不断地发出保护生态，保护自然的强力呼吁。在这部书稿里，我们看到了当代大学生对地球生态的深深忧虑，急切呼吁，还有保护生态的举措、担当。

“沙滩上满是生活垃圾，时而闻到一股难闻的气味，脚下的沙子不再柔软了，颗粒很大，防护林不见了，只留下被砍伐后的木桩；仙人掌不见了，所有的一切都不见了……看到的却是一片浑浊不清的水。脚突然陷下去，抬起脚一看，一团黑漆漆的淤泥令我恶心……”（陈焕保《昔日美丽的海滩》）。

他们痛心大海被污染，向世人发出大海哭泣的警告：“海浪在咆哮，在嘶吼。我闭上眼睛，听，那是海哭的声音。”（王欣怡《听，海哭的声音》）

他们并没有将保护生态停留在谴责、呼吁的层面上，我们看到了他们对保护生态的赞扬，看到他们和当代环保人士的行动。“……他划动着小木船，不时地停下来伸出一根长杆，然后收回……这样枯燥的动作不知重复了多久……才看到这只小船向岸边驶来，待他走近，我才看清他掂的袋子装满了垃圾。”

“那些人走后，又来了一些人，再在海里捞着一些东西，沙滩上的垃圾也被捡走了。”（庞三妹《消失的爱人》）

《青春拥抱大海》收集了105篇作品，31篇是关注生态环保的文章，所占比例足以证明，环保意识已经深刻地影响了一代大学生的心理结构。并将通过他们传输给周围的人，影响我们整个民族，影响我们民族的文化结构。

在《青春拥抱大海》这部书里，我们读到了当代大学生对传统优秀文化的认同及践行。看到她们冒着生命危险，在台风中营救小动物的行动，令人敬佩：“轰隆隆——打了个响雷……它又扑棱起双翅，但这次它没有猛烈地扑打翅膀，倒是坚定地向上冲。它又扑了一下翅膀，终于冲过了那高不可攀的石岸。它拖着疲惫的身体缓慢地降落在我脚边。我赶紧脱下外套，小心翼翼地将它捧起，贴在我怀里……”（李雪雪《台风》）。

另一篇文章里，我们还读到她们对小动物的同情、关爱。杨雪源在《七月十五》中描写了一只有情有义名叫花子的小狗，主人去世后，三天没有进食。市场经济残酷地摧残着人与人之间的关爱、友善、互助、同情，她的目光聚焦在一只小狗身上，通过宣扬这只小狗的忠诚、忠心、情义，呼唤仁宅爱心的回归。

孝悌，民族优秀传统文化的主要部分，百德孝为先。读到一个女孩子在进入海南热带海洋学院的时候，带着父母去看海的欣喜，还有遗憾，妹妹没有来三亚看海。“我将捡到的贝壳洗干净让父母带给妹妹。我没办法让她看到海，但我可以让她看到海里的贝壳，我亲身拣的贝壳……我以后请她到海南看海，然后一起奔跑在晴空下的海滩上，一起弯腰拣贝壳，一起雀跃欢呼……”读到这里，一个女孩子对父母、妹妹的亲情，跃然纸上，令人动容。

南方之南的思考，诉说，写作，展示思想，是种高贵的享受。

在雨做窗帘的日子，一个人，一杯茶，一本书，静静阅读，倾听青春诉说，吸取他们的思想，对话交流，更是惬意的享受，何乐不为?

此文是我和青年朋友的交流，为序。

2016 年 3 月 18 日

杜光辉　海南作家协会副主席、海南热带海洋学院海南省文学研究基地主任、教授。

有 5 部长篇小说出版:《大车帮》《可可西里狼》《涌动的浆糊》《闯海南》《大高原》;1 部散文集《浪迹巴山》出版、发表中篇小说 64 部、短篇小说 37 部，约 800 万字。曾获《中篇小说选刊》2000 – 2001 年“优秀中篇小说奖”“上海长中篇优秀作品大奖”“全国首届环境文学优秀作品奖”“辽宁省期刊优秀作品奖”“全国铁路文学奖”“海南双年文学奖”等 23 次文学创作奖、中篇小说《陈皮理气》入选 2008 年中国小说排行榜;短篇小说《洗车场》入选 2009 年中国小说排行榜，长篇小说《大车帮》入选 2012 年中国小说排行榜。

# 目　录
CONTENTS

# 01

# 青春思绪

# 二十岁，一个尴尬的年龄

邱小妹*

二十岁，你拥有了什么？

青春？终究会成为回忆。知识？太浅薄了。美貌？换来的更多的是虚伪的感情与利益。时间？这样想的人差不多都在挥霍时间。爱情？那是一辈子的事，现在拥有的真实吗？除了父母给的，还有什么值得我们去骄傲、炫耀？在别人面前我们什么都不是，这很现实。不要以为自己有多么了不起，在社会中，你连棵草都不是。清高，抵得上一份工作吗？能让你吃好、喝好、住好吗？不要以为端盘子洗碗、站超市、打扫卫生天生就不是你干的事，不要以为你天生就是拯救世界的料，日子是过出来的，不是想出来的。二十岁了，该现实点了，放下清高的架子，折断幻想的翅膀，才会走得更精彩！

二十岁，一个一无所有却自命清高的年龄。当我们吃父母的、喝父母的、花父母的血汗时，却还在为自己所谓的面子大摆宴席、招朋待友，为哥们儿的生日礼物不惜重金，为取悦男（女）朋友挖空心思地为此掏空腰包，试问，都花了二十年了，有你自己赚的钱吗？

二十岁，一个充满理想却过于富于幻想的年龄。成功是经历了比别人更多的努力、付出、毅力、痛苦与艰辛后得到的，不是能幻想出来的。即使天上有掉陷饼的事，也不会砸到整天幻想的人。

二十岁，一个涉世不深却自谓看透一切的年龄。我们常常讽刺社会的肮脏、丑陋、腐败，自以为很纯洁，就浅薄地说出活在这样的世界很无奈的话。热爱生命，不单只是处在大学的象牙塔中才说出这样的话，而是当我们经历了社会的各

---

* 作者简介：邱小妹，海南屯昌人，海南热带海洋学院人文学院汉语言文学专业 2014 级本科生。

种不纯洁时也要能说出这样的话。二十岁，在大学中你看到的，连社会中的一个角都抵不上。要想真正地看透人生，等你闭眼的那一刻才是真正的看透，但只有好好活着才有看破红尘的一天。

二十岁，一个美好却又短暂的年龄，是你精力最充沛、心灵最美好的季节，不要把它浪费在赚人眼泪的偶像剧中，因为你永远不会成为其中的女主角。不要梦想着一见钟情遇到你的白马王子，因为这样的可能性比地球明天就毁灭的可能性还小。有时间那就背起行囊出去走走吧，二十岁你看到的一切绝对和你以后在公司筹划的旅游中看到的不一样，看看外面的世界，也别只是例行公事般把其装到相册中，那是要装进心里才行。要把眼球从电脑上挪开些，外面的世界更精彩，亲眼看到和在网上浏览是两码事。“宅人”的生活会让人丧失生存的价值，趁现在多出去看看，好给以后老了走不动了留下回忆的东西。

二十岁，一个简单却又复杂的年龄。不要过多地纠缠于过去的事，记住，真正的忘记不需要刻意。无论是多么难以忘记的感情，不属于你了就不要使劲去强掰回来，一切只因强扭的瓜不甜。二十岁，不一定要活得精彩，但千万要活得有自尊。尊严不值得为单纯的感情买单！到了二十岁，就该要找到除了爱情能使你双脚坚强地站立在这个大地上的东西！

二十岁，一个长大却没成熟的年龄。这个时间，除了父母，没人认为你还只是一个孩子，没人会迁就你的错误，学会承担一切，你才会发现那比一味地逃避强得多！

二十岁，需要用心去成长！

**评语：**正如同作者所说的，二十岁是一个尴尬的年纪，我们既没有真正独立，还在倚靠着父母而生存，也没有真正踏足社会，了解那些我们所不知道的是是非非。二十岁，作者作了定义：自命清高而一无所有，充满理想而过于幻想，涉世不深而自谓看透一切，美好而短暂，简单而复杂，长大而未成熟，这些矛盾的词语，不正说明了二十岁那或深或浅的尴尬吗？（杨玉梅）

# 宏观人生

冉良勇*

匆匆百年,犹如时光女神指尖滑落的尘埃,那么短暂,又那么令人无可奈何。仿佛人生一世竟只是上帝的玩笑,丝毫不理会人类的种种疑惑,种种不甘。

“我是谁?”“我从哪里来?”“我要到哪里去?”这如海一般的问题,看似波澜不惊,三岁小儿都能不假思索,却又深不见底,埋葬了不知多少古今圣贤!那么,这三个问题都不能回答的我们,又有什么资格去谈人生乃至世间万物呢?

一千个读者拥有一千个哈姆雷特,面对人生,每人都有自己的信念与道路,既无成功失败,更无对与错。有的,似乎只是曾经与现在。那么,我们苦苦追求的名利佳人,是否犹如浮云一般,迷人却又无法被掌控!即使南柯一梦,也会喟叹人外有人、天外有天。上至宇宙万物,下至夸克分子,在这一沙一世界的不同阶层之中,我们不过是苦苦挣扎,谁又会去想一个细胞的人生、一个细胞的意义呢?

回首过去,我们的生活令古人惊羡;展望未来,美好蓝图令我们悠然向往。但是古今未来又有何区别?普通人仍旧碌碌无为,伟人依旧独领风骚,既无古今穿越,又无未来使者,我们凭什么叹息古人的不幸,又为何羡慕未来的时光?凭什么,去定义现在自我人生的意义?须知,这是最好的时代,也是最坏的时代,适用于任何时代。

时代的巨轮以不可抗拒之势精准前行,到底,是我们推动时代的发展,还是如绵羊一般,被驱逐着前进?若是前者,为何我们自诩上帝,剖析一切却又无法掌控一切。若是后者,你还会羡慕头羊的光彩夺目么?站在更高级别的生物眼中,或许就是我们对待蝼蚁的态度,为其惊叹,但依然俯视!

大世界角度下的我们,不值一提;小世界的我们又有什么意义?难道是为了

---

* 作者简介:冉良勇,湖北人,海南热带海洋学院人文学院汉语言文学专业2014级本科生。

天堂的阶梯？为了远离地狱的泥沼？当你渴望天堂的时候，期待那美好的一切的时候，有没有想过，天堂何尝不是更加恐怖的地狱？那里，充斥着爱与欢乐，从无罪恶与悲哀，天使天天欢唱，人们无忧无虑。这，难道不在压抑人们的本性？物极必反，在我看来，天堂不过是被糖果装饰的囚笼，欢乐过后，便只剩无尽的空虚与寂寞，当局者迷罢了……

地狱痛苦么？《神曲》之中的地狱，被无尽的负面情绪所笼罩，人人都在痛苦的挣扎。但是，时间会悄悄地抹去一切，将一切转换为另外一种形式，痛得久了，那便不再是痛，或许，只是一种名叫痛的感觉而已，既然只是人类的感觉，那又与欢乐有何区别？只因世俗的种种舆论与限制，人人苟同罢了……

宇宙万物乃至七情六欲，有形乃至无形，一切都被古人定义，我们只不过是在暴走的人群之中，身不由己地前进着，至于前进的意义，早已被我们抛之脑后。

我赤裸而来，终将赤裸而去。倘若问我人世一遭有何意义，我不知也不愿回答，因为最终随风逝去的我们，终将失去意义……

**评语：**文章思路较为清晰，作者思绪飞腾，从过去到未来，从古人到今人，从宏观到微观，从大世界到小人生，语言朴实诚挚，富于感染力。但调子有些悲观，时代在前进，未来充满希望。（徐蕊）

# 花开那年　匆匆这年

孟开朗*

但愿花开如常,你们会笑着抬头望,你们曾是我心中最安静的阳光。那些年那些事,一去不复返,叹时光易逝,感韶华难返,不悔梦归处,只恨太匆匆。

不知道从哪一天开始,我们喜欢用青春这个词,来描述我们的生活,又不知从哪一天起,我们开始在我们的青春岁月里多愁善感。如今,我们习惯一个人听着有关青春的歌,看着有关青春的电影,拾取一路上的零零碎碎。今年的夏天,我在为我的大学咬牙最后一搏,今天,坐在并不十分满意却在意料之中的大学里平静地看待过去,其实,有些事过去就没那么在意,有些路,只是有关青春的一个拐角罢了。

一直以为,青春就是一段特定的时光,一条必经的小路,一个人可以头也不回地走完这条必经之路。但是走过了一段才会发现,那些记忆里的青春是零零碎碎的画面,在这些画面里,我们走过无数拐角,遇见各色各样的人和事,我们哭过,笑过,奋斗过,失落过……当然,这一切都还没有结束,只是告了一个段落。

青春是美好的,拥有过的人都喜欢去怀念,无论是奋斗的青春,还是挥霍的青春,只要是青春,总归是有故事的。但是,青春的岁月就像人的生命一样,只是这个世界的一个小小的过往,不会永恒,我们要懂得珍惜这样的岁月,去珍藏有关它的记忆。

那年高中,是青春里一段特殊的岁月,这段岁月里包含了太多太多,充斥着酸甜苦辣,形影不离就是朋友,亲密无间就是爱情,名列前茅就是优秀。当然,最难

---

* 作者简介:孟开朗,海南三亚人,海南热带海洋学院人文学院汉语言文学专业2014级本科生。

忘的日子肯定是高三那一年,我们习惯在冬天的清晨穿越有点昏黑的寒冷,我们习惯在每一个睡意昏沉的课间倒下,我们习惯在漫无止境的试卷上奋笔疾书,我们习惯在每一个奋斗的晚上思考着我们的未来……我们喜欢冬日的暖阳,喜欢那小清新的文字……我们在每一次考试过后伤心的哭泣或是情不自禁地笑出声来,我们总是在老师的催眠曲中不知不觉地倒下……最终,我们远离这段让人既爱又恨的时光,今天,我成了一个旁观者,好像看见了曾经的自己。那一段取名叫作青春的故事开始在青春纪念册中渐渐泛黄,散发着墨迹书香……

高考结束了,漫长的暑假也过去了,原本聚在一起的人也都要奔向新的大学生活,不过我发现那些原本以为快要失去的东西一直都在身边。虽然最后的结果不是那么尽如人意,但今后的路还很长,我会慢慢地用心走完。

那场所谓的青春战役,一帮子人一起打了数年,刚开始时都信心满满,到后来士气低落,散场时早已溃不成军,只是都没有放弃,一直在相互勉励而已,默默地携手并肩走完这懵懂似金子般的流年。任时光感叹,岁月灿烂,不能改变我们在一起记忆的相互留恋,那年盛夏,赞叹年华,今年盛夏,留恋那年相逢盛夏,回忆如花,开遍记忆的所有容纳。梦三年,度去了生命中最美好年华的一部分,很高兴我还没有失去我的信仰,在混乱的世间能够与你们一起日复一日地守候一个浑浊的梦想,能够在心中构建出属于自己的天堂。

曾经的我想大学是不是很气派很美丽,是不是到处充满快乐,充满美好的地方,这一直是我的疑惑。可当我第一次进入校门时,却有了一丝失望:我的大学并不是那么漂亮,朴素而无华。但这并不重要。对于我,大学的生活依然充满了新鲜和激动。学长学姐的热情欢迎、十几天的军训,新同学的认识,社团的招新,各种活动的参加。这些都让我感到大学生活美好的一面。

高中时,会不时地憧憬着大学的生活;在大学里,就会经常地想起高中里的日子。高中时不会想到到了大学里的自己竟还会忆起当初,就算想到了或许也不知其味吧。感觉就有点像我们的军训生活,军训时都想着快点结束,毕竟熬着难受,而等到军训结束后,我相信每个人都会有那么一点点的怀念,而少数人,当然仅仅是怀念而已,所谓愿回味之而不肯忍受之。人,大都如此……

虽说大学难觅朋友,可我却有幸遇到了她们——我的舍友们,和她们在一起,我的大学多了一份感动,多了一份欢笑,也多了一丝快乐。所谓好舍友就像我们一样,可以畅谈心中的感觉彼此关心彼此照顾,时而哈哈大笑时而争得面红耳赤却不会放在心上。我想说感谢遇见你们,愿时光不老,我们不散。

转眼间,时间也到了二〇一四的尾巴,大一的第一学期也将告一段落,愿未来四年自己能够在青春的旅途中不迷茫，不彷徨，给自己一个任性的机会，让青春散发出属于自己的星光！

愿花开如常，我们一如昨日那追风的少年。

**评语**：从笔者的描写中可以深切感受到她对逝去高中生活的怀念，对现今大学生活的期待。文章最后道出了自己无论今后如何，也依然不忘初衷的心声。（陈秀卿）

# 那些年的单车

高雨萌*

“我想拥有一辆自己的单车”。从踏入小学大门的那一刻，看着高年级的同学每天白衣飘飘地从我面前飞驰而过，我就无数次地在爸爸面前念叨着这句话。那时候还没有什么炫富、拼爹的概念，只觉得能拥有一辆自行车就是值得在同学中扬眉吐气的事。干净得发亮的车杆，漆黑的车把手，在车轮上装着可以随着滚动而发光的LED灯，车前不能装篮子，这样才不会破坏车的气势……想想就觉得这是一件多么拉风的事啊。而爸爸年复一年地说着同样的话，“这次考试排全班前十就买给你。”“等明年过年的时候再说。”话是轻而易举地说出了口，可从未落实。直到我上了初一，才拥有了属于自己的第一辆单车。

但心里还是充满着喜悦，兴冲冲地去店里挑选了一辆现在看起来很普通，可当时我认为最酷的自行车。只是拿到的时候心里还是抑制不住太迟了的失落感。当我骑着车驶向校园时，心中快乐的气球仿佛快要爆炸了。那天阴沉沉的，可我觉得太阳下一秒就能从云层里钻出来向我微笑。当我紧握着被我擦得锃亮的把手进入停车棚时，我的内心一下子跌到了谷底。停车棚里满满的都是自行车，黑的、蓝的、紫的……像一道道绚烂的彩虹把我和我的自行车淹没其中。我怀着复杂的心情小心翼翼地走进过道，就像是刚踏入一个新大陆。哇，上次在店里看到需要上千元的自行车如今仿佛是王者一般摆在那儿，俯视着周围不起眼的自行车；放在角落里那辆看似不起眼的自行车竟然装了变速器；这一排应该都是比赛专用的山地车吧……我很失落，才发现自己渴望了多年的东西原来根本不值一提。但是我摸了摸漆黑的座椅，又是高兴的：有什么了不起的，我现在也拥有自己

* 作者简介：高雨萌，海南琼海人，海南热带海洋学院人文学院汉语言文学专业2014级本科生。

的自行车了呢！我把单车停在固定的位置，每天走向教室时还要从楼梯口处往外看上好几眼。虽然它淹没在众多自行车中，但我还是一眼就能认出来，它在那儿闪闪发光，迎接主人的到来。甚至我每天都要擦拭一遍，保持它的整洁如新。

很快，我拥有了自己的朋友，拥有了几个每天一起骑着自行车上学放学的“车友”。一路上载着我们的欢声笑语，大家一起比试着车技，试着两只手都松开。现在腿上的疤痕就是当年的战果。你觉得班里那个男生长得不错，我炫耀着我又拿了什么奖项，某某明星是不是又和某某明星在一起了……我们的车骑得飞快，笑声堪比悦耳的车铃。不过也不全是开心的事，有时考试没考好，大家的心情就会集体变得沉重，将单车慢慢地，慢慢地骑着，那感觉就像车胎漏气了一般，只盼望着永远也别到家。

但有趣的是，上了初中，单车不仅仅标志着代步工具了。那对正是偶像剧泛滥的年岁，而许多人的初恋也发生在那个时候。载着自己喜欢的人，穿梭在校园里，仿佛是世界上最美好的事。

白驹过隙，三年过去了。这辆单车也从最初的崭新干净变成了伤痕累累，我也步入了高中。对于单车，已经没有小时候的渴望了，但还是想换一辆，同时寓示着自己的重新开始。那时候，开始流行一种名为“死飞”的自行车。当你看到它的第一眼，一定会惊叹，自行车居然也可以做得这么漂亮。简单大方的线条，干净的纯色，也可以搭配自己喜欢的颜色，一体式的车身，简直就是自行车中的超模。但是为了它完美的线条，这种自行车有一个特点——没有刹车。要想刹车只能放慢车速把脚放在地上让它慢慢停下。就因为这样，惊险、刺激、碰撞常常伴随着我。尽管如此依然阻挡不了我追求美的渴望，我也跟父母说我想换一辆“死飞”，果然遭到了拒绝：“你看看你以前摔成什么样了现在还要买这么危险的车，而且一个学生没必要买这样花里胡哨的单车。”的确，那时的“死飞”对于一个学生来说价位偏高，但是对于穿着一样的校服，留着一样发型的我们，为了配件的不一样可是花费了不少心思。比如在鞋上做文章，在书包上做文章，还有在单车上做文章。但是我估计大多数的家长与我的父母想法是一样的，大多数学生还是和我一样换了一辆崭新但是普通的单车，学校里只有寥寥无几的人拥有“死飞”，那些人就成了众人的焦点。尤其是在上学放学人群最密集的时候，所有人都会对拥有“死飞”的人行注目礼，等人家一走便聚在一起讨论刚刚那辆漂亮的车，羡慕之情溢于言表。

而上了高中，已经不太有人载着女生飞驰在校园里，那个年代已经过去，再这么做会被大家嘲笑成“矫情”。单车，仅仅变成了少数人能展示不一样的标志。

到了高三，对于配件的心思已远不比从前。单车，能骑就行。我的单车也已经因为常年没有擦拭的缘故变得惨不忍睹。每天天还没亮就骑着单车拖着疲惫的身体驶向校园,开始着日复一日的生活,中午再顶着狠毒的太阳骑回家,遇到暴雨那更是苦不堪言,自行车也仿佛要散架了。再也没有一起骑自行车的朋友,偶尔在路上遇到同学也仅限于聊聊当天的课程和作业。那一年,自行车和我的心仿佛都蒙上了一层灰尘。而我对于单车竟由爱转恨,不断地告诉自己,马上就解放了,再忍一忍,上了大学就轻松了,就不用再骑单车了。当我出现这种想法时,既惊讶又难过,仿佛失去了一个多年的朋友。

如今,我们都熬过来了。陪我走过多年的单车放在家里的角落,无人触碰。如今漫步在大学校园里,偶尔也能看见骑自行车的人,但是对于单车,许多年前的喜悦和痛恨,如今却只有平淡。记得有部电影叫《十七岁的单车》,在这几年上映的追忆青春的电影里,也总会有这样的镜头:女主角坐在男主角单车的后座,阳光和煦,清风飞扬,两个人红着脸,不敢开口……的确,单车是每个人青春的标志,也只有叫单车,而不是自行车,才说明那些年,它的确载着我们所有的故事。

**评语:**作者的故事也是每个人的故事,真挚感人。文章以小见大,把最不起眼的单车作为青春的代名词,反而更能勾起读者的共鸣。(管欣悦)

# 醉中呓语

冉良勇

人生就像一场航行，时而风平浪静、阳光明媚，时而乌云密布、巨浪翻天。谁又知道高考之后的我们，是航行在慵懒的大学之海上，还是迎着狂风暴雨奋力拼搏？或许，对我来说，那悠闲的时光，早已磨钝了水手矫健的身手……

披星戴月的高中时代，无暇顾及窗外风景的我们，面对那朝阳、那夕落、那漫天繁星，似乎都是遥远的代名词，抽象而陌生！如今，一道道林荫小路，阳光透过树叶，留下一闪一闪耀眼的星星，那微风带来露水的清香，悠悠划过我的脸颊，使我如梦如醉。

迷人的景色，美好的时光，却渐渐麻木了那向上的心。骤然慢下来的节奏，使我如释重负，也使我彷徨，使我迷茫，仿佛是漂在海上的船只，失去了方向，失去了面临狂风暴雨的勇气。不知道危机在何方，不知道终点在何处，不知道结局会如何，只知道，某时惊醒时的我，只有那一抹空虚与恐惧。

海市蜃楼么？那又为何不让我彻底沉沦，让我在温暖的象牙塔里自欺欺人，愉快而安静地死去。这，岂不是更好？何必掀开那铁屋子，使我苦闷地面临残酷的现实，使我，不得不去寻找未来的方向！

梦中惊醒的我，告诉自己只有挥洒汗水才能收获希望，才能飞得更高，走得更远。而那梦中的余温，又在呼唤我归去，安安静静享受现在的安谧！

是去是留，摇摆的我选择了逃避，时而疯狂拼搏，时而忘我堕落。就像那片枯叶，落地之前不停地翻飞，时而向上、时而飘落……无论翻飞了多少次，终会落地，也就无人问津。而我，又是否会这样，不知所踪？

据说，少年就应该在阳光下挥洒汗水！现在的我，只是躲在阴影里的人儿吧，假装忘记了责任、目标、期望、未来……

据说，真正的勇士敢于直面惨淡的人生，敢于正视淋漓的鲜血！而我，便是生活的弱者吧,以各种滑稽而荒唐的借口,沉睡在现实的梦中……

据说,生活就是战斗!而我八尺男儿,无所畏惧地战上一场又有何妨?

哪有那么多矫情,哪有那么多言语,生活本就是一场戏,我们扮演着不同的角色。你,又哪有那么多观众?你,又哪有那么多时间?真实的自我,以七情六欲面对生活,以我去笑看世界!

忘记昨日的我,抛却明天的我,奋力追上时间的小偷,否则一不留神,它就把你最珍贵的东西偷走了。我,走吧,行动吧,抛却昨日的一切,鄙弃虚幻的未来,走向现在!

**评语:**作者真实地复现了大学生生活、学习心态的两个方向:堕落与奋进。最后,几经思过,几经挣扎之后,在心中有了答案,并且以积极的心态去迎接未来。这不仅给了自己一个坚持的理由,也给还在迷茫的同学以动力。(李蓉)

# 青　春

许思琦*

什么是青春啊？青春像一瓶可乐泛起的泡沫，似深海荡起的碧波。

我们正值青春，在奔跑中挥洒汗水，在阳光下展露笑颜，我们有纯真的眼，稚嫩的脸，是冷漠钢铁城市上的亮点。

我们正值青春，我们有大把的时间，有别人羡慕的容颜，我们敢于付出汗水与努力，对世界以忠贞。做别人之不敢做，想别人之不敢想，追求个性与理想，为了那个遥遥无期的梦，为了青春不荒唐。

我们正值青春，我们敢爱敢恨，把友情当陪伴，用爱情作滋养，然后矫情地说：我只有孤独和酒，你愿不愿意跟我走。我们执起谁的手，傻傻地说一辈子天长地久；我们捧起谁的脸，幻想并不现实的未来，我们幻想着十年后，二三好友，抽烟喝酒；二十年后，与谁共白头；三十年后，为儿孙操劳，四五十年后，我们苍颜白发，还聚在一起谈人生，看着彼此变了模样的面容，笑谈当年不羁神勇；甚至到了最后，一撮黄土掩埋了一生，黄泉路上有谁的悲泣为伴，墓碑上的黑白照片，看着鲜花枯萎零散。我们深知岁月长久，不知生命无常，所以，青春的我们总是那么快乐又洒脱。

青春的我们是脱了缰的野马，是耐不住寂寞的精灵，青春只一晌，愿君切惜之。

**评语：**这篇文章写出了青春的酸甜苦辣，写青春的友情，爱情和激情。带着青春的点点哀伤，但更多的是对未来的希冀和对美好青春的珍惜。（丁启梅）

---

* 作者简介：许思琦，辽宁人，海南热带海洋学院人文学院汉语言文学专业2014级本科生。

# 时光不老，我们不散

姜 豪*

恣意挥洒的青春，色彩斑斓的美好年华。当岁月无情地划过，内心满是惆怅。孤独的灵魂，总爱寻找“空山星雨后，天气晚来秋”的慰藉。虽在奔跑，却依旧留恋不舍。一个人行走，总会对过往的选择怀抱些许遗憾。

——题记

一米阳光传递一份温暖，黑暗中跌倒，坚强里苦笑。只是因为青春还在，所有梦想一直都在路上。当年华未曾老去，青春没有散场，留给幽暗的岁月，还有几分值得珍藏？孤独无助、伤心难过时总爱恣意挥霍愤怒。伤了、痛了原本以为就都结束了；可是心里还是不甘愿放弃，就为了一个理由，有梦想的人永不孤单。放进去了青春，走不出来的悲伤却总是给年少的我们留下了太多无法割舍的情怀。记录岁月的足迹，聆听时光的故事。然后轻浅唱出，青春嘉年华。

## 曾经年少

“越长大越怀念，年少时有多勇敢，骑单车摔多痛也笑着哭。”

“越单纯越幸福，心像开满花的树，大雨期待着有彩虹……”

一首清新婉转的旋律循环了多少遍，映托着黑夜的孤寂，徜徉在这繁星点点的微尘下，不断地在这间空荡寂寥的居室里回响，华丽辞藻的歌词一页一行地滚动在这手机的显屏上；那份属性，那点感动，勾勒出听者内心深处那一段段往事，牵引着对青春的留念。沉浮，所有的情绪压在笔尖。

总在不经意间回想起充满欢笑的童年时光。和外公外婆、弟弟妹妹们欢笑的

* 作者简介：姜豪，重庆人，海南热带海洋学院人文学院汉语言文学专业 2014 级本科生。

日子。每天早上都是在外婆的催促下极不愿意地起床,等着外婆给我扎小辫子,吃着大碗的鸡蛋面还时不时地眨巴着眼睛。如此平平淡淡,但总是充满着爱的温馨,踏着满是泥土的小道蹦蹦跳跳地奔去学校,下课了就飞一般地跑向操场,和小伙伴们一起玩着各式各样的游戏:时而踢毽子,时而跳花绳,时而丢手绢……那时候总是觉得时间好短,总也玩不够。那时总不喜欢下雨天,因为路上会有淤泥让你无法正常地行走,还会弄脏外婆洗得白白净净的鞋,总是在想:要是地上全是大个的石头该多好啊!每天拿到五毛钱的零花钱也会很开心很开心。那时候的我们很纯真,梦想也那么简单。

外公外婆出去劳作时,我和妹妹总是会屁颠屁颠地跟着他们。却总给他们添乱,记得那时候总是喜欢坐在外公挑番薯的担子里,觉得好玩就像摇摇车一样……现在想想那时候的我们真是不懂事,可是外公从来没有埋怨过我们,至今仍然记得他乐呵呵的笑脸。那是怎样慈祥而伟大的笑脸!

## 花开的时光

不经意间,完美的年华消逝在昨日,童年在我们的身后扬手而去。我们已不再是那个懵懂的少年,不再是无忧无虑把歌唱的年龄,不再有太多的光阴等着我们随手挥霍。中学时的我们为了考大学,秉烛夜战、闻鸡起舞,那段黑色的岁月每个人都会在心口留个位置,那是我们向往大学的自由。我们有共同的目标!

即使有的时候会很累:深夜的我们撑着一双疲惫的双眼在看书,寒冬的时候总是要在天朦胧的时候从温暖的被窝中起来……但因为梦想我们还是坚持了下来,那些年,愉悦的烦恼堆积在我们的心怀,也让我们彻夜未眠。迷茫中把苦涩悄然咽下,一笑到心底,笑一笑后每一天的阳光还是那么灿烂……

故事总会有,那些太多感慨于时间的无情,太多对往事的追忆,太多的太多,而今刻在了心里,也停滞在了流年里。一段无法抹去的回忆,只不过是一场烟火燃放的一瞬间,却也一辈子在脑海里兜兜转转,很是怀念那些相遇的日子,邂逅了幸福也留在了时间轨迹里。时而想起,那些曾肩并肩的日子,那些写满感动与快乐的岁月。

## 只有努力,才能看起来毫不费力

一场游戏一场梦,所有的幻想和梦想飘过的肥皂泡沫,最后都破碎在风中;那些遇到过的人,那些经历过的事情,都只是这一路上短短一瞬间的插曲而已。

大学的校园,活力与青春就是全部。在这里我学会了理论知识,我学会了实践出真知，我学会了处理许多矛盾，我学会了理解并感恩父母的辛酸伟爱……每踏出一步都是一个小小的惊喜，让我越来越觉得人生无限、永无止境。这是成长中的每一个阶梯，每一小步吧！但明白了自己在青春中挥洒泪水，一步步长大，一步步迈向我们既定的目标，这就够了！

这些年有许多事打破了我对美女的看法和对成功的认知，看上去很美的故事，都是很苦的过程，老天多么不公平，老天又是多么公平。成功的人从来不会把努力挂在嘴边，所以假象总是很轻松。学霸从来不看书；美女怎么也吃不胖；明星每晚贴两片黄瓜皮就能够永葆青春；企业家经常转大运遇见风头莫名上市；韩寒、郭敬明拥有大量的脑残粉；赵薇随便出手拍电影票房、口碑都能双丰收；那个叫老牛的胖子靠耍嘴皮子收会员费卖月饼就能成为致媒体先锋……

这个世界上若有若无的才华很多，漫不经心的敷衍很多。被现实破碎的梦想很多，对别人的美丽和成绩云淡风轻说几句漂亮话的机会很多，可是踏实的勤奋却不多。那些长得漂亮、活得漂亮、干得漂亮、想得漂亮的家伙都是狠角色，他们专注、自信、骄傲，甚至有一点偏执，对自己狠得下心，下得了手。在别人散漫的时候用功，一用若干年。巨石成山，水滴石穿都是痛苦等待和磨炼的过程。经历了冬天的荒芜、春天的播种、夏天的耕耘、秋天的收获才是顺理成章的事。

青春的我们，会有疼痛，会有泪水，会有笑容浮现。在漂泊的路上，我们时常会迷失方向，时常会捡到贝壳。时常需要一双手的引领。左手年华，右手青春。在那些消逝的日子里，一切的一切的值得回忆，哪怕，是分离。青春是短暂的，可是你知道吗？比起贝壳的生命来我们在这个世界停留的时间和空间是不是要多得多呢？我们是不是也应该好好把握自己的时间做些有意义的事呢？也许多少年后，有人会感慨：这是一颗怎样坚强而又固执的心啊！

越努力越幸运，而我用时间换天分。

**评语**：美妙的年少时光，青春的苦涩与感悟，时光总是在不经意中流逝。我想，我们也许可以把自己有限的生命无限地延长。（陈丽婷）

# 谁该为迷茫买账？

邱小妹

朦的天，灰的云，高的楼，长的路……

窗的零度，防盗网。负四十五度，马路，行人，过往车辆……

零度的世界：笼里小鸟叽叽喳喳，叫着。墙上钟表滴滴答答，走着。老式空调哒哒哒哒，运转着。如果不是这些声音振动耳朵鼓膜，恐怕会让人产生一种错觉，我失聪了。负四十五度的世界：行人大步快走，他们恨不得往自己脚上装对风火轮，恨不得自己一个顶两个用；车辆走走停停，急躁地吐着尾气，这尾气似乎代表着它对红绿灯的严重不满。如果不是这些运行着的点点，恐怕会让人产生一种错觉，我失明了。听着听到的，看着看到的，脑袋像七八十年代的老式电影播放器，咯嗒咯嗒地疯转着，以百米冲刺的速度将过往的种种画面倒带。

在这样一个状态下，世界某个角落的十几二十岁的她，在苟延残喘着。在这样一个世界里，她不慎迷失了自我，忘了自己是谁，忘了她此时在哪儿，忘了她原有的温度，原有的梦。难道她真的无感无知？难道她就这么甘心地迷茫一生，潦草地结束几十年光载？

青春期的迷茫，谁该买账？该是梦想吗？

世上也许有着大多数人，和她一样，处在一个尴尬的年纪，会迷茫、浮躁、焦虑、徘徊、甚至恐惧。面对身边的人，不知道该如何与之相处，面对周围的环境，可以说出来恶心到连自己看着餐桌上的盛宴都难以下咽，面对自己的学业，只能带着乌托邦的那些天真理论。在人生之路上一直碰壁，至于其他的，想想都觉到害怕。上大学之前，她有过许多许多梦。她曾梦想着自己站在T型台上，和一群怀揣一样梦想的女孩儿一起演绎自己设计的服装。曾梦想着带上爸爸妈妈爷爷奶奶游遍他方的每一座山川古城，想着有能力了，带着他们去想去的地方，帮他们去完成他们年轻时未完成的梦想。她不是没有想过，等工作稳定了，赚钱了，买车了,要找个适合自己的人,和他谈一场疯狂的恋爱,然后穿上最美的婚纱,走向婚姻殿堂,然后生一个健康的孩子,组建一个温暖的家庭,最后再找一处远离喧嚣城市的小镇,安安静静平平淡淡过完余年。她不是没有想过,去帮助那些真正需要帮助的人们,给他们带去正能量,带去一丝心底的温暖。

梦想,很丰腴很简单,但,现实很骨感很复杂。在你一步一步努力实现梦的过程中,你会突然厌烦了两点一线,三点一线的规律生活。会突然被各种游戏,金钱,权利等等所谓美的东西诱惑,勾走曾经做了许多美梦的灵魂。然后你开始泡网、泡游戏、泡酒吧、泡舞池、泡赌场、泡人并且像染了烟瘾,酒瘾,毒瘾一般,痛并快乐着,青春、梦想不能让你过把瘾,然后就死掉。

我们心里都很清楚,我们经历了不少,曾不顾一切追求过的,后来变得一文不值,然后会有一段时间,不知道自己是谁,不知道该做什么,不知道能不能活过所谓当下。但你有必要就此一蹶不振吗?那些成功的强者不是没有眼泪,而是他们含着眼泪向前跑。我在想,眼泪是因为有人可以依靠才会流泪,如果知道无人可靠的时候,自然也不会流了,或许就在不久后的一天,你会发现世界上那么多的人,没一个人能让你真正的依靠,剩下的也只有自己,如果连你也放弃了自己,那就真的没有谁能救你了。

梦想、青春,多么美好的词语,它们不该被迷茫拖向死亡。它们该有热情挥洒的浪漫,该有懵懂不知的笑容,该有好多好多更美的东西,它们不可以为你一时的迷茫买账,它们不该因你累累债务而被扼杀。

迷茫,谁该为它买账?我不知道!

如果可以,我想我这一生都不要遇到它!

**评语**:每个人的青春期应该是有活力和阳光的,有一位企业家曾经这样说过:“我不会用我现在的所有去换取青春期,因为只有经历过第一次才会让我的人生印象深刻,所以我选择不重来”。(王世添)

# 岁月如歌

管欣悦*

时光的斑斓年华终会在指缝一点点消失不见，一步步走来，每个片格都有美好的回忆，一幕幕永恒的瞬间，一点点溜走的昨日，都成了无法代替的片段，时光浅唱，唱出别样华年。

浅吟中，时光一直老去，蓦然回转，就像一部老电影，坐在回忆里，无声的黑白。或许，我们奔波在时光里的年华，今日种种，皆是生命中不可或缺的经历，那敲定好的旅途，纵然在这条路上孤独寂寞或伤感惆怅，但终究是我们自己无法选择的。

有时候，伫立在摩肩接踵的人流中，想，也许有一天，自己和许多的人一样，我们都会离开，纷繁的人世，属于自己的亲情、友情，还有爱情，亦是如此，在冥冥注定中依次循环着。

坐在时光一角，看云卷云散，任冷风穿过心肺，依然驻守一份初衷。踏入尘世免不了恩怨纠葛，岁月静好也难免烦躁不满，生命不是一成不变的万树繁华，还有更多的苦楚和别离。辗转红尘，时光告诉我们有许多东西挽留不住，许多风景终究会错落，许多人终究会成过客，轮回的沧桑会给我们磨平棱角，许多事情身不由己，却不能任由自己为所欲为，世间纷乱，守着自己那颗淡然的心，去看待所有得失与不满。

回首，岁月绵薄，只是厚了我缠绵的记忆，为锁一生挚爱，我的笔，浸染上淡淡的砚迹清香，在每个轻风寂寂的深夜里柔婉的呢喃。那年那月，谁在银霜里落笔，于红尘的皱褶刻下平仄，时光，在文字里搁浅，思念，在纸笺上泛滥，红尘滚滚，在

---

* 作者简介：管欣悦，吉林省吉林市人，海南热带海洋学院人文学院汉语言文学专业 2014 级本科生。

岁月的打磨中,我们念的依然是如初的美好。

闭上眼,我细细品尝着那些过往中的得失,不知?如果时光可以倒流,我还会不会认识现在的自己?还会不会选择,像今日这样过着?时光的刻板,自己用尖锐的利刀,一点点刻成自己想象中的模样。有的时候我会疑惑,这是不是自己最初的选择?而,自己最初选择又是什么?漫漫红尘路,只能一味地向前进,然,在刻前,我会认真去抉择自己要刻的每一步。

一捧时光,散着细碎的痕迹,涟在雪花飞舞,那些悄无声息的过往,点点滴滴,也便演绎成静水流淌。品一杯香茗,听一曲清音,嗅一纸墨香,任淡淡的音乐,划过心河,轻盈的,静静的。任淡泊在静谧的心里盛开莲的娉婷,独守一隅,过着清欢素平的年华。

岁月如歌,轻声浅唱,和一曲轻缓的旋律,唱成自己最爱的曲调。

**评语:**以散文形式记录时间流逝的笔者心情,回忆往事、细心思考、认真决定岁月虽然会流失,但也会留下让我们足以怀念的美好纪念。(高雨萌)

# 弦月幽幽

管欣悦

弦月幽幽，凝望的远方，一袭素裙，一滴淡香，我以温润的心情度过这个凉爽的夜晚。

飞逝的年华，携一缕旧时的春花秋月，陌路红尘中，相遇总是很简单，或许一个转身，或许一个擦肩，有缘也好，无缘也罢，缘起缘灭，缘聚缘散，只能感叹相逢时日短。一指流沙，缘已随流沙而消散，化作一缕生命印记，填补在残缺的心间，陪伴着我走到生命的终章。

云闭月，思难送，青花台，朱砂笔，淡淡的笔墨，醮满文字的馨香，描绘着生命的片段，无论是半盏暖香，还是夏花的执着，抑或是一缕春色的落寂，都是人生的水墨丹青。

此生，和心仪的人牵手沐云看月，把一片馨香情寄予天涯。这份风情，你会沉醉么？聆听心底的梵音，轻吻一缕墨香，把那些心动的字符铺成香满的小径，任寂静的时光在这里绽放斑斓。

常常在无风的夜晚，守一弯新月，伴一昏孤灯，在宣纸下写下远去的思念，落墨处，总会有一丝淡淡的莫名的惆怅，跳跃于文字与音符间。我把悲伤，瘦成文字，写给岁月，亦写给自己。

有一种记忆，在随风飘走的那一刹那，就那样淡出，然后永远尘封。在最深的红尘，独守岁月的唯美。隐于喧嚣的背后，抛弃俗世的宠辱，寂寞地在这幽深渺远的自然之境，与星月为友，邀白云为伴。晨风，自是逍遥的妩媚。原来，不是每一朵花，都是要有绽放的理由。

红尘中，独守一份安然。让那一缕馨香幽幽，把那朵云淡风轻的思念和落寞，自指尖盛开，暗香盈袖。那些无法诠释的感觉，都是没来由的缘分。人生，究竟有多少相遇，会温柔了岁月，惊艳了时光？站在时光之外，看一朵朵文字开花，心灵与心灵的对望，让深情悄然缱绻。

借一纸染着月光的文字，释读着天涯咫尺的距离，生命里的一切段落，都是流年走过的味道。在泛黄的宣纸上落下真情的墨滴，就像在心的花田落下美好的名字。时光的经纬中，或低吟，或高歌，或仰首，或俯身，都是最珍贵的一笔。尘世纷扰，与快乐相依，斩断千愁宁静时，心不再浮躁，静静地置于时光的一隅。梦过几痕，花开花谢几回，守住心灵的风景，听一曲温情的花语。眉弯处流动着欢喜，细品生命的静美，感恩岁月的温良，不去计较万绪，风雨人生，且歌且行且珍惜。

通透的人生是一种豁达的恬静，让生命立于一道静美的风景，于落花流水处颐养心性，赏山河之壮美，品人间之大爱。人生若水，石过处惊涛骇浪；人生若梦，回眸处梦过嫣然；世事无常，如一轮明月，时亏时圆。掬一捧岁月的暖，饮一杯琉璃的岁月，一曲红尘，心梦如莲。

三杯清茶，两盏淡酒，日落，有风。和着这千姿百态的滋味饮下。饮尽言罢，我剥落这满腹惆怅，让它落地就眠。在这浮华三千的世间，心态好了日子就会好。平湖烟雨，退一步海阔天空。去过岁月山河，经历坎坷人生的人反而更加幸福。春花，夏日，秋月，冬雪，你若盛开清风自来。人生所有希望都值得期待，所有失望也都值得经历。幸福就是如此简单，最幸福的人有最单纯的心态，最单纯的人会有最幸福的时刻。

留不住的人，就放一放，看看窗外的桃柳争妍；忘不掉的人，挥一挥手，听听窗外的鸟鸣啁啾；走不过去的路，就缓一缓，山重水复之后必有柳暗花明。在时间之外的广阔无垠里，在深夜寂静的月色倾城里，在人流涌动的车马喧嚣里，有一颗真诚的心可以对望，可以相守，你的生命，就是丰盈的。

打开窗户，沐一缕阳光，听一阕风暖，看林花开遍，纤指轻扬，划出你生命的弧度，眸光流转，涂抹你生命的色彩，寂静中安享温暖，温暖中诗意情怀。打开窗户，吟一曲轻愁，歌几缕风絮，看陌上田间，蜂蝶戏舞，听鸟声鸣翠，潇洒人间。

打开心窗，面向太阳，悉心收藏每一缕阳光，安暖于心，你的世界将会青春永驻。匆忙行走在尘世间，要懂得时时晾晒一下心情，让心中温暖长存。世事琐碎繁杂，要懂得以另一种平淡的心态面对生活，明澈人事曲直；以另一颗心感悟生活，感恩生命花开。

如若感情变得简约，文字也变得清淡。断章的文字碎片里，绣一段简朴的情感，放在回忆的杯中，如一杯清茶，淡了容颜，香了人生。

雨滴浮萍月映兰，缕缕暗香随风远。心之若素，海之若深，雨兰共缱绻。
风过竹林雨打船，水上飘遥几重山。云之故乡，水之夕涯，放眼天地宽。

**评语：**月光皎皎，月光下的宁静让笔者思绪飘散，感慨人生记忆终将淡去、永久尘封，不如感受当下的淡然安乐、宁静致远。（高雨萌）

# 做个自信的人

陈焕保*

自信是雄鹰凭借展翅凌霄的搏击展示出的豪气，自信是高山凭借傲视群峰的峻拔显示出的巍峨，自信是江河凭借川流不息的奔腾显示出的气魄，自信是当你面对挑战时勇往直前的勇气与精神。

因为自信，在牙牙学语时，我靠着纤细的双腿迈出人生的第一步；因为自信，我一次次将第一名的奖状高高举起；因为自信，我毫不吝惜地剪掉飘逸的长发，在运动场上展现风采……感谢自信，它给了我一双翅膀，让我在电闪雷鸣中去飞翔，在风雨中去搏击人生。

人生像一首诗，有甜美的浪漫也有五彩绚丽的舞台，有众星拱月的主角，也有默默无闻的配角。面对世事沉浮想要“胜似闲庭信步”就得有豁达的胸襟。人生有许多的不如意，但就是因为这些不美丽的生活片段，丰富了我们的人生。“世界上比天空更宽阔的是人的心灵”，要有这样一颗美好的心灵，就必须放下各种心理包袱，使真诚、热情、谦虚、勇敢、坚定……成为自己立身处世的法宝，努力成为一个自信豁达的人。

做一个自信的人，虽然你现在还只是一株稚嫩的幼苗，然而只要坚韧不拔，终会成为参天大树；虽然你现在只是涓涓细流，然而只要锲而不舍，终会拥抱大海；虽然你现在只是一只雏鹰，然而只要心存高远，跌几个跟头之后，终会拥抱蓝天。因为自信的力量让我们可以做得更好，因为自信的往前，可以让我们快点拥抱蓝天，因为自信可以让我们离成功更近一步。

然而，我不因昨日的成功而满足，因为是失败的先兆。我要忘却昨日的一切，

---

* 作者简介：陈焕保，海南儋州人，海南热带海洋学院人文学院汉语言文学专业 2014 级本科生。

是好是坏都让它随风而去。我自信百倍,迎接新的太阳,相信今天是此生最美好的一天。古往今来,尽管人生虚无的悲论如缕不绝,可是劝人执着,人生爱惜光阴的教诲更是谆谆在耳,两相比较,执着当然比悲观明智得多。悲观主义是一条绝路,冥冥苦想,人生的虚无,想一辈子还是那么一回事,绝不会有柳暗花明的一天,反而窒息了生命的乐趣,不如把这个虚无放到括号里,集中精力做好人生的正面文章,做个自信的人。既然只有一次人生,世人心目中值得向往的东西,无论成功还是幸福,今生得不到,就永无得到的希望了,何不以一种自信,豁达的态度去看待。

生命之宴该是如此吧!我对生命中的涓滴有一分赏悦,上帝会赐下万道流泉;我为每一个音符凝神,它总是倾下整匹音乐如素锦,生命的厚礼,原本只赏赐给那些肯于一尝的人,给那些自信的人一份馈赠。

自信是生命的基石,人生的根本。拥有自信,你才能像黑色的海燕一样,在暴风雨来临时无所畏惧,勇敢搏击,你才能在人生的征途上昂扬奋进,拼搏进取,创造辉煌。而信念犹如一双隐形的翅膀,带着曾经失败的人寻找成功的路。

**评语**:文章思路非常清晰,叙述语句也很流畅。文章当中运用了许多优美且富有意境的句子,作者在表达自己的想法的同时,还能给读者的脑海中营造一幅幅优美的画面,给读者无穷的想象。文章叙述从容不迫,传达出一种在艰难困境中仍自信面对自己,面对他人,面对生活,坚强不屈,坚忍不拔的精神。(罗静)

# 明年,花一定会开

周家欣*

2014 年 6 月,毕业季。眨眼间,已告别了相处了三年的老师、同学,心中不免存着些许不舍及失落,幸好还有对大学的憧憬填补着内心的荒凉与空虚。

2014 年 9 月,高考的遗憾令我感到深深的失望。我才深知生活的不公平:为何我曾像夏天的太阳朝起夕落地拼搏,却无法如愿以偿? 最终,在复读与上一个普通的本科院校之间,我选择了后者。

命运就是这样的捉摸不透,令我不安。仿佛一切都努力终将作废,而命运才是主导。

迷茫,是属于大一新生痛苦的主题。走在图书馆前的人工湖边,望着夕阳将中国最南端的金黄色余晖洒在泛起丝丝涟漪的湖面上,像熔融的黄金,又似试图用太阳的能量唤起死寂之湖的一丝生命气息。我学着去适应生活的不公平,静静地等待花开。

浮躁社会中如何坚持自己的思考,如何勿忘初衷,成了一直以来困扰我的谜题。几乎与大学格格不入,使我彷徨,并作无声的呐喊。而这无声的呐喊,又有谁能听见? 此时的我,失落、颓靡、焦虑、消沉。我多希望有个人可以指着我的鼻子叫我去干点什么有意义的事,就像以前小学、初中、高中的老师一样,告诉我该怎么做,该达到什么样的目标。虽然这心理近乎病态,但至少我不会为找不到方向而痛苦,不会为自己的无所作为而感到愧疚。尽管每天笑脸迎人,却没人知道,我在精神的困境中闯不出来。

迷茫的虚无感深入骨髓,不留余地。有时一觉睡到自然醒:睡得特别沉,醒来

---

* 作者简介:周家欣,广东阳春人,海南热带海洋学院人文学院汉语言文学专业 2014 级本科生。

发现室友都已不在寝室,霎时,寂寞如同溺水般的绝望,携着惶恐而来,攻击着孤单的心灵;有时趴在床上玩手机,玩到深夜一两点钟,累得实在撑不住,才疲倦地关掉手机缩进被窝。本以为可以很快入睡,好好休息,却不曾想翻来覆去竟怎么也睡不着。于是便在似乎无尽的黑夜中胡思乱想,想得天花乱坠。想着自己在大学四年里如何左右逢源,光环笼罩,想着想着,便不知什么时候沉沉地睡去了。第二天早上醒来后,还以为做了一个很甜的梦,尽管脸上的黑眼圈告诉自己:昨晚失眠了。

这种精神的疯狂及迷茫的困境,该如何走出去?破罐子破摔吗?我无法完整解答。可我清晰地感受到,人不能丢弃希望。我需要等待,需要慢慢地磨炼自己提升自我,才能等到明年花开。

假如问题是永恒的存在,那就着手新的事情,也许能得到解答。于是我便试着去参加许多活动,试着去挖掘自己的潜能。第一次面试,第一次当活动主持人,第一次粤语授课……我在一次次的第一次中不断克服主观及客观上的困难与障碍,一次次地尝试,一次次地突破自我。尽管每一次的尝试都由于经验不足而留有些许遗憾,但我知道那是多么宝贵的财富啊。成长是痛苦的,但它也将如拔节的笋,含苞的花,有朝一日必将伸入云霄,花满枝头。

生活永远不能满足一个人,而心存希望是我们唯一的救赎。谁能断定明天会更差,谁又能保证明天不能更好?不可揣测的命运,正好给了我们幻想的空间和拼搏的勇气。正如史铁生有个地坛,我们在心中也应有那么一个清净澄明的小地方,在迷惘彷徨、苦闷忧愁的时候走进去,恢复一种平和的心境,冷静地思考,追寻更好的自我。纵使迷茫,在天黑透了的时候,也能看得见星光;纵然痛苦,但也能痛并快乐着。相对于不可捉摸的命运,我们更多时候面临的精神困境是不知往哪里走。方向对了,不管多远都不会觉得累。每个人心中都有自己的价值定向,不管未来如何,只要当下做了自己觉得值得的事,就无愧于将来的自己。

再多的脚印也终将被野草覆盖,再多的痛苦也终将被时间掩埋。所以,请相信,只要努力,明年,花一定会开。

**评语**:作者以缓缓的笔调把初入大学时的迷茫状态娓娓道来,读来使人多有共鸣之处。而在这样的迷茫中,作者并没有迷失自己,而是努力寻找方向,以鼓励的口吻催人去发现自己人生的价值。(崔静)

# 青春是不死的

周家欣*

青春是不死的,它只是一直藏在记忆的大门里,随时等待着我们在某一天发现它。某一天,我们轻轻闭上眼,脑海中尽是阳光下的奔跑;某一天,我们微微一笑,在心里默念着:咦?原来你还在这里呀。

那个埋藏我青春回忆的地方就是我的母校——港一中。从小学到初中再到高中,我一直都待在这一所学校。整整十二年,很多人都问我:待在一所学校那么久你都不会厌烦吗?我的回答永远都是:有感情了,所以就不会烦,反倒是爱得更深刻些。由于对"港一"的这份特殊情感,自己从不允许有任何的人拿它与其它的学校作比较,更别说是贬低它了。虽然这种情感在朋友们看来是十分幼稚与可笑的,可自己却从不因为他们的话语而做出任何的改变。只因,真的真的很爱它;只因,青春曾在此停留。

依稀记得刚进这所学校时,才一年级的我哭着死扯着妈妈的衣角不愿进教室,不愿离开妈妈踏进这个全新的环境。可随着时间缓缓向前的脚步,从小学到中学,我慢慢发现,这个学校虽然不大,却处处洋溢着欢声笑语,充满着温馨的氛围。我开始慢慢地爱上这所学校,爱它似"西红柿炒鸡蛋"的红衣黄裤的校服,爱教学楼下的那几棵大榕树,爱雨后的操场,更爱那里面的人……

中学时期的自己总是喜爱干一些幼稚又有点小文艺的事情。比如,雨后,我喜欢漫步在未干的校道,用手指轻轻滑过旁边的宣传栏,踮着脚尖跳过每片掉落的小生命,细细品闻空气中清新的泥土气息。这是雨后最美好的事情。此时若是广播里恰好响起甜美的女声,那么这一天便是幸福的一天,而这种感受也只有在

---

* 作者简介:周家欣,广东阳春人,海南热带海洋学院人文学院汉语言文学专业 2014 级本科生。

你喜爱的校园里才能体会得到。

曾经,我一度很讨厌自己动不动就流泪的矫情,而现在的我,却越来越能接受自己被打动的瞬间。因为不怕被人看到情感的脆弱,反而能比别人得到更多的感动。前几天观看了朋友上传的视频,眼泪不自觉地滴落。那是有关我们,有关那个夏天那个毕业季的视频。视频里高考前夕的我们疯狂地扔卷子,疯狂地呐喊着,直至遍地"雪花"。而同时楼下的师弟师妹们一直高喊着"港一学子必胜"的口号,更令我们的心里多了一份感动和念想。还记得毕业典礼那天,我们一起合唱"同桌的你";还记得当台上的校友高唱"海阔天空"时,我们拥抱彼此,我们纷纷落泪;"拉勾上吊,一百年不许变",我们约定即便是上了大学也要继续保持联系,而说谎的人就是小狗……虽然那个面临高考的夏天充满了艰辛与迷惘,但我体会到的更多是甜蜜与爱。

除了那些令人刻骨铭心的友谊外,那些陪我们度过高考的军师们也同样令人感动。还记得班主任"小熊"因我们考不好而留下的眼泪,还记得地理老师"老金"与班长的调侃,还记得历史老师的好歌喉,还记得英语老师的一丝不苟与体贴……这一切的一切都将成为我人生中宝贵的记忆。

刘同在《你的孤独虽败犹荣》一书中曾说过:有一种孤独是,明知道结局是曲终人散,可当下却不得不放声大笑,直至在这样的尽兴中流下眼泪。可我却想将其改为:有一种幸福是,即便知道结局是曲终人散,还是愿意一直放声大笑,直至幸福的眼泪滴落。因为在我看来这个幸福的过程很重要,即便我们都知道高三后我们都将分离,但在一起的美好回忆却是人生路上的一笔重要财富。在我内心里,不管是陪伴我整整十二年的母校、与我一起哭一起笑的闺蜜,还是一直给予我鼓励与帮助的老师们,我都会由衷地感激这一切的存在并将永远记得。

现在的我来到了琼州学院,成为一名大一新生,我想我会继续在这里绽放自己的青春。中学阶段的美好记忆将激励着我在这里更加向上,学会更多的知识,结识更多的良师益友。

如果说一个人只能全身心地做一件事,那这件事一定是青春。纵使青春留不住,但伴随着青春生长出来的回忆、对未来呐喊的分贝、我们曾珍惜彼此的那些情感,即便没有用文字、图片和音乐记录下来,也会深埋于心底那个叫作"青春"的地方。然后有一天,当你老了,白发藏于鬓角,一个人坐在藤椅上慢慢摇,你会发现心底还有这样一个地方,你轻轻闭上眼,微微一笑,默念着:哦,原来你还在这里呀,真好。

青春是不会死的，因为那些有关青春的回忆会一直留在内心的最深处，待未来细细品味；因为它，你会再度去相信，再度有梦想，然后在觉知和迷乱之间继续探索和追求。

**评语：**清新自然的笔调，娓娓道来记忆中的青春成长历程，读来使人深深陶醉，心旷神怡。青春不死，梦想不败。（崔静）

# 行　路

杨雪源

我总疑心我还没有出海南岛,因着我时不时地还能看到椰子树。但其实列车已经离开广州站三个多钟头,而我在车厢里,跟着列车走了已有十八个小时了。

从车窗内往外看去,入目皆是青山,间或遇着人家,有人家的地方偶有炊烟,看着炊烟袅袅,就那么一瞬,心里就能平静下来,我家这时的炊烟也在欢腾,或许是。

坐在车窗边这个四十五厘米的凳子上,手枕着这张十五厘米宽的桌子,从早上的七点到现在的十二点二十六,才刚要写下六字,表针就又跳了一个位置。列车员说十三点零五就会到达郴州站,郴江幸自绕郴山,为谁流下潇湘去?如若没有学过这句词,我想我得现在或者好多年后才能识得这个“郴”字。

我对面下铺的大叔呼呼地睡着,昨晚明明还是另一个干净亲和的大叔来着,今儿早过了个站就换了这么个邋遢中年男子来,瓜子嗑个不停,呼噜声声入耳。

现在我又见着了红土地,我喜欢这片土地的颜色。刚刚经过一片山,一座不高的山包,四四方方,四壁直立,截面的石头都是灰黑色,不知历经几千年的风吹雨打日晒了。

呼噜声不绝于耳!

搁在以往,我想我是不能在一个地方久坐五个小时的,并且这个地方还是这么狭窄。否则我也不会在九年义务教育期间频频走神,并最终走到海南岛——中国最南端,美丽三亚,浪漫天涯。还得遇见阳光、沙滩还有爱情。说真的,迄今我遇到的浪漫少得可以,或者是浪漫时常发生在我的四周而我未曾注意过。真真参与过的不过是去年归家途中遇着一群各色的人。藏蓝,青黑,橘红,咖色,纯黑,还有一个小白,这样简简单单,一个颜色一个人,来了个浪漫的邂逅与挥手再见。

好像我又跑了个马。

本来想说的是我的专注度问题。要是以往,我决计不能在这样狭窄的空间一坐五个钟头,还得忍受各色陌生人的手臂臀部与行李擦着我的肩膀过去。然而我毕竟在这车窗一旁坐了接近六个小时,并且我还得继续坐在这一个下午。闲了就看看书(祖师婆婆给的大冰同志写的《乖,摸摸头》,很有意思的十二个故事,确实让我这个年龄段的人爱不释手,现在我已经听完六个人的,并且打算在郑州停留的六个小时听完其余六人的。时间还很早,我不急。)。

我下铺的母子俩在睡觉,车厢里从昨日傍晚开始一直有小孩在尖叫,下铺的这个孩子很安静,一丁点儿都不闹腾,可爱得紧。有些小,糯糯的,不知人事,甚至问他今年几岁他也回答着说不晓得,不知自己今年几岁的这么一个孩子。

又有一辆列车擦了过去,好吧,我果然又跑了个题,打算好的只说自己不谈别人来着。

窗外蓝天白云,青山,黑隧道,还有铁拦网。我看到一大片红色的土地,跟我家那边砖窑烧出的盖房子用的小红砖一个模样,甚至红得更加纯粹。现在极目所至却又是一片连绵的深绿的山。想来是行到了一个偏僻的所在,一户人家也无。

接着说忠于跑马的我。师父跟我说过他那朝圣的同学,一拜就拜了五六个小时。藏地人民对信仰的虔诚或许也影响到了身处藏地的人们,因此在那样一个神圣纯粹的环境下,与当地人民做着朝圣的事并不如我所想的那般枯燥难熬。毕竟我也老老实实看似不可能却真的在这窗边坐了六个小时又十分钟,期间起身去洗了个脸。

有个小孩在哭,我很困。我想我得先去睡一觉。

**评语:**世间一切皆随缘。我们不知道自己在旅途中到底会经历些什么,只晓得只要最后能到达自己想去的地方,再辛苦又何妨。(张晓利)

# 惟愿不为庸人不自扰

杨雪源

我渐渐发现,成长不是人常说的那样越长大越孤单,只是心理上发生某些变化,个人情况不同变化也就不同。人可以越来越成熟,也可以越来越世故;可以越来越开朗,也可以越来越消沉;可以越来越努力,也可以越来越懒怠;可以越来越坚强,也可以越来越怯懦;可以越来越真诚不做作,也可以越来越虚伪且阴损。或许人都是这样,配上因缘际会,就可以改变一个人。

我本想将这种改变解释为成就或者毁灭,但成就和毁灭并不是两个恰当的形容词。它们一个是好中最好,一个是坏中最坏。然而,世上大多数人都属平庸。用这样极端的字眼,不合适。

《大学》里有这样一段话:知止而后有定,定而后能静,静而后能安,安而后能虑,虑而后能得。物有本末,事有终始。知所先后,则近道矣。偶然读到这段话,心里突然有些释然,长久积压下来的抑郁也略微消散。不是越长大越觉得世事不堪,而是我还没有真正长大。儿时只知道调皮玩耍,所以对世事基本一无所知,完全一张白纸,看什么都很单纯,很表面。即使不堪不喜的事时有发生,也不以为意。这就是知止之前的我们。

然而时间悄无声息地流,流着流着就让我们见识到更多的之前我们看到却未曾深思过的东西。见得越多,迷惘越多。不知道从什么时候开始,见到路边的孤苦无依的乞讨者,我们也不会再用那样怜悯同情的心情去给他们些微的帮助,取而代之的是冷漠的面孔或是避之唯恐不及的举措。也不知道从什么时候开始,明白到家中生活是怎样得来,理解父母长辈的辛酸苦楚,却不能为他们改掉那花钱大手大脚,说话口无遮拦的习惯。明明已经是懂事的年纪了,却比儿时更加惹人厌烦。然而我清晰明了的是:我诚然是,确确实实是到了该自己为自己负责,自己承担责任,自己独立生活的年纪。不再依靠别人,也不再随时随地耍小性子,更不能再无所事事了。

成长其实没有什么烦恼,那些所谓的烦恼,不过是庸人自扰之。试想一个整天追梦的人,勤勤恳恳做事的人,会有怎样的烦恼呢?人家只是身累心不累,跟你嚷嚷着,说笑而已。年轻人要有年轻人的样子,尽管我们都是年轻人,却不一定能活得像个年轻人。正如大道理人人都懂,而不是人人都能践行。我不希望整天笼罩在愁云惨雾里,祝愿我的朋友们和我能够明朗地成长,能够坦荡地生活,无愧本心。

**评语**:时光或许会使初始的心灵有所磨损,但如若自己能够坚持本心,又有什么可烦恼的呢?尽我之力,追我所爱,生活想必会是极其美好的吧!(张晓利)

# 我的脚步,一直向前

张晓利*

“我们都知道,姹紫嫣红的春光固然赏心悦目,却也抵不过四季流转,该开幕时总会开幕,该散场终要散场。但我们的心灵可以栽种一株菩提,四季常青。”

——林徽因

“不要问我从哪里来,我的故乡在远方,为什么流浪,流浪远方,流浪……”年纪还小的时候,经常听朴树的《橄榄树》,那悠远的调子久久环绕心扉,令人感到浓浓的凄婉,说不出的惆怅。因着学业的关系,我离别了熟悉温暖的家乡,来到这个陌生的海滨城市,开始一个人的生活,也开始了我的流浪……

我是个极其恋家的人。从小到大,我学习生活的地方都一直离家很近,或许是习惯了这种感觉,所以想要永远地待在家中,享受父母的呵护,感受家里的温暖,不用害怕要一个人去面对未知的未来。可是,就像那句话说的,“理想很丰满,现实很骨感”,该来的终究还是会来,我不可能在父母的保护下做个永远长不大的孩子啊!

本以为来到离家这么远的地方,我一定又会不合时宜的感伤,贪恋家中的气息。可当我迈上这片陌生的土地,正式开始一个人独立的生活,我也渐渐喜欢上这种感觉。一直以来,在别人的眼里我应该是个规规矩矩,老实巴交的人,无论做什么事都采取言听计从的态度,没有自己的主见,依我的看法,就像一个木偶人一般。可是唯有我自己清楚,我的心早已波荡起伏过无数次,我想喊出自己的声音,做些与众不同的事。可是总是被有形无形地限制住自己向前迈的脚步。现在想

---

* 作者简介:张晓利,山东泰安人,海南热带海洋学院人文学院汉语言文学专业2014级本科生。

家的感觉一直在，却已不再是内心的主打歌，更多的是想要开启崭新生活的态度。

人生总要往前走，一直活在一个规定的世界里肯定索然无味。虽然我很害怕独自一人去迎接未来的生活，但是更不想原地踏步，没有新意，没有色彩。不知道未来是好是坏，但努力尝试了总不会后悔。喜欢这样一句话，“想一千次，不如去做一次。华丽的跌倒，胜过无谓的徘徊。”前面的路还很长，我需要张开自己的翅膀，打开自己的心房，飞向我渴望自由的那片天空。

三毛曾说过，“我来不及认真地年轻，待明白过来时，只能选择认真地老去。”看《哆啦A梦》时，我很羡慕大雄，他可以在哆啦A梦的帮助下坐着时光机回到以前，如果可以，我也想要穿越时光隧道，回到过去，看看那时的自己。我已记不清自己曾经有多少次违背自己的意愿去做事，记不清我背叛了多少次自己的心，一步一步走到现在，真正的我又到底是怎样的？我想要回去告诉那时的自己：“不要觉得是生活亏欠了你，其实是你做的努力不够。你永远都无法借别人的翅膀，飞上自己的天空。做最真的自己，才是正确的选择。要相信，人生旅途的方向是你的前方。”年少时候，我没有认真的过活，现在以及将来的时光，我想要真心对待。

海水正蓝，阳光正好，我的脚步，会一直向前，去迎接生命的彩虹。

**评语：**想一千次，不如去做一次。人生难得勇敢，往往勇敢才是跨越艰难的唯一助力。路遇艰难，与其踟蹰不前，倒不如勇敢卸下心上负担，一鼓作气迎难而上。对此，深有同感。（杨雪源）

# 那些青春回不去了

罗雪琴*

“太阳下山明早依旧爬上来，花儿谢了明年还是一样的开，我的青春一去不回头，我的青春小鸟一样不回来”。以前听到这首歌的时候，只是觉得好听，并不能体会到歌词所表达的含义。当我能体会时，青春已经回不来了。每个人都有自己的青春，每个人也都会失去自己的青春。我们在拥有青春时不懂得珍惜青春，青春逝去后最怀恋的却也是青春。

青春像是疾驰在时间轨道上的单程列车，在我们还来不及回首的时候，载着满满的回忆和喜怒哀乐呼啸而过。青春就像大海，浩瀚无边，汇集了无数人青春时期的疯狂与遗憾。我们在青春岁月里抛洒热泪、激昂拼搏，也在青春岁月里寻寻觅觅，怅然若失。

我在青春时光里没有做过什么疯狂的事，它平平淡淡、按部就班，没有一点儿热血澎湃。我甚至没有明着违抗过老师家长的旨意。恍惚中，我都想不起它是什么样子的了。但说它是丝毫不值得回忆与怀恋的，似乎又不是这样，细细想来也总有些事让人开怀。偶然听到人说“我们回不去了”，突然感觉内心像是身处在三月的细雨中，微微冰凉透出一股难耐的寒意。心头涌上慌乱、寂寞和无奈。每当看到小孩子开心的玩耍，我的心情仿佛被感染般的轻松惬意，但更多的是羡慕，我再也不可能像他们那样无忧无虑地玩耍了。上了大学之后我很少回到中学时的学校看看，大概是怕看到那些曾经无数次走过的地方，那些留下过痕迹的场所，怕它们会触动我内心的伤感。因为我再也回不到那个偷偷躲在课桌下吃东西的时候了；再也回不到那个上课偷偷看小说让前面的同学帮忙打掩护的时候了；也再

* 作者简介：罗雪琴，贵州凯里人，海南热带海洋学院人文学院汉语言文学专业2013级本科生。

也回不到那个下课抢厕所、抢食堂的时候了。有时候坐公交，看着路边穿着制服等车的中学生，总有一种落寞和伤感笼罩着我，我突然惊觉我长大了，再也不能穿着校服和三三两两的同学到处乱窜了，也不知道那时为何我们总是嫌校服丑，不愿穿。

转眼又到了冬季，这样的季节里总是感觉到若有若无的蛰伏在空气中的伤感，只等某个你不经意的时间钻进你的心里，留下难以言表的感觉。我们曾在花季般的年龄，懵懵懂懂地干了许多傻事。我们都很天真，以为快乐就是青春的本质。随着自己的性子肆意玩乐，到处恶作剧。我也曾和朋友一起做过这些事，把别人晒的衣服弄到地上，然后假装没事人儿一样走开，把险些砸到自己的足球抱走，然后躲起来不让人找到。一起穿着厚厚的冬衣，戴上帽子，把脸低下像神经病一样穿梭在校园，留下路人诧异的眼光，而我们却笑得不能自已。在青春里建立的友谊，不仅仅是互相嬉戏的幼稚，那是更高层次的永不会遗忘的，它将伴随我们一路前行，成为我们人生的力量与信念。

青春，是一个感情萌芽的阶段。那时的我们内心会有巨大的变化，会变得敏感，在情感上会变得更为细腻。除了友谊之花的绽放，爱情的花蕾也开始散发出诱人的香味。青春时期的爱情是羞涩的，纯洁的。这当然也是不被大人们所允许的，大概正是这样带着禁忌又甜蜜的感觉才吸引了无数少男少女吧。那种感觉时而清晰、时而朦胧，像是青苹果味的星星形状的糖果，甜蜜又酸涩。我认为没有明恋或暗恋的青春是不完整的，每个阶段的感情都会有不一样的体验和感受，这是不可替代的。就像歌里唱的“只是因为在人群中多看了你一眼，再也没能忘掉你容颜”，只看一眼，心情就能好上一天的爱情，我们会因为这段感情哭也会为它笑，为此苦恼，也为此努力，这大概也只有青春时期的恋爱了。也许在若干年后，当我们再次回味起这段感情，那独特的感觉都会是我们青春中一份美好而又不可言喻的记忆。

在那过去的青春里，除了友情和爱情以外，我们每天做的就是为了上大学而歇斯底里、废寝忘食地学习。为了不辜负家人的期望，为了实现自己的梦想奋战不休。尤其是上了高三以后，每天都像上了发条的机器一样，重复同样的事，不厌其烦。但在其中你却能感受到一种前所未有的热血，一种携手共进的革命友谊。在那消逝的时间里，我看到了春天淋过的细雨，夏日走过的操场，秋天踩过的落叶，冬日避过的风霜，当然还有沉溺于书海，茫然无知的自己。我忽然又很怀恋那唠唠叨叨的叮嘱，充满期待与关怀的目光，那互相鼓励的话语，一起因为失落掉过的眼泪，单纯而又美好。然而此刻，物是人非，我的青春已经渐渐消逝了。

悲伤的是，青春是抓不住的流沙，它从我的指尖悄悄溜走了。我不明白为何小时候的我们那么急切地想要长大，而长大后却又无比怀恋小时候。刚到三亚读大学时，我和爸爸妈妈漫步在海滩边，夕阳罩在天空，炽热的温度还没消散，空气中弥漫着湿湿的味道，一切都是浓重的昏黄。我突然很难过，什么东西沉沉地压在我的心里，我意识到自己将要在这里过完四年，一个人无依无靠。那种空虚，像大海的表层看似平静，而内部却是强大的激流和暗涌，慢慢地将我吞没。

但我终将没有被吞没，我学会了坚强，学会了享受孤独，学会一个人生活。快乐和痛苦是相伴而行的，人生如戏，戏如人生，戏里戏外只有出场没有退出，往事不可追，过去的也无法重来，唯有坚强才是唯一的道路。不再执着于逝去的青春，我们只要学会用另一种方式感受剩下的青春就好。

**评语**：作者在开头用了一首歌来感怀回不去的青春，那段逝去的青春虽然平淡无奇，却是自己的，作者不能自已——有时欢喜有时忧。但我们可以看到作者并不是一味地感伤，而是在感怀之后重新整理情绪向着新的道路进发。（何长英）

# 乍暖还寒

李金华*

不知怎的，最近总愿回想曾经的故事。忽想起那年三月份的时候，我去三亚湾看海的事来。

北方的三月还是乍暖还寒的时候，而三亚却已是夏日炎炎了。我受不了这种早来的燥热，便想去三亚湾玩水看海。坐上公交，在傍晚到了三亚湾。我记得那时夕阳下的层层漪澜，涌动着红色的光芒，就像北方的红枫叶被风吹过。余晖中两艘大船正缓缓航行，越来越近。彼时的三亚，对我来说也是夏日炎炎，酷暑难当了。我顾不得多看风景，迫不及待地踏进海中。海浪夹杂沙掠过我的脚，一阵清凉。

浪到达最远处之后就开始退了。而我脚下原以为踏实的沙地也跟着浪潮回到海里，只留下我脚下的两个沙坑，再想想我不禁感慨：是否像这沙滩般踏实的感情也终敌不过这似水的流年呢？遥听见一声汽笛响起，我不再多想，我迈步前行，天黑得很快，远方的波光粼粼已经看不太清，凤凰岛上早就一片灯火璀璨。那两艘船的影子已经部分叠在一起，像俩个恋人终于走到一起，彼此手挽着手。

“好美啊！”话刚说出口，我就突然想起你，还有那个有你的三月。

我记得前一年的三月，家里路边的雪已经化得不多，清风泛着绿，垂柳吐着春。一片萌动，我望着微醺的幸福的方向，眼中却映出你的微笑。我常在这样的春风里，在你家楼下静静等候。这风似乎有着魔力，让我的脸上也开起了幸福的花苞，在你出门的那一刻，突然绽放。

春日里午后的阳光总是醉人，和煦的像恋人的手轻抚着脸颊，让人昂着头眯

---

* 作者简介：李金华，吉林省吉林市人，海南热带海洋学院人文学院汉语言文学专业2013级本科生。

着眼依偎在其中。我总在这样的阳光里喋喋不休地说故事,因为我喜欢看你动人的脸,更喜欢看你对我昂着头眯着眼的微笑。我常常在你面前吹嘘自己的知识,而却你常常叫我要努力学习。我给你讲我所知道的世界各地的风土人情,历史故事,你总会说我喜欢卖弄,不踏实,却又笑着夸我还算有点学识。我失落时你会安慰我,我得意时你会夸奖我。当然,除了我玩英雄联盟的时候。

高考的压力很大,我们没有更多的在一起的机会。只有中午短短的送你回家上学的时间可以在一起,可这足够了。如果有遗憾,恐怕就是在那个乍暖还寒的三月,你提醒我要多加的衣服,多做的功课,我都只是答应却没有去做吧。

这大抵是我最爱的春天,在那个乍暖还寒时候。

你很美,美到让我忘了时间,以至于六月悄至,不得不在最后的夏日炎炎的回忆里,各自奔天涯。我曾不止一夜地想起往来车流中你的不知所措,也不止一夜地想起拥抱后我不敢回头的决绝。你很美,美到让我只记得时间,以至于时间就像爬行着的虫蚁般让我内心辗转反侧,又像撕咬着的蛇蝎般让我内心百般受苦。我多想见到你,在初春前的最彻骨的寒冬见到你,听你把我的幻想摔碎的声音,这些幻想我踌躇了很久都舍不得下手,那就请你亲手摔了吧。然后在最彻骨的寒冬冻死那些虫蚁蛇蝎,也冻死我的心。

终于在上个寒假,我们再次相遇。坐在街角的饭店里,我听到了幻想破灭的声音,也听到两颗心的啜泣……在一切灰飞烟灭了之后,骅骝挣了羁绊,却也扯掉了一大块血肉铸在他曾深爱的桐木鞍鞯上。声声喑喑。

我在三亚看海,却突然想起你。天气不合时宜地模仿着我们分离时的样子,闷热又躁动。我开始讨厌夏日炎炎,可是,又有什么办法呢?情比金坚,也熬不过似水年华啊!我既然决定飘向远方,就注定不能带你一起远航。没想重新再开始什么,单单只是回忆。青春有你总让人沉溺。沉在我为你写过的《满庭芳》里,溺在你为我写的《君之殇》里。

三亚不会有乍暖还寒的时候,就像我不会有你。这里只剩夏日炎炎,就像我只剩无限追忆。

又是一声汽笛的哀鸣。我又回到现实。天色彻底黑了。远方的两艘船只剩下舷灯的光亮——它们向着相反的方向各自离去。我一声哽咽,转身离去……打车回宿舍的路上,我一直望着飞逝的路灯无语。视线一转,看见车窗上的自己,恍如隔世。想想刚才的回忆就像一场大梦初醒。

我知道,梦醒了天就要亮了,可我的梦醒了,我的天亮又在哪里呢?柳梢绿小眉如印,乍暖还寒有未定……

**评语**:文章一气呵成,在行云流水之间道出真挚的情感,文中对景物的描写颇为细腻,透露出朦胧美的气息,符合文章的情感基调,作者对回忆与现实的衔接更似天然而成,不见衔接之迹。(董利乐)

# 青春之地

黄　艳*

轻轻的，我走了。
正如我轻轻的来！
抹去一星眼角的泪，
立即背上返乡的包袱，沉重！
回首古远的漂泊，
肩上的包只是重。
沉了四年，
摆脱不了。
挥洒不去；
我愿来世是一粒沙，
随风而走，
朝九晚五，
浪迹天涯；
我愿来世是一棵树，
任凭冲刷洗礼，
唯稳如磐石；
我愿来世是流星，
转瞬即逝，
却阅尽百态……
我不愿来世是人，

---

* 作者简介：黄艳，云南昆明人，海南热带海洋学院人文学院汉语言文学专业2013级本科生。

确切地说是普通人，
虽然谁都终将是普通人，
只奢求普通人眼中的普通人不再普通。
我曾以为——
冬天人们都是装在套子里的，
睡眼惺忪的样子，
不多说一句话，
不多做一个动作，
害怕一点点寒气伤害到自己。
直到我认识一个地方——
那里冬天太阳也依旧奔放，
温暖的朝阳披洒在肩上，
奢侈的外部包裹，
由始至终都显得格格不入，
人显得活泼而又可爱的地方。
三亚，这座城市不算大，却温暖如夏。
是，我以前不曾想过，是，我现在好想！
送给喜欢喝酒却不会喝酒的我。

**评语：**该同学的诗煽情却不矫情，在诗中我们可以感受到初到三亚时的迷茫与无助，再到后来快要离开时的不舍与怀念。温暖如夏的城市满载着作者无限的情愫与青春。（杨婷焘）

# 成　长

凌　慧*

我是一棵草，
生于春夏，
败于秋冬。

当我还是一粒种子的时候，
埋藏在泥土里，
期待着、渴望着、不安着。

我期待我的新生；
我渴望爱与希望；
我不安未知旅途。

寒风在我的头顶呼啸，
埋住我身躯的泥土也冰凉。
赐予我新生吧！我祈祷。

一场雨在冬的尾巴里悄然而至，
她亲吻我的脸颊，挠我的痒痒，
把我从爱与希望的梦中唤醒。

我闭上眼沉浸于——
她轻柔的吻、调皮的痒痒，
禁不住伸了个懒腰。

---

* 作者简介：凌慧，江西人，海南热带海洋学院人文学院汉语言文学专业2013级本科生。

咦?
这世界如何变了个模样!

初升的太阳向我挥手,
温暖代替了冰凉。
空气中洋溢着爱与希望!

沐浴着春风,
享受着阳光,
这世界多美好!

兴奋将不安驱逐,
我每天起舞,
品尝着生长的味道。

不再忐忑,
不再不安,
不再惆怅。

生命如此短暂,
就放开心胸,
让自己美丽绽放!

**评语**:作者在这首诗歌中表现出小草对生活的热爱,对生命的渴望,世间万物在作者笔下鲜活起来。我们知道,那小草就是作者的化身,小草的理想就是作者的理想,小草的希望就是作者的希望。读完诗,使读者也有了化为小草的冲动。(税登鸿)

# 怀念青春

王　杰*

很喜欢周国平《朝圣的心路》里的一段话：消逝是人的宿命。但是，有了怀念，消逝就不是绝对的。人用怀念挽留逝者的价值，证明自己是古往今来一切存在息息相通的有情。失去了童年，我们还有童真。失去了青春，我们还有爱。失去了岁月，我们还有历史和智慧。没有怀念，人便与木石无异。

是啊，人这一辈子不能没有怀念。没有怀念，我无法想象这个人的一生是怎么过来的。所以，我想大概每个人在自己当时所处的人生阶段的某个时刻，都会不经意间去回想、怀念以前的自己，都会对以前的时光说一句："你好，旧时光。"平淡而伤感。也许青春就是一条单行道，我们只能在不断地缅怀中看着那些曾经肆意张狂的岁月远去。

上小学时，怀念没上学时的无拘无束，如脱缰野马一样；上中学时，怀念小学时的天真烂漫，无所畏惧；上了大学，怀念中学时的打打闹闹，无所不谈。

人生的大海，青春的浪潮，被高高卷起最终湮灭的是旧时光。怀念是一种感觉，是一种心情。可能你在怀念曾经的某些人、某些事；而我怀念的却是一种感觉、一种心情，那是我许久都不曾再感触到的。

我怀念的青春，是无话不说。到了大学后，才深感高中三年生活的可贵。虽然每天都有做不完的作业，但同学间的相处却是自然可亲的。课间几个要好的朋友围在一起，说说自己见到或听到的趣事，说说自己的心事，让好朋友讲解讲解，反正是无话不说，无话不谈，那叫一个热火朝天，直到上课铃响了，还有点恋恋不舍，相约下一节课。于是我在大学开始怀念高中的那个我。是不是人都这样，随着时间的流逝，我们变得越来越谨慎少言。我们为这样的自己感到悲哀，大人却

---

* 作者简介：王杰，安徽人，海南热带海洋学院人文学院汉语言文学专业2013级本科生。

为这样的我们而感到高兴，觉着这样的我们长大了，懂事了。无话不说，渐渐远离我们。大人们都认为青春不再，就是成熟的标志。

我怀念的青春，是一起做梦。以前会经常性的，几个人坐在一起，你问我以后想干啥，我问你以后想干啥。然后，开始你一句我一句地去勾勒以后的自己。那时的我们不会对自己的不切实际、大言不惭而羞愧。我们会一起去把某个人的不完整的梦加上自己的幻想，把它补充完整，然后，再你一言我一语地把那个梦打击得一文不值。但不管怎样，那个梦是我们一起做的。那个在梦里翻涌的青春，是你的？还是我的？你是否也和我一样怀念着那些做梦的日子……

我怀念的青春，是争吵以后。朋友间，吵吵闹闹很正常，不吵，才不正常。有时即使有了矛盾，大吵一架。但吵过之后，经其他几人的劝导，不出两天，两个人又好得像一个妈生的一样，亲亲密密。每次争吵过后，朋友间的友情就又增进了一层，对彼此的了解就又更深一步。那种感觉，我无法形容，可能是我的储存不够的缘故吧！

我怀念的青春，是无言感动。每次有烦心的事，心情不好时，她们就会过来劝导几句，从不多说，让我一个人静静地呆着。因为她们知道我的脾气，心情不好时，不喜欢说话或听他人安慰之言。这是让我最感动的。在大学，这将近一年的日子里，每次心里难过时，一想起她们，心里满满是感动。这是只能自己在心里慢慢去体会的。

我怀念的青春，是你的激动。当听说我考上大学时，你们是那么的激动就像是自己考上了一样，吵闹着要请客吃饭。当然，那顿饭吃得开心但又难过，难过我们即将分离，奔向各自看不清方向的前程，难过下一次见面，不知会是什么时候，会不会和这次一样来的齐全。现在的我，不是很有激情，所以，怀念那时激动的你们。

过些年，也许我们不再联系，也许我们已经忘记彼此，曾经在一起的身影也早已淡忘，那段感情也随时间云淡风轻了，但其实不是我们有意忘记彼此，忘记曾经拥有的一切，只是生活太过现实，谁也无能为力：其实我们心里都很在意，那一丝的感动，那一个温暖的微笑，那动人的眼神，我们都还记得，记得那一幕幕的打闹场景仿佛还在眼前，只是我们再也无力回到过去，回到那个天真的岁月，它会给我们心痛的感觉，过去再美好终究是过去，我们不能强求什么。——致我们终将逝去的青春。

我们也只能在怀念里去寻找过去，寻找过去的我们，寻找过去遗失美好的我们。岁月流逝，青春不再，被磨平棱角的我们就像静静地躺在河滩的鹅卵石，保持着不远不近的距离，过着不温不火的日子。

怀念或许是我们彼此之间不会断开的联系；青春或许是岁月留下的唯一凭证。

**评语**：文章语言朴质，表达情感细腻。作者似乎沉浸在回忆的思绪之中，然而他的态度却是面对着将来，因为青春是一笔精神的财产，她永远面向未来。（符亚超）

# 鸽　子

符　娜*

17 岁到 18 岁的交替间,我降落在这个岛上。第一感觉:闷热不堪;第二感觉,矮小黝黑。后来发现,热是久违的温暖,他们有善良的眼睛。

关于海。

自小生活在山区,开门就见山。有了机会生活在别处,舍弃了同样向往的平原落日,选择了一个有海的地方。心中对海的渴望虽不似少年时热烈,但仍有一丝牵挂。海风习习,朝夕与共,这般美好愿景时隔多年,是我的老友,念念不忘。

而真正在这座岛上的南部小城生活将近三年了,习惯了这里的人们每天按照一样的节奏做相同的事走相同的路,学校后门卖水果的还是那些阿姨,卤肉饭还是一样的配料,安心,却又有些许忧虑——谁能说得清,生活到底会怎么改变我们——但比起改变,原地踏步是不是让人更不甘和难受一些。

有时候会问自己:这三年,经历了些什么,又是如何走过来的呢?

其实,我并不清楚每个时期的自己是怎样的,因为我得通过镜子来认识自己,而身边的人代表的镜子,或多或少都有自己的色彩。活泼的阴郁的,高尚的卑劣的,大的小的,红的绿的,我能看到各种各样的我,也能清晰地感受到自己的不确定性。

但是,慢慢地,在和世界的摩擦碰撞中,我开始确定自己想要的东西,丢弃不想要的东西,缅怀不经意间丧失的东西。我在慢慢塑造自己的形状。每个时期的我都达不到我真正想要成为的我,所幸也没有成为我讨厌的我。

身边有不少悠闲的人都说,在大学里容易迷失自我迷失方向。也有不少为未来忙碌着的朋友偶尔抱怨,大学生活太孤独太苦。我或许是介于二者之间吧。但

---

* 作者简介:符娜,贵州人,海南热带海洋学院人文学院汉语言文学专业 2013 级本科生。

坦诚来说,大学没有那么苦。它把空白的答卷“啪”一声摆到你面前,上面没有选择题,而是填空题。没有孰是孰非的观点,也没有选A是光明选B是阴暗的界限,它有着无限的可能性,有着纷繁复杂的判断标准。在大学的试炼中,我们能变得坚强、懂事和冷静,只是人在变得坚强的同时也变得更加脆弱,如果让我再去过平静如水的高中生活,我肯定受不了。

现在,我的眼前是一片精彩的世界,身后是一片荒芜的沃土。我告诉自己,20岁的女孩子,是充满好奇的,是光芒万丈的。但是,作为一个成年人,也应该是刻苦和坚韧的,是定得下心来的。

前些天一个已经毕业很久的学姐说:“自我价值的实现来自于对自己真正热爱且擅长的事物的宗教般的意志和信念。”但是要知道那些宗教徒,为了信仰三步一拜九步一叩,磕得头破血流。学姐的话很精彩,很美好,但是我们还是不能忽略在这句话之后隐藏着的那种偏执和坚韧。就像朋友说要与我约着去北京和我一起无家可归,这是苦中作乐的浪漫啊,但我更希望我们在短暂的无家可归的同时都有路可走。

时光荏苒,大学生活的最后一年。许多人要去往别处了,我也要只身前往。我们一生中都在追求着什么,但是很难有人明确说出自己到底追求的是什么。我们说的每一句话,做出的每一个选择,或许都会改变我们的生活和与我们生活的人。这些决定并没有好坏之分,因为我们只能决定一次。去评判这些决定的好坏也没多大意义,因为重要的是你做了决定,就不要反悔,坚定地走下去。

此刻,抬头是满天繁星,低头是碧海汪洋。快艇直冲,浪花四溅,海风拂面。吸着没有汽油没有雾霾没有PM2.5的空气,我在想自己的未来——决定我们未来的其实最重要的还是人心,人的心和我们决定了要一起做的事情。而每个人都希望有光明灿烂的未来,但光明和灿烂,终归由我们自己去定义。

像是一只迷路的鸽子,很多事情我还没有搞懂。遥远的鸽子啊,匆匆忙忙的飞翔,在别有用心的生活里,翩翩舞蹈。

**评语:**符娜同学的这篇文章用清新朴实的语句写出了许多大学生心里的想法和感慨,将自己比喻成鸽子,同时结合海岛的特色,情感表现得很恰当,读起来能让人产生共鸣。(房美琪)

# 这只是一章

吕丽萍*

这只是一章，记载不了时间荏苒，记载不了岁月蹉跎。只有这一章，不知道我要写的是那个幼儿时代，还是青春不羁，年老色衰。

这只是一章，年轮的书签，夹杂不了松柏的味道，哀怨的，只敢是坚持以后的失去。

就如我现在，其实并不知道自己在写什么，在表达着什么感情。也许是急于求成的某种物质，或许是想捡起失去多年的那份激情。

我是认真的，就如当今那些所谓的流行歌曲，那些青春片段。记录的是我们这整整一代人的哀怨情仇，凡尘伤悲。要快乐的越来越少，要清纯的越来越装，要追求的越来越臭。

我们失去的，也许只是在冬天赤脚前进的勇敢，而不是自以为缺胳膊少腿的残疾症。也就是现在的我，就像马航失联一样，我既与世界失联，也在我自己的世界失去了该有的方向。他们总说活在自己的世界是好的，因为这不会随波逐流，被世界污染。而我想说也许你还没有世界干净，最可怜的，是即使活在自己的世界里还不懂怎么样做自己，自私却始终不能苟活。比起那些随波逐流的，也许人家还能吃好喝好玩好。所以，偶尔的“鞠躬尽瘁，死而后已”一下又有何不可。对吧！

其实，我还是很可爱的，没那么多意见要发表。一个真真切切的“95后”懒惰、啃老、败家、无脑。就像我妈妈所说的那样，像我这样的就连吃屎都轮不到我。也许吧！叙述了这么多的真真切切，我还是依旧找不到我所想表达的。就如长这么大我还不知道自己为什么而活。

---

* 作者简介：吕丽萍，云南人，海南热带海洋学院人文学院汉语言文学专业2013级本科生。

发的牢骚,也许,不仅仅是因为我所不满的,还是我所失去的,只是总觉得上天都让你好好好活着了,而自己却还搞不懂人生观、价值观、世界观。高中思想政治没学好。

转转念头,我还是适合做一个抒情的小青年,毕竟,我想写散文,但是我没有那凄凄惨惨戚戚的爱情,也没有那淅淅沥沥的乡愁。所以,我还是哀怨一下我即将逝去的青春岁月。

在这个世界,每个人的灵魂在每一分每一秒都会出窍,想象着周围的每一次心脏的跳动,呼吸的声音,情愿只是找出与自己相似的个体,一样的共同挣扎着。在我看向我的下角标的时候,显示的是2016/3/1719:39。就在这样的时间,我在这儿拼命地敲打键盘。而我的灵魂却在其它地方探察到了其他人的欢声笑语或是抑郁寡欢。啤酒的撞击,书本的摩擦。于是,我又得重新考虑我这在100度水深火热的青春里,终究需要哀怨的是什么?是自己的生活,还是每次深夜的不知所措。

时间太长,我已经不会去思考了。相信每个感性的,情绪化的人们,总是像我一样,喜欢在某个深夜,在不知名的某地,听起某首不知名的歌时,已经不会无声的哭泣,只是会那么的、那样的想一想。让自己的大脑,也偶尔假装充实一下。然后,用文字记录下来。就像现在这样。

我知道,倔强的我们,总会在受伤后说出无所谓,可心里却还是那么的在乎,有人说这是犯贱。而,也许,这才是我们,只是像小孩子一样怕丢人的小把戏。

也算说给自己听吧!或许也是说给你们。活着的人们,总觉得人生有很多事情说不清道不明。不知道为何而写,不知道为什么而过,不知道为何喜欢某人,不知道为什么就已经长大,在自己不知道的环境接触着自己不喜欢的人,然后,在不知道是黑夜还是白天的无数个人生拼图里渐渐老去,逝去。

其实,到现在为止,我所经历的种种,就像这篇我自以为是的抒情散文一样,七七八八、零零散散的事,一直在堆积,也一直在悄悄触动我的心扉。就拿面对亲人离世,小时候我们受惯了父母的保护,而如今,我们却需要自己来面对亲人的离世了,这种事,就连父母都庇护不了,因为父母也是会离开的。

渐渐地,我发现在我们人生这条道路上,我们会经常失落、伤心、开心抑或是欢喜,得到或是失去,坚强或是懦弱,诚实抑或是欺骗,善良还是机关算尽。在这条路上,我们是前进,倒退,或是原地踏步。这些,终有一天,会在我们经过时间的磨炼、世事的蹉跎后变得不值一提。那时候,静下来的我们更加懂得珍惜时间,懂得珍惜自然世界带给我们的奇观和美景。

愿认识长存,回忆完整。

**评语：**一天很短，短得来不及拥抱清晨，就已经手握黄昏；一年很短，短得来不及细品初春殷红窦绿，就要打点素裹秋霜；一生很短，短得来不及享用美好年华，就已经身处迟暮。文中写到“不知道自己在写什么，在表达着什么感情”，处于该时段的青年人总是处于迷茫中，作者通过文章反映了大多数人的心声。无论经历过什么，正在经历什么，还是将来会面对什么。这些都是我们的人生。（刘子怡）

# 情感表达出来才算拥有

莫瑞芬*

我自小就是一个内心世界特别丰富的人，简单点说就是多愁善感。

我和同学在路上看到乞丐、残疾人，我内心涌出来第一的反应是同情、难过。我同情并且可怜他们，为他们的遭遇而感到难过，我的内心十分酸涩，眼眶都会含泪。我的内心向来就是特别容易被触动的。但是我身旁的同学们却在指指点点，嘲笑他们。当他们笑着望向我的时候，我的第一反应不是制止他们，而是含着泪，笑着附和。当大家的情感都是嘲笑时，我觉得我若是表现出对他们的同情后，我也会被嘲笑，我不敢表现出和别人不一样的情感和想法，因为我害怕被嘲笑。

让我醒悟过来的是高中发生的一件事，老师在讲政治时事时让我们看了一组难民的照片。真的，他们很可怜，因为战争无家可归，因为饥荒饿得不成人形，因为贫穷衣不蔽体。有个小孩趴在地上捡食物的碎屑，有个小孩身后有秃鹫在等待他的死亡，我内心十分震惊。如此多的人在苦难的泥沼里挣扎，那一组图片任谁看了都会静默，但事实相反。当我望向四周的时候，有很多同学竟然在笑，指着照片说这个人长得像班里的某某某，那个小孩长得怎么怎么样，旁边一个同学笑得前俯后仰，还拍着我叫我看他们所笑的内容。我当时心里很愤怒，但我不敢拍案而起并且指责他们，我害怕我的同情心也被他们嘲笑，我胆小！我害怕！我如鲠在喉地微笑着，我不敢看屏幕的照片，我觉得我对不起那些人，他们的出现好似在向我寻求帮助，但是我却懦弱地低下了头。当我望向老师的时候，老师在用一种震惊、愤怒、不可思议的眼神看着我们，我羞愧地低下了头。老师愤怒地制止了这场闹剧。

当时我的心里各种情绪翻江倒海。我们年轻的一代什么时候丧失了同情心

---

* 作者简介：莫瑞芬，海南人，海南热带海洋学院人文学院汉语言文学专业2013级本科生。

了，我怎么会这么懦弱、这么随波逐流，我一直自认为自己是一个善良的人啊！可是，可是我不敢表现出善良，我内心是有同情心的，这让我不去歧视他人、伤害他人，但是同样我也不能够去帮助别人，不能为这个世界献出一点温暖，更谈不上用爱去感化身边的人了。

我说我有同情心，我很善良，但是却没有做过善事，这如何证明我拥有这些美好的品德？把不作恶当作是善良，不！这不是善良！这是冷漠！这是一种“事不关己高高挂起”的冷漠，如果一个人真的善良，那么他会为这个世界做一些什么的，即使只是微不足道的事。我说我爱家人朋友，但是我从来不用行动表达，甚至连爱字都未曾对他们说出口，这如何证明我爱他们？我说我有羞耻心，但是我面对别人的讥笑讽刺时我却笑着接受，其实我的内心是十分愤怒的，我甚至想冲上去揍他一顿，但是我却没有，我默默地忍受着，并且把这叫作隐忍。不！这不是隐忍！这是羞耻心丧失了！否则我怎么会忍受别人的讥笑讽刺？

有同情心那就别让他人欺凌弱者，爱他人，那就要勇敢表达出来，有羞耻心，就别再让他人来凌辱你。

我觉得一种情感只有表达出来才能算是真正的拥有。我们是真实的人，我们有许许多多的情感，我们不应该把这种情感隐藏起来，因为情感只有在释放出来的时候才会有让人更深刻的体验，这种体验深入骨髓，就像是自己身体里的一部分，与生俱来，不可或缺。

**评语：**人，活在这个世界上总是有一种与生俱来的能力，那就是在对自己不利的时候去保护自己。但作者却偏偏要打破这种人之常情，希望作者勇敢地发出自己的声音。作者看到朋友嘲笑行乞的人会在内心为他们难过，看到同学漠视生命会感到愤怒……这本身就是善、良知的体现，但仅仅如此就够了吗？她向内心发出了回答，不！（关月）

# 我的青春

何长英*

从小,就幻想着在海边玩耍,在海边行走的场景,我享受在沙滩上留下自己的艺术:时而用指尖比比划划;时而踩下自己的脚印,我还享受被海风吹拂,那一种清凉,可以把一切都吹走。虽然生在海南,但我还是像很多没有见过大海的孩子一样渴望着大海。青春时节,我背起行囊,向着大海的方向——海南热带海洋学院进发。

望着大海的广阔无垠,蔚蓝的海洋一眼望去与天相接,内心的波澜早已停止。望着这波涛汹涌的大海,觉得它洋溢着青春的激情,尽情朗诵我的青春宣言。

青春如海,壮丽而富有动感,剧烈而又不失平静。

青春如歌,悠扬而富有韵律,广阔而不失深邃。

青春如梦,短暂而充满理想,高阔而让人羡慕。

时间是青春轨道上行进的列车,在你还来不及回首的时候,满载着喜怒悲欢,然后呼啸而过。在这样的季节,若有若无的伤感蛰伏在空气里的每一个角落,只等着某个不经意的时刻钻进你的心里,留下无法言语的感觉。

驻足大海的校园,我在无数消逝了的足迹中看到那个走过夏日的湖边,踩过秋天的满地黄叶,感受过冬日风雷的自己,当然还有那个埋首于书堆中,惘然于知之无涯的自己。我感到自己的青春好像抓不住的流质,正从我的指缝间悄悄溜走。泪在瞬间剑一般洞穿于我的身体。青春,在行走。

曾经刚处于花季的年龄,却懵懵懂懂地干了许多傻事。那时的我天真地以为,快乐才是青春的本质。然而何为快乐?那时对快乐的定义只有一个字:玩!

---

* 作者简介:何长英,海南儋州人,海南热带海洋学院人文学院汉语言文学专业2013级本科生。

是的，和朋友在一起的时光固然很快乐，可与此同时，失去的也很多很多。当时光老人从我身边经过的时候，他一定会皱起眉头，而他得到的只是我的不屑。

直到现在才明白那时的肤浅，生命中是止不住的空虚。就像大海的表层看似平静，而内部却是强大的激流和暗涌。有一天也许会爆发、喷涌，然后将我吞没。

每每在晚上一个人看天的时候，夜会触及我无尽的伤感。月光照样毫不吝啬地洒在每一寸大地上，只是我分明地感受到它对我的谴责。我的青春被我任意抛掷，让每个人都可以从它上面踩过。我后悔了，发疯似的后悔了，我为我年少的无知感到心痛。泪黯然落下，除了月光，没有谁会记得。在我醒悟的一刹那，一切都有知。谁都不需要记得，只要我明白就好。

曾经，你们一直都在。不知从何时开始，喜欢上了一个人去餐厅，一个人行走，一个人去上课，一个人去图书馆，我已经忘了。进入了大学，已经看不到高中时你们忙碌的身影，看不到那为了考试焦虑的表情，看不到会因解出一道难题而笑逐颜开的样子，看不到任何表情，生活乏味成了一张黑白相片。所幸的是，我还有大海，可以供我遨游的大海，可以让我平静的大海，可以使我的青春重拾色彩的大海。

青春对于拥有它的人而言是公平的，就像大海对于每一个人都是公平的一样，不管你是一个什么样的人，大海都不会拒绝你。在每个人的青春期，只要好好地珍惜它，充实它，我们就一定会干出一番让自己不悔的事业，青春将永留心中。若是碌碌无为，那么，青春将会随着时间悄悄地溜走。车尔尼雪夫斯基有一句名言：一个没有受到献身热情所鼓舞的人，永远不会做出什么伟大的事情来。光阴不能虚度，青春不能虚掷。为了在生活中体现人生的价值，我愿把宝贵的青春奉献给新世纪。

现在醒悟，为时还不算晚吧！因为我的青春并没有消逝，只不过是被我抛掷又被我重拾罢了。“海阔凭鱼跃，天高任鸟飞。”我坚信，以我重拾的青春，凭我的热忱，尽我的努力，再加上我的能力，我一定可以在广阔的海洋里畅游。

青春依然是流沙，只是被我装在杯子中，然后紧握。我已浪费过它一次，但不能有第二次。紧握着它，我觉得自己的生命正一点点地充实。

望着大海，我想起了“面朝大海，春暖花开”。

**评语：**作者深刻地描绘出了青春如同大海般的表面平静，内心却激流暗涌；青春的大学历程，具有同龄人的普遍性。勇于追求理想的心灵都会引起强烈的共鸣。（陈宝乾）

# 谁的青春不迷茫

符海春*

“一个人,十年光阴;一座城,瞬息万变。如果做不到让你深省思考,那就努力让你会心一笑 。”

——《谁的青春不迷茫》

青春,是每一个人最珍贵、最美好的时光。它是一个人的生命含苞待放的时期,生机勃发、生意盎然。它意味着进取,意味着上升,蕴含着巨大希望的未知数。在这段时间里我们忘我地挥洒着,去享受着青春给我们带来的一切美好。它为我们带来的也许是羞涩的初恋,我们尽情地享受着这甜蜜。不去在意后果,任意地放纵自我;它也许给我们带来的是对梦想的那股冲劲,那种初生牛犊不怕虎的志气。青春,它给我们带来的是绚丽多姿的彩虹。

青春是飞翔的小鸟,用它稚嫩的翅膀装点人生的蓝天;青春是潺潺的小溪,用它清澈的溪流滋润人生的心田。一直以来我是老师心中的好学生,根本不用担心,也不会做出什么令老师意外的事。是父母心中乖巧懂事的女儿,有时我甚至在想,我是不是太乖了,有时我会想,现在叛逆点来不来得及,这样的好孩子形象自己都有些烦了。也许是因为每个人都要经历过某些挫折后才会明白自己原来拥有的一切是多么的珍贵,才能体会“珍惜”两个字,才会明白在困难面前我们不应该被击倒,而是勇敢的面对,不管结局是美好的还是令人痛苦的。这些都是我们要经历的事情。高中之前我是令许多同龄的人羡慕的,能遇到好的老师,校长对自己的关怀,他们对我这一切的好,我时刻都在提醒着自己是幸运的,也许老师

* 作者简介:符海春(1995 - ),海南人,海南热带海洋学院人文学院汉语言文学专业2013级本科生。

校长们已经忘记我,但对他们的这份感激已经深刻于心。这也许就是青春里最简单的一部分,别人对自己的好总是会深记于心中。

青春是疯狂的奔跑,然后再华丽的跌倒。没有人的一生是能够一帆风顺的,或多或少都会有一些挫折。我的青春里,留下太多的遗憾。前面的路走得太顺了,一路上都会有人帮着我这边、那边的解决问题,在我需要时总是能很快的有人出现,然后一起把所遇到的困难解决掉,可以说是顺风顺水。高中,可以说是我整个人性格的转折点,从乐观开朗到多愁善感的转变,那个曾被说你的笑能感染别人的我,在不知不觉中那种笑的能力似乎也已经消失了。然后就形成了自己现在这样的性格。我知道这是成长的表现,但是我并不喜欢这样改变。因为付出的代价太大,我想如果可以,没有人会喜欢这样的改变。这样的经历让我了解到没有人能够永远生活在象牙塔里,我们都要学会成长,即使你再怎么不愿意,生活都会用它自己的方式来让你经历过一些事,然后瞬间成长。但是它选择的方式总是残忍的,也许就在你毫无防备的时候,它就降临了。从来都没有从天上掉馅饼的事,有的往往是突如其来的横祸。这些都是我们在青春里必修的课程,没有选择,只能接受。然后自己慢慢地去消化,最后接受。

青春是燃烧的火把,用它熊熊的火焰照亮人生的历程。每个人在经历了一系列的挫折之后,有的也许会对自己存在怀疑,自己这是在做什么?我能做什么?我们更多的是感到迷茫。人活着就是为了来遭受这些苦难的吗?这就是青春吗?我们的青春就要在这毫无方向、无目的中度过吗?那么人生还有什么意义呢?

青春它是雨后的彩虹,用它绚丽的色彩搭建人生的桥梁。青春它就是一道坎,只有我们通过自己的努力踏过去了,才能看到对面那迷人的风景。谁的青春不迷茫?你?我?我想都会有。而我们要做的就是努力的去战胜它,用什么样的心态去面对就会有什么样的结果。

在青春里,我们哭过、笑过、感到迷茫过,但是青春它也许就是要让你尝遍百感交集的感受,然后坚强地成长。以至于多年以后每当我们想起时都会感慨万分。这就是青春,人人对它又爱又恨的青春。

**评语:**本文以刘同的话语作为题记拉开了文章的序幕,而在这短短的语句中,作者笔下的青春立刻就浮现出来了——多姿多彩的青春、迷茫的青春。作者的经历正是这其中的一部分,字里行间无不是真情流露,情感表达极其丰富,具有打动人心的力量。(王渊静)

# 起风了

薛鸿雁*

和风旭日中，这时朵朵花儿开得正艳。于阳光温暖的怀抱中，它们脸上都洋溢着幸福的笑容，于和风的温柔抚摸中，它们尽情地舒展着修长腰肢。当你细心地把视线向花儿裙裾下转移，你会看到那里有颗石头，石头下有棵身形矮小且肤色偏白的小草……

小草于石缝之下每日过着阴凉舒适的生活，自出生时的不省世事到如今初长成，它看过了无数小伙伴被大自然摧残的惨况，它畏惧直面生与死，以至于它从没想过几时要出去闯荡一番。风起了，豆大的雨滴开始无情地拍打着它们的身躯，单薄柔弱的身躯在这时显得是多么的脆弱，似乎是只要再加一次雨的拍打便会折断，“你们把头低下来吧！那样就会减少几分危险！”身旁是腰板挺直，头努力向上昂扬，一副倔傲的神态像是要把所有的困难尽收在眼底而毫不在意的小伙伴，小草望着它不忍心地喊，可是同伴却只给了它一个眼神，便又直面险境了。雨停了，小草望着身旁倒下的伤痕累累的一片，心里有一丝侥幸。同时它不明白，为什么小伙伴们在遇险时宁愿身躯被摧残也不愿把头低下？为什么明明知道突破石头的压迫去努力成长会遇到无法避免的伤害也还是要不顾一切成长？既然知道要遇到这些伤害，可以躲避为什么不选择躲避呢？

一场风雨过后，迎来了明媚的阳光，原本受了伤的小伙伴们在强光的照射下不仅没有死亡，反而更加神采奕奕了，这时的阳光就像是它们的救赎者，赋予了这一切新生的力量。小草很怀疑，受了伤又被强光照射不会死吗？它疑惑地扭动着自己的身躯想要去触及那一缕阳光，它好奇同伴怎么能够重新获得如此旺盛的生

---

* 作者简介：薛鸿雁，海南屯昌人，海南热带海洋学院人文学院汉语言文学专业2015级本科生。

命力,突破一切成长难道会有不一样的生命力吗?在自然中受伤又可以在自然中得到治愈?终于,它开口了:“你们受伤之后为什么没有死亡?”小伙伴看着它:这不就是当初劝我低头于风雨之下的那个人!这孩子多年来都躲在石头之下,想是未曾有任何经历,它又怎么懂得昂首不屈于困难之后所得的滋味。“那是因为风雨之后总会遇见阳光,它会重新给予我们生存的能量。孩子,你整日屈身于石头之下是不会有任何成长的,不要惧怕你即将面临的艰辛,不在深夜痛哭过的人,不足以谈人生,只有经历过后才会懂得成长的骄傲。看看你现在因不经磨炼而泛白的枝叶,这样的身躯是不足以在这个世界好好生存下去的,想让自己过得流光溢彩,首先要学会持续闪烁。”如此这番,就是听君一席话,胜读十年书,小草恍然大悟,自己过去的生活都相当于是在逃避,选择了安定淡然,可见到同伴险后重生是那般羡慕,自己又在这安逸生活最边缘的时刻掉转船头,极力苛责自己的人生。小草看着自己泛白的枝叶,突然回忆起小伙伴的那个眼神,然后下了一个决心……

石缝旁出现了一片泛白的叶子!小草终于从石缝中突破了石头的压迫,在阳光下它深深地吸了一口气,枝叶的颜色开始慢慢有了变化,它知道,它现在是要真正开始长大了!它开始有了全新的追求,它也清楚地知道,自己终究是躲不过那一劫的,该来的总是会来。

天上的乌云慢慢集中在了一起,地上的落叶慌乱地漂走着,狂风将这一切巧妙地连在了一起,形成了一个令人窒息却又难以逃离的灰色笼罩!小草昂首极力控制自己身躯的平衡:起风了。风,嘶吼着,它似乎在对小草宣示自己强大到足以摧毁它!小草心里有些许恐惧,它在想自己是不是该把头低下呢?内心在不断挣扎着,挣扎!既然都已经有了目标,又为何要退缩?既然已经选择了成长,为何又要惧怕?既然选择了远方,便只顾风雨兼程罢!小草不屈地昂首,尽管风雨再无情,它都怀着感恩的心,因为它终于理解了,对于给予你考验的人你要感谢他,是他们成就了更好的你。

劫难过后,无数棵小草都已倒下了,眼望过去,确是添了不少萧瑟之感,却见一棵小草倔强地抬起了头,试图想要站起来,它的身上枝叶都已残缺,当它看向自己的根部时,它笑了……从此这棵小草便拼尽全力成长着,直到最后它自己都没有意识到它已为人们带来了一片阴凉……

曾几何时,我们也因为害怕面对挫折而选择了安逸,但是不懂得面对永远只能被抛弃。当我们认识到了自己想要的是什么之后,那些从未经历过的伤痛却使得我们心生畏惧,但对于真正的成长来说,那不就是你是否能够克服畏惧吗?

**评语**:纵使前方满路荆棘,也要敢于突破心墙与外界的阻挠,不屈不挠。文中小草由单纯弱小不语世事而转变为敢于直面苦难的坚强形象,作者借小草的形象道出有所经历才会有所成长,世上没有岁月静好,只有无所畏惧地昂首向前方可体会成长之骄傲。(田萍)

# 青春纪行

郭文婷*

左手青春,右手年华。

青春,对我来说它是一个限定词,圈出了一段动人的年华,但时间界限却不那么明显。我无从得知它是从何时始,又在哪里止。席慕蓉说,青春是不得不承认的一本太仓促的书。诚然,它只许生命一次,这就像单程列车,错过了站就只剩下遗憾。我们又何尝不是在用这段年华写一本太仓促的书,或许只开了头,还未曾有结尾。

有太多的话想说,也有太多的事想做,在这个三月明媚的日子里。想用最华美的辞藻去修饰青春,用最优美的旋律去谱奏青春,用最感人的诗篇去吟诵青春,总是写不尽,唱不完……

青春啊,它是单纯又美好的。就在这样美好的的年华里,谈一场柏拉图式的恋爱。理想式、纯精神、平等、完美、自由。尽管这样的爱情观被视为极度浪漫无法实现。或许会有人觉得我们过于青涩稚嫩,但于我而言,即使不知道是否有个好的结果,也愿意去恋爱一次,选择去喜欢一次。多一些幻想,就多一些单纯美好。像歌词里唱的:“不在乎天长地久,只愿曾经拥有”。

青春啊,它是活力又张扬的。去看一场自己偶像的演唱会吧,在现场才能感受到的热血澎湃,是每一个人青春里值得拥有的。也许你曾疯狂追星,毫无理由的就是喜欢那么一个人,那么,这就是青春。去看一场属于你的演唱会,离你的喜欢更近一点,让你的欢喜更浓烈一点。不要恹恹地感叹“青春打马而过,我们落花成殇”,这样的情感不应该是青春的基调,就用行动唱出青春恣意而快活的风貌。

青春啊,它是冲动又勇敢的。来一场说走就走的旅行,前段时间网上出现了

* 作者简介:郭文婷,海南人,海南热带海洋学院人文学院汉语言文学专业2015级本科生。

一封很火的辞职信:世界那么大,我想去看看。说走就走,不困难,不复杂。一觉醒来,脑海里突然蹦出“旅行”这两个字,那就收拾行李踏上旅程,只要一人一包。去丽江看看古城小镇,夜晚漫步酒吧一条街……去西藏看看辽阔的高原牧地,看看危耸的皑皑雪峰……关于你青春的旅行,不要让它变得匆匆,心之所向,目及一切的景色全都美不胜收。

既然青春是本太短促的书,那就尽力地把握能够赶得及的时光。多读几卷书,在物质沉浮的年代,书里的世界是一方净土,增添你的书卷气,让浮躁的心沉淀下来,胸中有点墨,眼界会更开阔。

我已说,有太多想说,有太多想做。到最后的最后,给自己,也给你。青春就是要活出真实的自己,不攀比,不虚荣,要真诚,要自信,努力去做最好的自己,在最美好的年华里。

**评语:**青春如火,青春如冰,两重天。行动,颓懒,疯狂。爱情,演唱会,旅行。正如歌词唱到:“疯了,累了,痛了,人间喜剧;笑了,叫了,走了,青春离奇”。这是一场年岁的盛宴,在美好的年华。而在浮夸、诱惑的世界,最重要的或许就是如何过活,选择以何种方式过活。(屠鲁旭)

# 青春投下大海的影子

叶　昇*

时光弹指瞬间,将青春幻化为海的浪尖漫过时间的心田。时光将短暂的青春置于海边的礁石上,细细打磨,酿成微微的海波给人沧桑的怀念。沿着岁月的漫长海岸线,我依稀看见了生命中绝美的风景。

青春也有四季。

青春的最初当是被一股凉爽的海风唤醒,欣然间的睁眼,我发现与我相拥的是一个海天一色的世界。我渴望着与周围的一切进行亲切的交谈,是的,青春年少之时,我求学在一个临海的大学,在海边读书,多么有趣!李大钊说:“青年者,人生之王,人生之春,人生之华也。”青春是一首美妙的歌,谱写了有关成长,奋斗,拼搏的乐章。大海则是那乐章中不可或缺的优美韵律,海洋文化让我着迷,望向海的那边,那蓝蓝的,泛着波儿,打着浪的,像是在我心口镌刻了一般。那一群群的海鸟轻盈地舞动着春的华尔兹,将春回大地的喜讯传遍天地。那一帧帧如诗的写意画在我心底留下纯美的倒影,唤起了我对自然,对大海的深情眷恋。

面对灿烂的星空,独立于苍穹下会产生对于万物的敬畏之心;望见流星陨落,逝者如斯会不由感叹“哀吾生之须臾,羡长江之无穷”;面对波澜壮阔的海洋,内心被浪花击在磐石上的那份豪情涤荡的澄澈。人唯有面对一种永恒的伟大时,才会意识到自身的渺小,自己是根芦苇的本质。

夏季涛声涌动,椰林藏风。步入青春的第二个阶段,慢慢地成熟,长大。在关心学业的同时,也密切关注国家的南海问题,环境的特殊,需要我们大学生肩负重大的责任,心中油然而生的正义感,是对霸权主义的反抗。这个时代,我们无须抛头颅,洒热血,我们应当用自己激情的青春,点燃捍卫南海的意志。我们积极开展

---

* 作者简介:叶昇,浙江人,海南热带海洋学院人文学院汉语言文学专业 2015 级本科生。

相关的海洋活动,学校培养更多的海洋型人才,共建海洋的美好明天。魅力海洋,所幸我的青春,与你同行。

夏的灼热让人的心为之颤动,那是青春在尘世间翻滚后结下的蓝色精魂,漫步在海边的沙滩,我邂逅了秋季,演绎出了梦的华尔兹。敲击音符,那是时光流过青春的轻吟浅唱。秋,青春之秋。收获的季节,我不知道我应该拿什么来面对时间,或成就,或誓言。我有的只是那来自大海的记忆。秋日私语,那低八度的起拍,低沉回旋的韵律让我不禁感到仿佛独立于高楼之上,远处月光下,海光粼粼。想着礁石是否有鲛人在对月流珠,叹那停泊岸边的渔船能否载着我小小的思念飘到家的方向。

夜更加的深沉,风微微拂起海面,捧起一个又一个浪花,仿佛是秋完美的谢幕。那一章章喜悦抑或悲伤的乐章化为秋日的落叶,脱离枝头,覆盖住了心灵的苍白无力。它使我的灵魂更加从容地面对冬的凛冽与残酷。

就这样,一路采撷着芬芳,载着欢笑,我来到了冬天。大海出现在我原本单调的青春年华里,十九岁,它抓住了青春的尾巴,让我感受到了充实与快乐。然而尘世间的繁华衍生出欲望,欲望又给予人以利益的甜蜜。青春,它给人以诱惑,让意志薄弱的人走向堕落的深渊。有多少人能坚守内心的执着不被利益所驱使,又有多少人能最终挺过青春的冬季而获得永恒的价值。

然而大海教会了我许多。

我不愿随波逐流碌碌终生,更不愿以逐梦的借口来麻痹自己的灵魂。所谓青春不在于你做了多么不朽的事,而在于你是否为此迈出那坚定不移的一步。如果没有,那么浪花退去只剩下被欲望狠狠抽走灵魂的躯壳,青春最终会失去原本的光泽。

时光会让人垂垂老去,但幸运的是,我在大海的四季轮回中找到了青春的真谛,而大海也为我的青春投下了那抹不去的倒影。

**点评:**青春是美好的,我们能从文章中感受到作者对青春特有的态度,作者将青春分成了四个季节,通过春夏秋冬四个季节的变换,写出了青春与大海的密切关系,让我们走进他的青春,感受大海的魅力和青春。(陈姜蓉)

# 我成长的地方

范鑫洋*

火车出发了
即将远离这片天地
我在这里居住了二十年
而今
终将远离
远离那绵延千里的天山、阿尔泰山、昆仑山
远离那维吾尔族、回族、哈族热情洋溢的人们
羊牛早已远去
雄鹰展翅翱翔
只剩下空旷的原野
伴着黄沙
顶着白云蓝天
在我的脑海中打转
春天
我们坐看鸟语花香
碧草画满原野
偶尔
也会狂风卷集起黄沙扫过
四境皆寂
盛夏的果实

* 作者简介:范鑫洋,新疆奇台人,海南热带海洋学院人文学院汉语言文学专业 2015 级本科生。

是那吐鲁番秋日的葡萄干
哈密的瓜果的甘甜
依旧时时留在夏日的余韵中
冬天的人们
裹着皮衣在寒风中哆嗦
屋内的温暖如春
不曾让他们希冀南国的艳阳
这里是雄鸡之尾
我成长的地方
这里有克拉玛依的油
轮台的气
造福万里之外的人们
这里有一望无垠的军垦农场
无休止地供应着三千万黎民的衣食
这里也有比苏皖面积相加还大的“死亡之海”塔克拉玛干
曾经埋葬了多少人虚妄的野心
这里
一切皆有可能
因为
这里本就不无可能
然而
这一切都在远去
火车
终于轰轰隆隆地走了
走了
悠悠的铁路啊
你可曾想过
将我的心声
带到这遥远的边疆
这我成长的地方啊

**评语:**在作者成长的地方,作者对它深深的眷恋和不舍,对它的热爱,让我们感受到那儿的美好,笔锋细腻,感情真挚。(于雪)

**评语:**最美的景色是家乡,作者笔下,刻画出了他家乡的点点滴滴,不难看出,他是对那一片土地怀有多深情的爱。在火车的驶动中,他终究是远离了家,其中的不舍和留恋,的确让人为之动容。那是作者成长的地方,也是孕育希望和梦想的摇篮,即便离去,作者也紧拥着家乡的美好一起远行。(汪云鹤)

# 我的青春没有海

杨　挺*

我的青春没有海
真的，那里只有山
一座接着一座
延绵，伸展
但是我想看见海
是不是大大的湖泊
有没有湛蓝的海水

山总是那样
沉重，一成不变
即便有四季的变化，但终究还是那些花草
也许是看惯了，也许是看腻了
也许是大山总是在遮挡我的视线
总之，我想看见海
那可以洗涤沾满灰尘的心灵的地方

我一直想去有海的地方
青春不能在一群大山里故步自封，
我想要海的宁静，碧波荡漾
我还想要海的狂暴，兴风作浪
不像山，总是沉默

* 作者简介：杨挺，宁夏人，海南热带海洋学院人文学院汉语言文学专业 2015 级本科生。

一次又一次,我在大山里做着大海的梦
总有一天,我要去寻找大海

我终于看到了海,和梦里的一样
我张开双臂拥抱大海,贪婪地呼吸着海风
我甚至没有看身后的山一眼
它囚禁了我二十年
我终于看到了海,不计其数的帆漂在海上
我忽然在想,我是不是那帆离开港口没有了依靠
我忽然又想,我的港口是不是那山

原来
我一直憎恨讨厌的山
我一直冷嘲热讽的山啊
它就这样为我付出了二十年
从此
我的青春联系在山海之间
海的美丽和神秘让我不断去追逐
山的沉着和稳重依旧给我依靠

**评语:**文章开头,作者就毫无忌惮的表现了对山的憎恶,而对于大海,则是向往已久,由此形成鲜明的对比,最后作者的释怀也让前后文有了一个规整的布局。文章所表达的意思不是很明朗,但正是这种若隐若现,让人有了理想与现实,梦想与青春,追求与羁绊等多种感受,这就取决于读者的理解角度。文章最后,作者理解了山,也拥抱了大海,对于所爱,有了更深一层次的认识,也许这就是一种成长。(高芳玲、谷佳穗)

# 空　涨

龙思辰*

夏日漫长而无事。

从楼上看下去都是空旷的沥青路，日光下的死寂。连鸟鸣都没有，只有被拉长了的知了声在回响。停电了，空调和电风扇罢工，她赤着脚踩在瓷砖上，开始是凉意，过了一会，地砖就开始热了起来，于是往旁边挪挪。皮肤上都是粘腻的汗液，像一层保鲜膜一样紧紧裹着自己，恍惚觉得成了被裹好的生鱼片。

她勉勉强强扯了扯嘴角，对自己的冷幽默聊以安慰。

很空，烦闷的，粘稠的，空。

这个暑假她经常产生这样的感觉，像是什么东西被抽出了体外，体内是令人不耐的空虚。思维不受控制的顺流而下，漂浮到主人都不知道的地方。

她讨厌这种感觉，决心出去好好找找乐子，比如干掉树上那只不停鸣叫的蝉，她想：简直像一个聒噪不休的浅薄的人。

她还记得小时候上树掏鸟窝的快乐，赤着脚登上树的枝干，手指用力扣住树皮的缝隙，树皮总是粗糙的，踩得脚底微微发疼的痒，小心翼翼顺着枝干往上爬，从下往上看，树总是显得很高，仿佛爬不到尽头，而鸟巢就觉得离得很近，伸手一捧，就是一手心细腻的绒毛。

那时的快乐透过远远的时光都有如此大的威力，划破她身上的膜让她感到隐隐的乐趣。

她穿上青色牛仔裤，随手套上一件白色 T 恤，放在门口的鞋被蒸得微微发软，皮质的鞋底踩上去像一块融化的奶糖。

在出门前一刻她的思绪又飘到了无法预知的地方："真羡慕啊。"这句话仿佛

---

* 作者简介：龙思辰，湖南人，海南热带海洋学院人文学院汉语言文学专业 2015 级本科生。

来自外部。这个羡慕前没有主语，她总会羡慕身边的人，艳羡甚至嫉恨他们的完整单纯。她是一个阴暗的人，这点从她有记忆开始就不断以各种琐事提醒着她。不论是从柳枝下揪下一把叶子撕得烂碎看它们的残骸在指缝间慢慢由绿变棕由湿变干；还是把蟑螂投入厕所中，静静地看着它在水中挣扎，几只脆弱细长而又带有绒毛的腿在水层之下求生却又徒劳地在水里打转，最后沉寂下来，成为漂浮在水面的一小团死尸；抑或疯狂地仇恨，幻想杀死某个人——砍掉你的头，切断你的腿，吸干你的血，吞尽你的肉，打碎你的骨头，让它们变成粉末，泡在水里，一点一点地喝下去——只要这么幻想着……都会带给她一种黑暗而寂静的狂喜。她在那时屏住呼吸，全神贯注于看着它们或他们的毁灭与死亡，却感到由衷的、飞腾的、不可抗拒的欣喜。

她将脚拖在沥青路上，仿佛在温热的泥沼中游动。路像是很宽，没有边界。

她总是很不能理解自己，就算从这时的时光回望那一层的时光，就算以成长过的心灵去揣摩当时的心灵，即使她们同为一体，面对面地居住在一个躯壳里，却依然不能够理解。理智的力量总是在喜悦的壁垒面前毫无杀伤力，只能在喜悦退去后加以它的谴责。

所以她这样害怕又这样想亲密自己，想把自己揪在手中去掐那只温热的脖子，想像上下滑动挣扎着喘气的喉咙与动脉在皮肤下那种一勃一勃的有力脉动，同时又想亲吻那双倔强的，无畏的，如澄澈兽类般的眼睛。

因为我只有我啊。

她踩进草丛，在思维回归之前身体早已行动，草丛乱蹭着她的脚，刺刺地疼，她低头去看双脚很白，脚裹在棕色带状凉鞋中显得晶莹剔透，粉色的半圆形脚趾，蓝色的血管在皮肤底下微微跳动，她面无表情地盯着它们看了一会，想扯着身上的它们将皮撕下来，看看没有了这层壳它们是什么样子，她有点愤恨地想，难道其他人就那么干净么？

她一边想一边朝着家门口的桂树走过去。离树越近，蝉声越来越大，织成一个绿色的茧，太阳烤着她的脖颈，有一种紧绷的疼，她将手扶在桂树上，抬起脚，脖子向后弯成一个姣好的弧度，仰面着脱去了鞋，倒真像撕掉一张皮一般，刺啦一声。

这时候膜好像也破了一层。

她站在树下抬头，树真的显得跟小时候一样高，斑斑驳驳的阴影印照在她的眼睛里，与旧时重叠，她觉得有点儿晕，分不清今夕何夕。树上的蝉在鸣叫着，喋喋不休，生生不息。她猛地丢下鞋子，双手紧紧抱住树干，然后抬起两只脚，以一种极其可笑又扭曲的姿势踩在树干上弯成一张弓，保持了大概四秒，大约觉得无法借力,又跳了下来,砰的一声将草地踩得陷进去,她就着半蹲的姿势停顿了一会,又一跳起来,用双手搂住树干,双腿夹住树干,锁骨蹭到树上,鼻腔里满是夏日草木的浓烈芳香,树上的灰纷纷落下来,落了她满身。蝉还在不停地,持续地,磨着她脑海中的一根弦。弦发出吱呀吱呀的声音,最后崩断,混沌彻底打破了。一种类似于伤害的快感笼罩住了她,她死死地咬着牙,不断将身体贴近树木,想要与其融为一体,将手伸长又伸长,腹部绷紧,心脏贴着薄薄一层血肉在疯狂鼓动,她全身都在用力,感觉自己像一块被拉长的橡皮,每一个细胞叫嚣着往上!往上!蝉像在很远又很近的地方,透明的翅膀一鼓一鼓,金棕色的头部微动——她的脚狠狠摩擦着树皮,不知道被什么东西割了一下,尖锐的疼后又变得发痒,但她没管它,没停下,反而更加疯狂地向上,喜悦又来临,排山倒海,呼啸而过。在这个脑袋排空,因为一件无聊的念头而做出无聊的事的下午,全世界都在发酵,世界都变形了吧,都变形吧!都像我一样变形吧!全部、全部都——

汗水流到她眼里,全世界都模糊成了巨大的色块,黑色的、白色的、绿色的,她幸福得想要流泪,尽管理智告诉她,她不可理喻——这有什么好流泪的?可能是太压抑了吧,真的没什么,只是很久没有快乐过,所以真的想要好好快乐一回,就像以前那样,无论什么微不足道的理由都可以。她果断将理智从脑海中拔出让它成为树上的一个借力点,踩着它听着它的碎裂声。她真的流泪了,寂静的。

忽然她意识到蝉声消失了,消失了多久呢?她愣了半天,看着自己手臂上的灰,汗水滴落的地方有一道道白色痕迹,指甲盖抠着树皮上的缝隙,闷闷的酸涩。她发觉蝉应该是走了,她动作那么大,蝉怎么会不警觉呢。

她觉得身体被扎了个洞,有东西源源不断地流走了,排空了。

她静静看着四周,原来已经爬到这么高的地方啊,上面是越来越细密的枝干,再也不能往上,也看得到天空了。

她就这样看了会天空,然后慢慢滑下来,捡起鞋子,发现脚上的伤口和灰尘混合在一起,好像结成了痂。身上又黏又脏。

蝉声又突然在很近的地方爆发出来,她惊了一惊。

聒噪,刺耳,喋喋不休。

但却没什么捉蝉的欲望了。

冰凉果冻般的东西从脚面漫上来了,慢慢将她包裹住。

她发出一声抽泣似的嘲笑,但眼泪却没有落下。寂静的,漫长的。

空。

**点评:**本文描写少年时期复杂的心境,对于自我微妙的观感,对生命真正的快乐的追问,看得出受过先锋文学的影响,是一次勇敢的尝试,笔触细腻,描写生动,可以一读。(智宇晖)

# 02

# 拥抱海洋

# 海之旅

黄美燕

（一）

软绵绵的细沙轻轻地抚摸着我的小脚丫，但这却不能让我感到舒服。我静静地坐在沙滩上，现正值夏天的夕阳美景，而我却无心欣赏。时不时从不远处传来一阵又一阵浪花的拍打声，这又让我陷入深深的沉思当中，眼角不知何时残留了几滴眼泪。

我的思绪回到了去年端午节，奶奶拿煮好的咸鸭蛋和用艾草煮好的热水帮我洗浴，当奶奶用鸭蛋轻轻地触碰我的皮肤时，我总会嘎嘎笑起来。想到这时，我的嘴角扬起一丝丝微笑，但又很快消失了。我知道今年的端午节不会有这么幸福的事了，一想到这里，鼻子酸溜溜的。“傻孩子，在想什么呢？咱们去捡贝壳吧，刚才爸爸看到很多漂亮的贝壳哦，你肯定很喜欢。”父亲抚摸着我的头温和地说道。我被父亲拉到海边，尽管波浪很凶猛，但走过清澈的海水时，还是清晰地看到许多精致的贝壳。父亲挑了几个不同形状的贝壳放在我手里，我用大眼睛好奇地盯着这些神奇的家伙，小心翼翼地抚摸了一下。过了一会儿，父亲从我手里拿出一个较大的贝壳放在我耳边，悄悄地对我说：“你以后如果想奶奶的话，就听听这个贝壳，奶奶把对你说的话都藏在这里面了。”瞬间，我的脸上露出幸福的微笑。

从那以后，每当我想奶奶的时候，我总会跑到一个安静的地方，然后把贝壳放在耳边，静静地聆听着奶奶从世界的另一端传来的声音。虽然，贝壳里传来的是海浪嘈杂的声音，但不知为何听着就好像奶奶在和我说悄悄话。

似乎，人的死亡并不可怕，奶奶虽然不在我的身边，但关于她的回忆，和藏在贝壳里的悄悄话会一直陪伴着我。

## （二）

上了中学之后，随着课程的增多，学习压力如一座大山压在我还未坚实的肩膀上。然而，我的幸福家庭也随之开始涂上了一层黑烟，父亲与母亲总是因为一些琐事而经常吵吵闹闹，矛盾越多，感情也越淡。每天晚上，我总会看到母亲红肿的眼睛和那掺杂些许银丝的头发。父亲经常早出晚归，当然不只是工作繁忙，还有和母亲的矛盾加深的缘故。

众多的心事萦绕我心头，像一团团相互缠死的线条，总是理不开。虽说夫妻吵吵闹闹很正常，但对于当时还未成年的我来说是不能理解的。父亲总是让母亲伤心，看着母亲那么痛苦，我和妹妹们都不知所措，只好跟着伤心。

慢慢地，我开始变得沉默，变得多愁善感，与其他小伙伴慢慢地疏远了。因为自己不想看到其他小伙伴的父母总是和和睦睦的，也许，当一个人痛苦时是最不希望看到别人幸福的。

只有他，我最好的小伙伴，我们从小打闹到大。虽然我刻意地疏远了他，但他总是默默地帮助我，安慰我。在学习上，我有较差的科目，他会耐心地帮我辅导。有一天放学，他说要带我到海边玩，我点了点头。

就这样，我又来到海边。那天，风浪很大，太阳已悄悄挪到西边。不管我有多少烦恼，有多少解不开的心结，一到海边，便会暂时忘却一切不开心，有种豁然开朗的感觉。在这无边无际而又蔚蓝的大海面前，我显得如此渺小，而我的忧愁渺小得如同沙滩上的一粒沙。过了一会儿，一阵海风袭来，眼前的浪花犹如冲锋的战士正滚滚朝我前进。那浪头儿越滚越开，我的心开始颤抖，正准备逃跑时，我的小伙伴捉住我的手，鼓励着对我说："别怕，没事的，浪过就好了。"我抿了一下嘴，表示同意接受挑战。

那巨浪终于来了，它高过我膝盖，突然，凶猛地击在我身上。我闭上眼睛，发出了短暂而又尖锐的叫声。刹那间，痛感随着我的尖叫声一下子消失了，留下的是凉爽的感觉。

下次浪花来时，我发现自己并不那么胆怯，我勇敢地走上去，任它拍打。我似乎明白了，对！浪过了就好了，以后不管我遇到多大的困难，我只要勇敢面对，勇敢地挑战，就一定可以打败它。

## （三）

风轻轻地拂过我的头发，早晨的大海如此安详、宁静，没有浪花，更没有拍打声。我深深地吸了一口清新的空气，就像干涸的禾苗得到甘甜的泉水一样滋润。

我独自坐在沙滩上，静静地聆听着大海的呼吸声，心是如此的平静。一个人静静地思考着友情、爱情、亲情以及自己的学业，自上大学以来，发生了太多的事。经历多了，自然也变得成熟、淡定。但自己常常在追寻梦想时迷失方向，有时候，觉得自己肩上的重任承担不了，好累好累，只想静静地和大海好好待在一块儿。

不知不觉，我的脚丫已经挪到了海水中，突然发现，海已经变得浑浊且有苦涩的气息，微荡这不就是我们的青春吗？

海，陪我度过了许多难忘的时光。如今，沿海的旅程还未结束。人生之路还很漫长，我愿与海相伴。

海的味道会越来越浓厚，我的人生之酒也将越酿越醇。

**评语**：感情真挚、语言温馨，愿我们的人生像大海一样蔚蓝、宽广、绚烂。（楚清清）

# 你的海

钟 媛

亲爱的:踏上那座小岛的土地,我看见了看着天空等我的你。

大学毕业已经533天了,距离最后一次见你已经过去了530天,而我来到这座城市已经431天。很执着是么,因为你的只说过一次的愿望,选择一个城市,选择远离家乡。都说毕业是注定分离,注定把有情人分开,注定的让最熟悉的人分道扬镳,诸如此类事情年年发生,多得大家都来不及惋惜,就已习以为常。我庆幸我们没有像众多人一样的注定分离,因为,如果一开始就知道结果那么又怎么会有侥幸心理?我们之间的情感,或许说给别人听,会被人接受,也可能会被人唾弃,这个国家还没有开放到可以欣然的接受我们这种爱情的存在,在大众的眼里我们只是好朋友。

刚认识你的时候是我刚刚去那个城市的第三天,完全陌生的城市,陌生的人,周围的一切出了陌生还有冰冷,你的靠近像是寒冬里的太阳,温暖,迷人,你带我熟悉周围的一切,帮我把周围的一切升温。也是从那个时候开始你给我看了那张照片,照片里只有一片蓝蓝的海,蓝蓝的,你告诉我,你的哥哥,是在那片海里救了你,却留在了那片海里,你说你会到那片海去,彼时你我十四岁。之后发生的似乎是平常的事情,我们成了亲密无间的朋友,一同上课,一同放学,一同去食堂,一同回寝室,一同去书店,一同去做很多事情,你就像是我的哥哥,在身边陪我,照顾我,会为我被欺负而生气,也会因为我的开心而开心

可怎么也忘不了大二那年的事情。我陪你过过很多个哥哥的祭日,你从不和父母一起,因为你不想让他们看见你的哭泣。照例,那天我早早地打电话叫你出门,你还像是从前一样,强装开心。我们都以为这一天我们会一直像从前的每一次一样平静地度过。如果问我现在是否后悔那天选择进入那家书店,我一定会犹豫。路上有一家新开的书店,我爱看书,你看我注视了几眼,便提议进去,推门而

入，老板从屋内的门走出来，瞬间，把平静的一天搅乱。我就那样定定地站在那里，不知所措是最好的形容词，你一脸疑惑地看着我，看着老板，直到我说出了那两个字“志安。”你在听到他的名字的时候选择去门外等我，你知道这个人是谁。梁志安是我此生的劫数，我从高中同他在一起的那天开始就知道了。我们的分开原因很普通，就是他是一个买书的小老板，我是一个学生，我们不可能在一起，毕业就意味着分开，他是我爱看书和爱去书店的原因，我没有告诉任何人。可我没有想到，梁志安会跟着我到我读大学的地方来，我没有想到他是珍惜的。旧情复燃，似乎是理所当然的事情。从书店出来，你问我，我便告诉你我们又在一起了，我以为你会像从前一样，替我开心。你也的确是这样。我们去看了电影，你帮我挑了衣服，我们玩了一整天，晚上你告诉我，自己回寝室，有人叫你出去吃饭。那天我等你的电话等过了 10 点、11 点……你从来不会这么晚回来，从来不会，打电话你不接，知道凌晨 1 点，我接到了你少数几个朋友中的一个人的电话，叫我去接你，你喝醉了，是的，你喝醉了，你从来不喝酒，因为我不喜欢。我几乎是脑子一片空白地跑到了酒吧。你的朋友在门口等我，他告诉我你今天喝酒之前说过如果喝醉了也不要让我进酒吧接你，因为我受不了吵闹，所以我到了之后你被他们扶了出来。你见到我就跑过来抱着我，而你的朋友则成了少数知道我们事情的人，你扶着我的肩大声地喊出了那句“罗璇，我喜欢你。”周围的几个朋友告诉我，你刚刚已经说了几十遍。这样的事情我是反应不过来的，我跟他们说你一定是喝醉了胡说，后来一切事情我都当作没有发生。我没有和梁志安在一起，不知道是因为你，还是因为不合适。不知道你听没听见我在你耳边说的那句“我也是。”

然后就是日日的相伴，日日的手忙脚乱，还是毕业了。你决定去那片海是我一直知道的事情，你跟我说过，我也懂得，所以当我在你的笔记本里看到那份参军的材料的时候没有多大的反应。毕业三天，三天你就作为第一批女兵出发去了那片海上的军队，出发的时候你在我耳边说的我都听见了，人都是明知不可为而为之，所以我没有听你的，毅然决然地来到了这个城市，成为这做城市里的一位医生，安于现状的我每天异常的勤劳，异常的努力，因为听说，你们的小岛建成之后这家医院会派部分医生去。我想我有一天一定会走过这片海，走过时光和世俗去找你。

可为什么，你不等我，你为什么要把自己装在盒子里回来。

写后记：

其实就言情小说来说这是一个很老套的情节，细想下来，这种为世间所不容，是连着老套的情节都让她们渴望的。经常写懵懂的情感，第一次写这种懵懂又特别的情感。这种情感在中国还不容于世俗，看起来还是有很多人不能理解，不能接受，甚至唾弃。我本身对这种情感并没有经历，可世间有很多这样的事情，听多了，就想写出来。世俗挺可怕的，并没有人规定，在一起的一定是异性而不是同性，就像没人说狼不可以爱上羊，可大家理所当然地认为，同性便是异类。不是为了同性辩驳，只是觉得少数人也应该得到应该平等，毕竟也许有一天在别的地方我们谁都可以是少数人。

**评论：**爱情是人类永恒的主题之一，然而她又比亲情脆弱得多。一个很微小的变故就足以让它不复存在；分离是人生的主题，是每个人必经的境遇。迟了，会让人觉得庆幸，彼此之间拥有了那么多的相聚；早了，让人万般遗憾，却无可奈何。（李周悦）

# 听,海哭的声音

王欣怡*

临近傍晚时分,夕阳燃烧的天空下。我与哥哥同行至海边大桥,可惜自身体质对海水的不适应,无法畅游海中变成了我的遗憾。可当目光触及那片与天相接的海,还是忍不住被它所吸引,它仿佛有着吸纳万物的魔力,那么宁静却又那么澎湃,那么澄澈却又那么厚重,自成一片蔚蓝的海却又像是天空投下的倒影。

这般莫测多姿的海洋吸引着我,我站在桥边静静地观赏,桥下传来人们欢乐的笑声和孩子们的嬉闹声,时不时卷来的浪在岸边拍散,交错杂糅的声音更是为这幅景致增添了些许活力和热情。

而就在这样的精美画面下,远远地便看到与此格格不入的一幕,似是扁舟孤零零的从较远的方向缓缓而来,简陋的小船感觉在浪中下一秒就会被掀翻,可是并没有,那张简陋的木船就在并不算平静的海面上四处游走,久而久之,我的视线便被它牢牢地控制了,我的目光追随着那张小木船以及那船上的人,他划动着木船,不时地停下来伸出一根长杆,伸出,然后收回。然后再向另一个方向缓缓驶去,就这样重复着简单的动作。

这样枯燥的动作不知重复了多久,直到我已经感觉双脚发麻,才看到那张小木船缓缓地向岸边驶来,待他走近,我才看清他手中拎着的袋子里装满了垃圾,原来他的那根长杆是用来捕捞海面上的垃圾,一时之间,望着岸边角落里的垃圾堆,我突然觉得耳边传来的欢笑声有些刺耳。

没过多久,便见到陆陆续续有人从海边上来,从身边攀谈的人们口中得知涨潮时间临近,我与哥哥决定看完涨潮后再一同回去。只见海浪随着时间的推移一波接着一波向着岸边打来,先是温柔地打散在沙滩上,然后缓缓地退回那片蔚蓝

---

* 作者简介:王欣怡,江苏人,海南热带海洋学院人文学院汉语言文学专业 2014 级本科生。

的海中，逐渐的，海浪袭来的声势变得浩大起来，它开始拍打着大桥下的石壁，砸碎在灰色的石壁上，留下深深的水渍，声响也变得愈发的震耳欲聋起来。

远处的海面上卷起巨大的海浪，以波涛汹涌之势向桥边袭来，像是发狂的巨兽，咆哮着，嘶吼着向着这边奔来，他们的身体撞击在石壁之上，发出震天的响声，像是不甘于这样的结果，下一秒他们继续向着石壁撞击着，他们选择了在沉默中爆发，将所有的力量汇聚起来，撞击，再撞击，似乎在冲破些什么，在打碎些什么，在宣泄些什么。

巨浪砸碎在石壁之上，碎裂的水流向桥岸上洒来，耳边传来的是驻足观看的人们惊喜的尖叫声，而当我拂去脸上散落的水珠时，心里却隐隐有些难过。隔着蒙蒙的水雾望向那一望无际神秘的海，它依旧那么美，却显得那么的落寞。

它是大自然给我们的馈赠，是大自然的礼物。它本该是那般温和宁静的模样，像是温柔的女子在盛夏的烈日之下用她的双手安抚我们焦躁不安的内心。它本不该是这般狂躁凶狠的模样，像是凶残的巨兽在落日的余晖之下用它的身体撞击岸边坚硬冰冷的石壁。

海浪在咆哮着，在嘶吼着。我轻轻闭上眼，听，那是海哭的声音。

**评语**：文章的主题是保护海洋，首先对大海进行了一番赞美，然后由一艘小舟引出海洋污染的事实，这确是一个不错的引子。前半部分着力描写了大海的温柔和美丽，后半部分把拥有博大胸怀的大海的另外一面（发怒的大海）给勾勒了出来，以此来劝诫人们要保护海洋的环境，不然就会遭到大自然的报复。文章的语言优美，带着一种诗般的柔情，特别是标题“听，海哭的声音”，拟人化的笔法让人可以更加深刻地体会到大海的心情，呼吁人们保护海洋的环境刻不容缓。（李蓉）

# 观　海

于新韦*

每次去看海都是草草地看几眼，感叹几句海之蓝，海之大，只看表面却不走心，但这次的露营却让我有机会在真正意义上看了一次海，真正有所体会，有所收获。

白天的海湛蓝宁静，伴随着雪白的浪花越发显得活泼美好。远望大海，海面平静，海天相接，映入眼帘的是满满的蓝色，无边无际，以至于让人分不清哪里是海哪里是天。自古以来我国便有“海纳百川，有容乃大”的说法来形容一个人的心胸宽广，我认为这并不恰当。

大海的确能容纳百川，但它来者不拒的态度未免让人觉得过于随便。我们只知道海水是咸的，却不曾探寻其中溶解了多少有害物质，海水中浸泡着多少脏垃圾。试想，如果一个人的心胸像大海一样，好的坏的都能接收进去，那我们该如何来形容这样的一个人？所以我觉得能宽容别人是好的，但是如果一个人对任何事毫无底线接受那就不是宽容，而是纵容。

随着夜幕降临，大海也变得深邃，伴着星星点点的灯光，待万物逐渐沉寂，大海就越发显得幽深，如果说星星是天空的眼睛，那么大海就是夜的眼睛。夜用这饱含泪水的眼睛含情脉脉地注视着天地万物，永不停息。

夜里的大海没了白日阳光下的粼粼波光，放眼望去，黑漆漆的一片。在茫茫的夜色中，大海越发骇人，就像一个喜怒无常的人，突然发起了脾气。你不知道那高高的波涛卷来了什么又卷走了什么，只发现在海水的淘洗下，沙滩变得越来越干净，就像人发过脾气之后就不再有误会，不会再有阴霾。

---

* 作者简介：于新韦，河北唐山人，海南热带海洋学院人文学院汉语言文学专业 2014 级本科生。

躺在帐篷中已经很晚了，却久久不能入睡，一来，第一次的露营经历让我的心情还处在兴奋状态中，二来，虽然在帐篷外感受不到风，但在帐篷中静静地听着海浪声是那么响，让人难以入眠。索性睁着眼睛看着空中的月亮缓缓西斜落下，脑海中不断浮现各种画面，以前经历过的事情，自己的想象，很多很多。在这个海风吹拂的夜晚，我想了很多，有过去，有现在，有未来……

带着腥咸味的海风在轻轻地吹，让我在深夜依然保持清醒。人生何尝不像大海，在我度过的这短短的十几年中，我已经经历过许许多多的人间冷暖，看了许许多多的事态变化无常，而且我知道，在以后的日子里这些风浪仍在继续，我只有成为一个更好的舵手才能让我的船免受风浪的侵袭，成功地驶向人生的彼岸。但是我又在想，这些风浪在我的人生中意味着什么呢？它们有的在与我的搏击中被消灭，有的却把我战胜。浪花在抵达岸边的时候是美丽的，但我们也应该看到它在形成时的起起伏伏。

露营随着太阳的升起而结束，而露营的点点滴滴都会被珍藏。在以后的日子里，我会努力让自己成为一名很好的舵手，在人生的这片海上前行。

**评语：**作者以独特的视角，从理性和感性两个层面出发，写自己眼中的海，心里的海。并由此联想到人生如海洋，我们也应当在各自的海洋里乘风破浪，追求理想。字里行间，既有波澜壮阔的海景，又有充满睿智的哲思，读来令人感慨万千。（严海燕）

# 昔日美丽的海滩

陈焕保*

海，就像是一位身穿蓝纱裙的美丽姑娘，一望无际的蓝，水天相接处，仿佛没有了边界，海是和天相连在一起的，浩瀚无比。海浪拍打着海岸，一朵朵浪花在沙滩上慢慢铺开，形成一个个美丽的图案。我不算是在海边长大的孩子，但却又可以说是，这是因为那时的大海是在离家几公里之外的不远的地方。

小时候常常和小伙伴们结伴去海边玩耍，捡拾贝壳和各种海螺，本来路途对于小时候的我们来说是挺远的，但是因为是结伴而行，路上玩耍打闹，很快就到了，首先映入眼帘的是一排排高大而坚韧的防护林，它们耸立在海岸边上，在台风来临之时，为人民的庄稼“护航”，减弱了许多的风力，它们也起到了固沙的作用，使水土流失没那么严重，它们就像一个卫士，默默奉献着。走累了或是太阳强烈的时候，可以在这防护林下乘凉，因为枯叶掉落，渐渐地形成了一片自然的席子，躺在上面，舒服极了。在海水还没退下去的时候，可以躺在这里静静等待，闭目养神，静静地聆听树枝发出的声音，好似 个小姑娘在唱歌，忽远忽近的，时而清晰时而模糊。

在沙滩上长着许多的仙人掌，开着黄色的花朵，在果实成熟的季节，一个个小小的挂在枝头上，红红的，就好像一个小小的火龙果，剥开果皮，放进嘴里，甜甜的，颜色染的满嘴都是红色，有时小伙伴们闹着玩，把仙人掌的果实颜色抹到另一个人的脸上，红红的，好似一个唱戏的人，也像一个小花猫，但是彼此也不会因为这个而生气。再走下来一点，就是一朵朵紫色的，类似牵牛花的一种花，说不上花的名字，喇叭形状，一个个迎着太阳绽放，它们不像是牵牛花一般脆弱，它们坚强，

---

* 作者简介：陈焕保，海南儋州人，海南热带海洋学院人文学院汉语言文学专业 2014 级本科生。

慢慢地向大海的方向伸展。

潮退下去了,抓起一把沙子,沙子细细的,柔软的很。沙滩上因为人少,垃圾没有多少,有时小伙伴们也会捡拾海浪送上来的垃圾,还沙滩一片干净。沙滩上还有各式各样的美丽贝壳,贝壳经过沙子的摩擦和海水的淘洗,变得光滑,颜色各异,美丽极了。走下海里,去感受海水带来的清凉,海风徐徐吹来,一股大海的味道在身边萦绕。脚下的螃蟹在爬走,它们要在人们抓它们之前寻找一个安全的场所,它们更多会选择一个大石头缝或者是把自己埋在沙里,它们的伪装术不高,但也足以保护它们,因为它们还有一双锋利的钳子。小时候抓螃蟹是不怕的,因为被夹的次数多了,渐渐地也学会了技巧。有时不屑于捕抓小螃蟹,就蹲下来看着它爬走,一副着急的样子。耳边突然响起一声尖叫,原来是一个小伙伴调皮,被螃蟹夹到手了,我们笑了,他生气地对螃蟹说:“我就不信搞不定你”。就这样,他和小螃蟹较上劲了。海里面还有许多的小海螺,它们还没来得及掩埋自己,一个个裸露在地上,眼睁睁地看着自己进了桶。海里还有许许多多的小鱼,在一个小坑里游着,无忧无虑,因为太小,也不用担心被抓走。海鸟在头上唱着歌,好像是在感谢这富饶的大海,为它提供了丰富的食物满意的飞在大海上面。几艘渔船在岸边停靠在岸边,打渔归来的人们脸上洋溢着满意笑容,我想,他们应该收获不错,夕阳西下,美丽的晚霞与海的蓝形成了一幅美丽的画卷,晚霞变着,映得海水也随着晚霞变幻着。

潮涨起来了,海平面渐渐上升,海浪从海平面上滚滚而来,一浪接着一浪,气势磅礴,拍打着岸边的礁石和沙滩。有节奏的海浪声,我想这应该是大海的心跳声吧！在涌动着,它是真实存在的,大海既平静又不平凡,既博大又动听,就像是生命的跳动。夜幕下的海边,褪去了白天嬉闹的人群,海风吹来,轻轻的,很清新,在漆黑的海水上倒映一轮明月,天上繁星点点,给这美丽浩瀚的大海添加了几分静谧和神秘的韵味,就这样,在这种环境下度过了我的童年。

然而,这美丽的海滩即将消失了。填海工程已经进行好几年了,只剩最后的一块地方——南滩港,而这也是我小时候常去的海滩,充满童年回忆的海滩。再过几个月,它也将会变成一块陆地,当初的海滩也将不复存在。我很庆幸的是在填海工程结束之前我还有机会见到它(因为很早的时候就搬离了这里,所以很久没来海边了)。填海的石头在岸边堆放着,挖掘机在码头上不停地工作着,几艘渔船在码头停靠了,此时的海滩已不是当年的光景,沙滩上满是生活垃圾,时而还能闻到一股难闻的气味,脚下的沙子不再柔软了,颗粒很大,防护林不见了,只留下被砍伐后的木桩;仙人掌不见了,所有的一切都不见了。海鸟在头顶上鸣叫,海里的螺变少了，它们的生存环境受到了威胁。走进大海里，想触摸海水，感受清凉，看到的却是一片浑浊不清的水。突然脚陷了下去，抬起脚一看，一团黑漆漆的淤泥令我恶心，索性不理它继续走，但是路不似当初那么好走了，脚常常被扎到，我不想继续往下走了，因为越走越令我失望。美丽的南滩港即将消失了，看着眼前的一切，内心久久不能平静。

太阳落山了，晚霞依然在海边挂着，虽仍是那么耀眼，但已不是当年那片风景，我想我该回去了。离开之际，回头看看这儿时玩耍的地方，再见了小海螺，再见了海鸟，再见了防护林，再见了南滩港。虽然这里即将被掩埋，但儿时的记忆将会一直留在脑海中，我将一直记着你们带给我的欢乐，带给我的清凉美好。

**评语**：这是一篇质朴的文章。文章前半部分写了童年时期许多趣事：拾贝壳、摘仙人掌、抓小螃蟹和净滩，让人忍不住在脑海中勾勒作者所描绘的画面：在阳光下的海边，有一片小树林，三三两两的小伙伴就在小树林中小憩，过着自由惬意的生活；后半部分笔锋一转，不再写美丽的海滩而是写出了家乡海滩的新变化（填海造陆），前后景物形成鲜明的对比，突出社会发展带来的“后遗症”。文章还隐隐地呼吁人们要保护海洋，保护我们的家园。（李蓉）

# 梦幻旅行

张　锰*

天空略带灰色，空气还充沛着从海边吹来的水汽，金色的阳光穿过厚厚的云层散射出来，呼吸着初晨清新的空气，一行四人踏上了前往亚龙湾热带天堂森林公园的旅程。

乘着客车，先到了凤凰岛，因为要在这里换上前往亚龙湾的大巴，就在此停歇。浓重的海腥味扑面而来，这是大海最独特的味道，一道木桥延伸到水天相接的地方，那里有大块朵云慵懒的飘着，时聚时散，自由自在，偶尔有飞鸟游过，欢欣的鸣叫着。突然有一种想上去看看的冲动，那种穿过云层飞翔的感觉，此刻时间似乎静止了，灵魂跳出胸腔，化作飞鸟的模样，游荡在这碧海之上，蓝天之中。

被小伙伴呼喊，结束了这短暂的遐想，离了凤凰岛，亚龙湾，我来了！

在大巴上听着导游细致的讲解，我对这些并不是那么感兴趣，只有自己经历过了，才懂得其中的奥妙和美好。干脆闭目养神，期待这接下来的旅行。车行进着，当听到导游讲即将进入亚龙湾，慢慢地睁开眼，恰好，映入眼帘的便是一块巨石，上面龙飞凤舞的“亚龙湾”三个大字，特别有精神。我的精气神瞬间提起来，一扫之前的慵懒。

下了大巴，进了森林公园，乘上游览车，不得不说的是，坐着游览车，那种山路十八弯的感觉，惊心动魄，风放肆地吹着头发，司机绝好的技术，每一转弯，大家都不禁惊呼起来。下了车，寻了栈道，登上几阶楼梯，是一座亭子，此时，烟云近了，天空灰蒙蒙的，渐渐的，飘起细雨来，打在身上，清清爽爽，俯瞰众山丘，皆在我脚下。此刻，高处不胜寒，带雨也飘然，像素再高的相机也拍不出此时此刻的美景，

---

* 作者简介：张锰，山东淄博人，海南热带海洋学院人文学院汉语言文学专业 2014 级本科生。

因为它已刻在心里，正是烟雨朦胧时，群山尽欢颜。

导游带着我们，没走多远，一缕缕清香扑着赶着冲进鼻腔里，未见煮茶，先闻其香。入了古色古香的茶馆，坐定之后，听着煮茶姑娘对海南特色茗茶的讲解，将中国几千年的茶文化融进一壶小小的茶杯中。一杯清茶摆在桌前，品茶分三道，一曰苦，二曰香，三曰甜，自有先苦后甜之意。三道入肺腑，唇齿留香，品茗茶，不仅品茶，更是品的悠悠中国古文化。此刻，若是焚香抚琴，品茗茶，岂不快哉！

带了几千年留下的茶香，身体飘飘，心也飘飘，行着行着，终于来到了森林公园的最中心，望海楼一座，上书"藏龙卧虎"四个大字，一条铜铸的巨龙爪中含珠，盘踞在亚龙湾之前。早已迫不及待要一睹这"天下第一湾"的娇容，只能用四个字来形容"如梦如幻"真的就像是进入了梦境一般，此景只应天上有，一瞬间竟看的失神了。远处的海线已经与天之尽头连在一起，阳光在碧蓝的海水映射下散射成彩色，透过云从洒落下来，把大块的"棉花糖"染得五颜六色的，煞是可爱。云压得很低，似乎触手便可及，缓缓地漂浮着，风来云变，或许你上一秒看是一个样子，当你一眨眼，又换了模样。

望海楼一共有三层，望海三层楼，一层景一重。第二层看去，满眼把云和海画在一幅画里。登上第三层，抬眼望去，整个眼龙湾尽收眼底，群山对海，高高低低，绿的绿，蓝的蓝，白的白，美到窒息。亚龙湾的上空阴晴不定，像孩儿的脸，忽地又飘来大块乌云，遮住了天际，而此刻，又是另一番景色，天空皱着眉，清风徐来，海面也泛起微粼，这是我看到过的最美的景色，没有之一。

观海让人心胸宽广，面对着这无边无际的碧海，所有的烦恼一股脑儿抛得了无踪迹。如果你生活受挫了，观海让你乐观向上；如果你爱情受伤了，观海让你忘掉一切，清澈的海水把所有的回忆洗涤；少年，不要为了那些伤再痛，或许下一个人就是那个一生不遇的海，珍惜每一个人，珍惜每一片海。

下了望海楼，一股强烈的失落感席卷而来，却也没有勇气再登上它，因为他已经变成了一个梦，不容的惊扰。别了望海楼，吃了天然自助餐，一天的旅行也将告一段落。旅游车再次给了我惊喜，上山时是刺激，下山时是惊险。我再一次为司机的高超的车技所惊叹，下山时体验的是那种飞一般的感觉，一天的美景、香茶，无波无澜，最后的飞车潇洒，将这一天的旅程画上一个圆满的句号。

梦幻一般的旅程，需要留下一个梦来回忆。

梦中再会，亚龙湾……

**评语:**文章最大的优点就是结构清晰,脉络分明。能按地点的转换顺序进行写景、抒情。鉴于是游记散文,感情的真实性是可以相信的。总体看来,也不失为一篇佳作!(何伟壮)

# 等　待

李　蓉

狂风打着卷儿呻吟着，浪涛一个接着一个地被拍碎，天空积了一层厚厚的乌云，向海面压下来，这一天的海上好像不太平，循着风声望去，在海的另一边，却是另一番景象。

海的那边是一个小渔村，屋宇错落有致地晒在岸边，小孩儿三三两两地在沙滩上嬉笑戏耍，渔夫们也精神奕奕地开始了他们日复一日的工作。与这些画面格格不入的是村庄的另一头，在那靠近墓地的一边，有一座很多年前的老房子，一座爬满藤蔓的老房子。远远望去，小黑屋瘫在那里就像一个没有脊椎的人，阳光硬从屋顶和墙壁的缝隙中挤进来，射得顽皮的灰尘到处飞舞。门口有一位拄着拐杖的老婆婆，她眼神涣散地坐在那里一动不动，不过根据她面朝的方向还是可以判断出，她的心所向往的方向——大海。

小渔村里人人都知道那位古怪的老婆婆，她每天大部分的时间都是坐在门口，好像在等什么人，你上前问她，她却说不知道。她攥在手里的那块毫不起眼的石头，已经被抚摸得看不清上面原来刻着的是什么字了，可是她还是不肯放下。一个人静静地住在墓地旁，不与人们生活在一起。门口的风铃发出沉重的呼吸声，凌乱了她的白色辫子，她打了一个寒战，颤巍巍地起身，想要进去找一件御寒的外衣。于是，在她翻遍了厨房、浴室和垃圾堆后，她颓废地靠在衣柜的旁边，她太老了，老到忘记了她要干什么。“啪”，外衣从断裂的衣架上掉落，她露出了淡淡的笑容，捡起地上的外衣抖一抖准备穿上，可是外衣里好像有一些不属于它本身重量的东西。她带着疑惑的手伸向口袋，从窗外乌鸦的眼睛里看到了恐惧，这像是一木记事本，居然是自己写的，封面上写着“请记住自己要等待的人”。翻开第一页就有几个醒目的红字“我患有老年痴呆症，如果哪天我不记得自己在等待的是什么，就请翻开这本笔记，对了，这本笔记始作于我 83 岁。”于是，她小心翼翼地翻开了她的一生……

（一）

第一次遇到他是在海边，那时的我好像才6岁。他一个人坐在沙滩上，眼睛眺望着大海的远方，一动不动，我好奇了，掬一把水泼在他的脸上，把他惊醒了，他站起来就要打我。那时候的他真是可爱极了，于是我决定和他做朋友，拿了一个椰子和他一起分享。就这样，单纯的他就被我骗到手了。之后他带着我爬树、掏鸟窝、偷摘玉米、恶作剧，不过干的最多的还是下海捕鱼，我的游泳就是他教的，他可真能干啊。他对我知无不言，不过除了那天他为什么看海他打死都不说，脾气可真倔，于是无聊的我又有了新的目标——逼他把秘密说出来。事实证明我的魅力还是不够啊，他始终没有说，只是深沉地看着海的尽头，就这样直到我们的青年。

（二）

静静的村庄飘着小雨，阴霾的天空下鸽子飞翔。他还是时不时地看着海，有时还流出了晶莹的泪花，于是我开始不懂他了，我觉得我们的距离越来越远，走在一起也没有共同语言，我满脑子都在想他的秘密到底是什么？而他，谁在乎他想什么。我们在沙滩上画的名字，还没来得及画完就被海水冲走了。就像大多数人的初恋一样，我们的也枯萎了。就在那片海的前面，我头也不回地走，其实我是想借助分开来让他更加爱我，谁知，我猜中了开头却没猜中结尾，就在我内心渴望他拉住我的同时，他又对着那片海发起呆来，我真的生气了，然后，我们就没再说过话。

有一天战火烧到了家乡，他的心中燃烧着信念，为了祖国的和平，他拿起枪就要奔赴战场。在他要走的那天，他终于告诉了我他死守的秘密，其实也不是什么大事，之前他不想告诉我是怕我担心他，现在，现在都要走了，再不说就没机会了。原来，他的父亲是海军，就是在他面前的这片海里失踪的，这片湛蓝湛蓝的海。他们都说他死了，可他不信，他每天都在等待，等着父亲回来的那天。

云起天变色，晚风开始喘息，他交给了我一块石头，上面刻着我俩的名字，他说他欠我一个约定。墨色的天空卸下了我的青涩，晚霞为我换上了浓妆，我的心扑通扑通地狂跳，他说过，回来就娶我，于是我们说着再见的话语，却不想，再也没见过。

## （三）

他走后，我陷入了无尽的思念和等待。每天一个人在海边，卷起裤脚光着脚丫麻木地踩在沙滩上。天空依然阴霾，依然有鸽子在飞翔，渐渐地村庄的旁边多了一些坟墓，有碑的，没碑的，新增的，残破的。雨依然在下，村庄依然安详，年轻的人们消失在了时间里。渐渐地，我习惯了等待，习惯了像海岸线一样漫长的等待，因为他欠我一个婚礼。

噩耗声在那个午后传来，人们都说他战死在了远方的沙场，我默默地走到那片海滩，眺望那湛蓝湛蓝的海，海水发出呜呜的呻吟，像是在为我难过。伸手触不到白云，就像他在我脑海里，我却摸不到他。我相信他只是迷失在了远方，只要我等，他就会回来。

时间在发酵，我对他的思念更是甩不掉忘不了，昼夜轮转带去无穷无尽的思念，只要生活还在，对于我来说，每一刻都是痛。

去年的烟花悄悄地从指缝滑落，我依然执着地等待。站在小屋遥望海的那边，在凌乱舞步的音乐中滑落我锈迹斑斑的泪，然后，在带有咸味的空气中沉重地呼吸。天空一角，除了蓝还是蓝。

## （四）

天空依然阴霾，依然有鸽子在飞翔，谁能证明那些没有墓碑的爱情和生命，雨依然在下，村庄依然安详，年轻的人们再也不回来。

长长的路就要走到尽头了，我的头发也花白了，而且我发现我的记忆开始退化，可能在他迷失在远方的时候就开始了，趁着我还清醒，我想把我们的故事写下来，以便以后想不起来还能看看，毕竟，他是我最重要的人，还有那块石头。

我多么地想累积时间，让海风帮我许一个愿，在我没剩多少的时间里，许愿再多一天，再多一天等那个人。如果可以的话，我想要他看到我还是青春年少时的模样，等他娶我。可惜，现实是残酷的，我可能等不到他了。即使我把他送我的石头摸得光滑，他，也没有再回来。

故事到此就结束了，也不知他到底是回来了还是没有回来。而此时的老婆婆早已泪眼婆娑，掖了掖外套，颤巍巍地又回到了门口，望眼欲穿地等待，等待。

晶莹的泪珠打在她干瘪的手上，她被惊了一下，好像不知道自己为什么会落泪似的。一阵风吹过，老屋像是快被风吹散了似的，发出吱吱呀呀的声响，她不禁裹紧了外套，忽然，她惊讶地发现口袋里有一本记事本，于是，在乌鸦的尖叫声中她又重新翻开了她的一生。

**评语:**文章的主题很鲜明,一位看似古怪的老人,她孤单地生活着,但她的信念依然存在。她在等一个永远也回不来的人,就像他一样,每天凝望那片大海,执着地等待。一个小小的记事本则成了文章的一个重点,它无时无刻不在提醒着老人,别忘了自己的“等待”。(涂小琼)

# 台 风

李雪雪*

上次经历台风是在三亚。原本一直在喃喃自语的海水被风刮得一浪大过一浪,咆哮起来。沉睡在海底的泥沙也被大风大浪无情地惊醒,无可奈何地附和着大海的节奏,任凭浪花把他们拍打在岸上,岩石上,任凭大风把他们的家人吹远吹散……

这时的大海失掉了往日的湛蓝,穿上了一件昏黄的大衣。像一个严厉的父亲,因儿子的不争气而恼怒;又像一位柔慈的母亲,因眼睁睁看着年轻的儿子不幸丧生而独自黯伤,失声痛哭……

再次遇见台风,让我敬畏的同时,又让我无比的好奇,因为这次身处珠海,而并非三亚。虽然我有理由相信他们是同一片海,但内心深处还是固执地认为一定有所差异。这微妙的差异驱使着我快速前进。

"你快看! 那儿有一只鸟!"同伴惊呼。

"在哪儿?"我将目光转向同伴所指的方向。

只见一只小鸟,双脚不稳地踩在一小块海水上,紧紧地握紧双翅,让人明显地感觉到它的紧张。风很大,和着雨。海水一大卷一大卷地反复循环地拍打着岸边,颜色比三亚的还要更深些。那只鸟顶着风和雨的夹击,任由大海将它一次一次地从高处卷起,又猛地荡到低处,又由低处猛地一下子带到了高处。

"它为什么不飞?"我眉头紧皱,小声地问同伴。

"它肯定挣扎过,现在没有力气了吧。也是! 面对如此力量强大的海洋,它还

---

* 作者简介:李雪雪,贵州遵义人,海南热带海洋学院人文学院汉语言文学专业 2014 级本科生。

有什么生还的希望呢？再挣扎也是徒劳……罢了……放弃吧……”同伴轻轻地回答着，声音越来越小，越来越小。

突然，小鸟扑打着翅膀，竟然飞起来了。我呆呆地睁大眼睛望着它，目光随着它飞行的轨迹移动着。它飞得很低，几乎是贴着海水在努力地飞着。可惜，没过多久，又掉到海面上，依旧以刚才的姿势悬浮在海上。没过一会儿，它又飞起来了！可是它努力地飞了不到一分钟之后，又重重地掉回了海面上。一次，两次，三次……小鸟乏了，它定定地平视着前方，眼神里饱含着对生的渴望。大海没有因为它的屡屡失败或同情或安慰而放低哭喊的声音，反而更加歇斯底里地嘲它吼着，叫着，嚷着……

“我们怎样才能帮到它？”我忍不住问。

“我们什么也做不了……”同伴绝望地回答我。

时间一分一秒地过去了，它纹丝不动地被风和雨击打着，它默默地独自承受着这一切。我双眉紧皱，手心被捏得出汗。但目光一刻也没敢从它身上移开。天也渐渐地沉了下来，暴风骤雨很快就要来临了！同伴催促着我离开，我定定地望着那只鸟，和它一起期待着……

“轰隆隆——”打了个响雷，我被吓得一哆嗦，心揪得更紧了。说时迟那时快，只见它又扑腾起双翅，但这次它没有猛烈地扑打翅膀，倒是坚定地向上冲。它又扑了一下翅膀，终于冲过了那高不可攀的石岸。它拖着疲惫的身体缓慢地降落在我脚边，我赶紧脱下外套，轻轻地将它捧起，贴在我怀里。同伴赶紧护着我，匆匆地离开了……

近日，我在一次讲座上听一个造诣颇高的老师讲述了她在教书生涯中遇到过的一些让人难忘的学生。其中有一个男孩儿，念高中时，因成绩稳步不前，在一次考试结束之后回家服药自杀身亡。我听后瞠目结舌，不知所措，只是眼前又拂过那只柔弱又刚强的小鸟一次又一次地在茫茫大海上尽自己全部的努力扑打着翅膀。

就算希望渺茫，也要拼命一搏，绝不轻易放弃心中对美好的向往。这么浅显的道理，鸟儿用生命在践行，而我们却常常忘却于脑后。或许我们在前行的路上会遇到荆棘，或许我们的一生会无数次遭遇现实残忍的击打，但是只要你不放弃努力，就是成功！失败了又怎样？至少我们还活着。我们活着，就有无数可以辉煌的机会。正如路遥所说：“人活一生，值得追求的东西很多，不要因为一个方面不满意，就灰心。”

**评语**：这篇文章主题鲜明，用词清新简明，用通俗的言语展示出生命的顽强。可以看出作者花了心思、观察细致、感触颇深！文章从现实中的大海说起，以不同地域的海为背景，吸引读者进入情境，然后以海中迷茫无助的小鸟的奋力求生过程为主线，以小鸟的心理活动衬托作者的内心世界，浑然一体，最后将小鸟的美好结局很自然地过渡到怎样面对人生的选择上，突显了文章的主题，可以说是“随风潜入夜、润物细无声”！（刘伟伟）

# 海纳百川

李周悦*

海洋是生命的发源地,人类从海洋走上陆地,统治了陆地,却对神秘的海洋知之甚少。然而,站在岸边时,目力所及,海天一色,让人不得不感慨海洋的浩瀚深邃。古人有“百川东到海”之语,可见自古以来,人们就认为海洋有包容一切的胸怀,并努力将这样的特点映照到自己身上,让自己常怀包容之心。林则徐就以“海纳百川,有容乃大”来勉励自己。海洋平静时,容纳着一切,但是当人类试图冒犯它时,它又会展现出自然的伟力,毫不留情地击碎人类的狂妄自大。所以,用包容作为软弱借口的人,根本不懂何谓包容。包容是有底线的忍耐,而不是无尽得退让,最后失去尊严。被水一冲即垮的是小水沟,绝不会是海洋。海洋想告诉人类的是:即便是洪水,也无法冲垮海洋,因为它足够宽广和深沉。当人真正拥有开阔的眼界和深厚的积累时,人生的风风雨雨也不过如此。

“海纳百川”同时也意味着丰富的内容,不仅仅是物质上的,也有人文上的。论到物产,海洋是当之无愧的宝库,各种矿产能源,千奇百怪而又绚丽多姿的生物,足以让人类赞叹造物主的神奇,即便是置人死地的生物,身上都带着缤纷的色彩,这一点倒是与陆地相一致,越漂亮的越危险。难道这是大自然的死亡馈赠?让人在生命最后领略一下物种的奇妙?

如果要讨论起海洋的人文内涵,则需要带上些想象力。

想象一下,长江发源于青藏高原,一开始就带着青稞的气息,经过云南时,带上几片凤尾竹的叶子,流过江苏时会染上乌篷船的木漆味,最后注入海洋。这是何等精彩的旅程!这样奇妙的景象,全世界都在产生,最后交汇融合进入海洋,接

---

* 作者简介:李周悦,江苏江阴人,海南热带海洋学院人文学院汉语言文学专业2014级本科生。

着蒸发、落地，进行下一场旅行，循环往复，生生不息。若是浪漫的诗人，或许可以这样联想：那落在江南青砖黛瓦间的雨滴，几天前是否还在多瑙河中徜徉？那沾湿了故宫日晷的雾气，是否曾飘荡萦回在阿尔卑斯山的深处？

海洋就相当于人类的母亲啊，给予人类无声的教导。虽然有时会带来灭顶之灾，但也是一种提醒：自然面前，人类依旧渺小，不要妄图去掌控它，但却可以学习它的包容、宽厚与深沉。

**评语**：海洋和河流一直都是生命最重要的依靠，渔民依仗海洋和河流给予的恩赐，生生不息。海洋和河流包容着世间的万物，给予生命，呵护生命。大自然的一草一木，一花一树，都同我们一样，是海洋和河流的孩子，所以要更加爱护包容我们的海洋和江河。（钟媛）

# 我要亲自到大海里去——小水滴的自述

刘志佳*

我是高山之巅的一粒小冰晶，是听着老人们讲述海的故事长大的。内心对海的强烈渴望，使我下定决心要靠自己的力量到海里去生活。于是，当第一缕春光闪现的时候，我张开双臂拥抱这一丝温暖，随即我便融化成了一滴小水滴。

我告别了家乡、亲人，怀揣着看海的梦想，和小伙伴们一起踏上逐梦之路。我们跑下山巅，一路向东，爬过山川，跨过河流，越过丘陵，穿过平原。路上欢声笑语，好不热闹兴奋。

不知道走了多久，疲惫渐渐侵蚀着身体，炎热也逐步吞噬着伙伴们的意志，有些小伙伴已经开始有了放弃的念头。“你看前面有条小溪，”伙伴指着不远处兴奋地说，“要不我们到那儿去安家吧！我真的走不动了，还不知道有多久才能到大海呢！或许这条小溪慢慢地也能流到大海去呢?”我当即拒绝了，因为我要到大海去，不要在这狭窄的小溪里无望地企盼着。说罢道别了一队小伙伴继续向海的方向走去。

日子一天天的过去，夏姑娘终于接了春天的班，炎热成了她带给自然万物的礼物。疲惫使每个人前进的步伐变得更加沉重，速度也越来越慢。又坚持了几天，路过一片湖泊，伙伴提议走不动的到湖边去安家，这里风景秀丽，气候适宜，犹如桃源仙境。队伍在这停下休整了几天，我开始犹豫要不要留下，但是一个星期过去，如此安逸的生活让我清醒，我要到大海去，不能在这碌碌无为地过一生。于是我召集了志同道合的伙伴又上路了。

重新整理了心情的我，觉得前面的方向那么清晰，斗志昂扬。可是几个伙伴

---

* 作者简介：刘志佳，吉林舒兰人，海南热带海洋学院人文学院汉语言文学专业 2014 级本科生。

却又松懈了，抱怨着前行的道路太过曲折坎坷，艰辛又一次摧毁了信心。他们选择变成水蒸气，依托风的力量吹向大海。我斩钉截铁地回绝了，因为我要凭借自己的力量到海里去，不把梦想寄托在别人身上完成，大家挥手再见，各自朝着自己方向走去。

踏着汗水我们继续走着，渐渐地耳边传来海水拍打岸边的响声，空气中也弥漫着淡淡的海的咸味，我眼前一亮，知道自己离海不远了，咬紧牙关加速前进。声音越来越清晰，味道越来越浓，终于转过了最后一道弯，我眼前一片开阔，我看到了大海，我凭借着自己的力量来到了大海。我兴奋地哭喊着，想起一路上的辛苦换来今天愿望的实现，我为自己的坚持感动，流下了欣慰的泪水，也激动地和新的伙伴们共同庆祝着，为他们讲述着自己梦想的故事。

**评语：**本文写了一滴小水滴和小伙伴的追梦之路，当小伙伴们都因为艰难险阻和路途遥远而带来的疲惫撑不下去的时候，小水滴毅然地选择继续走下去，最后终于凭借自己的力量汇聚到海洋中。通读本文，让读者受益匪浅，明白追梦的路上，只有躬自坚持才是正道。（黄晶晶）

# 消失的爱人

庞三妹

这片洁白的沙滩在阳光的照射下泛着洁白的光泽，远远望去那两块一黑一白的石头显得格外的突兀，那就是我(小黑)与小白。在这生活你也许会觉得很单调，但我们却一点也不觉得，而是充满了平淡的幸福。

每天我们的好朋友太阳刚露出微亮的晨光，会有很多的人儿与我们一起在这静谧的环境中等待它怎样冲破重重的阻隔露出全貌，在太阳散发渐强渐多的光芒下，看那与天融成一体的大海那壮阔美丽的光景，“海上生明月，千里共潮声”。伴随着微凉的海风，海那咸咸的味道，海的欢呼，迎接新一天的来临。

那些小孩成群结伴地来到沙滩上玩闹嬉戏，玩累了，则奔向海的怀抱里洗去那一身的疲惫，在父母呼唤声下匆匆跑回家。俊美的少男少女相依偎在沙滩上看那渐渐升起的日出，双脚踩在柔软洁白的沙子上漫无目的地走，相互无言，或相视一笑。那矫健的身躯在跑来跑去，挥洒着汗水。那头发斑白的老夫老妻互相携手走往前走，慈祥的目光看沙滩上晚上的人们，像看到了曾经的影子，不禁感叹一番岁月静好，光阴易逝。

黑夜降临，热闹的沙滩渐渐静了下来，但还是有不舍得分别的情侣在沙滩的每一角诉说心中的甜言蜜语，倾听他们讲述那古老的爱情故事。白天人们的欢声笑语掩盖了我们的话语，黑夜，则成了我们的主场。虫的歌唱，海的欢呼，风儿的抚摸，让人不禁感叹：岁月静好！我与小白都不知道我们是从何处来的，但我们众多朋友的陪伴，我们也是彼此间最亲密的爱人。

在一个静谧的夜晚，大家都在快要进入梦乡时，有几辆车向我们驶来，在这夜晚这声音显得格外的嘈杂，打破了我们平时静谧的黑夜，大家都显得格外的兴奋，都在好奇车上装的是什么。

“大海，他们送给你什么了，那么多”。

“我也不知道,但那东西好难闻,好脏,好乱,我不想要”。

“大海,大海,过段时间就好了,不要伤心。”人们还是如往常一样到这来玩耍。

“啊! 这是什么啊? 天啊,谁竟往海里倒垃圾”,最近经常传来这类似的尖叫声。

那些车辆最近来得很频繁,但来玩的人却渐渐地少了,也渐渐地陷入了安静,我们也渐渐地变得安静了。大海最近很少说话,但咆哮得很厉害,好像在发泄着心中无穷的怒火。海水渐渐变了颜色,海里也漂浮着一些不知名的东西,洁白的沙滩上夹看一些东西。以前在这玩耍的人路过都纷纷捂着鼻子,边脚步匆匆地离开,边抱怨着:“臭死了,臭死了”。

太阳照样升起,降落,进行着日月的交替。我看着大家过得很不开心,除了安慰几句也无他法。我们经常在一起讨论说要离开,到另一个地方去。渐渐地大家都纷纷离去,我们中只留下了少许的朋友。看着大家的离去,小白过得很不开心,常在那里静静地看着前面辽阔的大海,或仰望那一望无际的天空。我知道,小白想离开这里了,他在等离开的机会,但又好像舍不得。

我们不知道怎样过这样的生活的。已经很久没看到人了,最近看到了我们都感到很兴奋,但又很厌恶,很好奇他们来这里又要干什么。那些人拿了一些很奇怪的瓶子,装了一些海水又看又闻的。

“这片海域污染的很严重啊!”

“是啊! 听附近的人说,以前……”

那些人走后,又来了一些人,往海里捞着一些东西,沙滩上的垃圾也被捡走了。海,又渐渐欢呼了起来,我们以前的朋友也渐渐地回来了,但有些朋友却再也不见踪影。以前在这儿玩的人也渐渐地回来了,也多了起来。不知为什么,大家却高兴不起来,好像有些东西再也回不去了。小白还是坚持着想要离开。

那些人还是喜欢围在我跟小白的旁边,摸着我们,跟我们玩耍。“我想在这儿留个纪念,说明我来过这地方。”

那人一脸的沉思,围着我们转来转去,不知他手上拿了什么突然往小白的身上划去。“小黑,我痛,痛,痛”,听着小白在尖叫,我心如刀割。

“喂,你快住手,怎能在上面乱涂乱画”,听到呼叫声,那几个人匆匆跑离。

“哎,来慢了一点,都刮花了。”

“没关系,我们想办法把他磨平,虽然有点缺陷,但这通体白色的大石头很难见到,还是能卖个好价钱的。你们这几天在这儿看紧点,不要让那些无知的人在上面乱涂乱画。”

“小黑,小黑,我是有机会离开这里了吗?”

“恩,小白,过几天你不想离开也得离开了。我们在这里生活了好多年,这里有着太多的回忆,我不想离开这儿,小白。在这儿也许过得不会很好,但到了另一个地方不见得就好啊!你要保重!”

与我相伴多年的小白走了,每当路过的人好奇地问:“这怎会有这么深的一个坑”,我的心就有一种无法言说的痛。每当夜深人静,一种孤独感油然而生,每天都在想着小白到哪儿去了,过得开不开心,是他想去的那个地方吗?

**评语:**文章以小黑与小白为见证人,见证了大海的经历,故事生动感人。一切本应美好的东西却被破坏了,不管怎样也回不到当初的模样。我们则应活在当下,珍惜所拥有的。(李媛媛)

# 七秒之外的记忆

秦欣欣*

“我有很多事想问你，你忘了告诉我我来自哪里，我为什么要卧在你的怀里。”我说。

“因为你，我的脸上多了无数条被碾压的痕迹。”他说。

他恶狠狠地甩动身体，我再次看见了他失神狰狞的眼睛。

他说我只是条鱼，对，我就是条鱼。可我有我的自豪，我有一双小却精致的眼睛，我靠它来眺望他知道我却不知道的世界。我有一条很漂亮的尾巴，他最喜欢握着它。那些小鱼小虾看见我总是躲避，我有三十多米长的身子，庞大且有着光的亮丽，小小的地方根本装不下。我喜欢摆动着我巨大的尾巴，在他的怀抱里自由徜徉。也只有他，有这样的胸怀。

我不知道为什么我没了他就无法喘气。从我出生，妈妈就禁止我惹他生气。我有点淘气，经常在他的怀里打滚。但是我也见过他生气，巨大的海浪掀动着，他不理我的安慰，拼命地摇动着身体，我看见本是我食物的小鱼小虾和一些柔弱的兄弟被冲到了岸上，我害怕他的脾气却也爱他的宽大胸怀。他对我与平常的小伙伴不同，他说我很大，我的尾巴很美。

可是就在两个月前，我活跃在海平面，几秒钟的时间也让我想看看那无边的和我尾巴一样颜色的天，上面飘着奇奇怪怪的东西，我很是艳羡。对于这样的事我本是信手拈来的，可是那天海面的雾有些大，我伸起头的力度过大，砸上了一艘船的沿，那些动物在船上无比紧张，他们吼叫，他们乱窜，我只静静地潜到海底看，他温柔地抚摸我的头。突然，巨大的轰鸣声碾过我的头顶。我听见那些船上的动

* 作者简介：秦欣欣，安徽安庆人，海南热带海洋学院人文学院汉语言文学专业2014级本科生。

物在说话，恶狠狠地却又充满期待地笑着，像是要将我吞入其中。

从那以后，我经常看见那条白色的船在他的脸上横行，我看见他的脸变了无数种形状。他没有对我生气。轮船上丢下来的伴着恶臭的白色的、黑色的物体，使他湛蓝的身体被弄得浑浊。他看着怀里的小鱼小虾渐渐地死去，他闻到怀里飘着的海藻发出腐烂的气息。海平面又晃起风浪，一股一股涌向四面八方。我听到轮船上的动物在嚎叫，他们拼命地扬帆，拼命地转向。我看着他们离我越来越远，可是我依赖的他还是瞪着巨大的眼，他的腮帮子鼓起巨大的浪，向我袭来。第一次，我的眼感到了疼痛。

“他们走了，你停下来！”他听不见我的呼喊。

“不要再生气了，岸上的兄弟姐妹越来越多了！”

我的声音越来越小，他最爱的我的尾巴被折断，疼痛随着身体向前蔓延。我的眼已经眯成了一条细细的缝，我被他生气的浪，荡得越来越远，直至我感觉到了银白色的沙抚过了我的背脊。

“我会死的，你停下来。”他顿了几秒钟，却又再次掀起来。原来他不是听不到，我听到眼角的泪滴进他的胸怀，“叮咚”一声传入他的耳海。

他停了下来！

可我已经睡在了柔软的海滩上，我终于躺在了和我尾巴一样颜色的怀抱里。后来那漂浮的东西也睡在天的怀里，随意跃动。闭上眼，我好羡慕。

我听见海浪的声音越来越小，风却一个巴掌一个巴掌地抽着我的脸颊，突然感觉到有人在撕扯我的身体。

“海浪过了，这东西竟然被冲了上来，浪费咱们时间。”“咔嚓”声擦过我的耳边。

“新闻头条的钱赚着了！”

我听见了，是轮船上的动物在说话！

**评语：**这是一篇讲述人与自然的文章。作者摘取海洋遭受伤害的一个片段，用“我”和“海”的视角以及经历来反映目前的环境状况，用这个较为人性化的角度向人类发出温情的警示。（文才家）

# 小时光

文才家*

九岁那年,我离开生养我的大山,转过蜿蜒的山路,来到那给予我知识和悲欢的开满红色三角梅的沿海小镇。

早先,小镇人口并不多。在夏风习习、晨光未醒的时候,码头上早已站满了赶早市的人,各型不一、大大小小的渔船像格列佛遗失在小人国的船,晃头晃脑地在海浪中酣睡,微拂的海风似是它们的鼾声,温柔的、可爱的。码头上是一片杂乱的声音:吆喝声、叫卖声、论价声,都充满着浓浓的闽南系口音。这儿的人嗓门普遍都大,若是一个外地人来到这儿,偶然看到一两个人在街上谈话,指不定会以为他们在街上叫骂,后来说得越来越起劲儿,再加上手势,看起来一场硝烟似乎不可避免了,但他们其实是在谈哪家的媳妇儿漂亮能干罢了。我想这大概是长期生活在沿海和经常出海打鱼的原因。试想一下,一个嗓音和江南碧玉小姐一般用吴侬软语在海风狂吼的海上说话,大概只有熟练唇语的人方能知其此刻所说了。

赤道的太阳从不晚起,小镇也一样。当第一缕阳光游上微澜的海面,集市上便已经嘈杂一片。生活在热带的人没有赖床的习惯,在小镇无论多早,人们的声音永远是那般鲜亮而洪大,透着海风的味道。

因为太靠近赤道,小镇很遗憾地失去了四季的轮回,有的只是燎人心海的夏季,和微微凉爽的秋季,冬季实在算不上。所以这里的树叶永远常绿,花儿永远常开。不败的生命,像是在等一个海那边的人儿。那染红青墙人家的三角梅,你永远摸不透它的花季,唯一知道的只是花开得灿烂和稀零的时候。但无论开得灿烂或是稀稀落落,总不失可爱。

虽没有四季轮回的机会,小镇却总有其他事物去弥补它的空缺。有时很快

---

* 作者简介:文才家,海南省东方市,海南热带海洋学院,汉语言文学二班。

乐，有时也会闹些小情绪的蓝色的海；呼呼赶动刺草球的海风；小巷里和岁月行走的人，咿咿呀呀的琼戏；这些，在那个充满橙色老炽丝灯的回忆里，和红色的三角梅相映成趣。

我一直以为亲近阳光的地方，总是很美好。强势的日光赋予人们以黝黑的颜色，却照亮了人们心里每一处角落。所以在小镇，每一个人都常常报以微笑，对人、对物、对一切的生灵。他们热爱生活，无论生活给他们出了如何刁钻的难题，他们黑色的脸上总不忘带上那亲切的笑容，鲜活的、明亮的。虔诚而又感激地顽强地生活下去，就像每天升起的太阳，总有新的希望，像不败的三角梅。

后来，我结束了高中学业，离开了那充满海风味道的小镇，去到另一个城市，虽然那依然是一座围着海的城市，却没有独属小镇的韵味。

随着城市的发展和人类生存需求的提高，现在的小镇早已没有了当初的样子，古朴的小镇终究在岁月的流沙里尘封。终于明白，以后的时光里再遭逢多少地方，心底深处曾藏着那个小小的旧城，再也不会遇见。

**评语**：文章以细腻鲜活的文笔生动地将小镇展现在了读者眼前，可以从中看出作者对小镇深厚的情感。全篇对小镇的环境进行了描写，从点滴的环境描写中透出自己的不舍。（郁蓉）

# 十五块买一筐

杨雪源 *

半截熏黄微黑的腿，裤脚卷着，堪堪盖住膝盖。我坐在沙滩上，从伞下觑见的就是这么一副海螺阿姨的腿。今天的海变幻了三亚的蓝，幻化成一尾巨大无比的鱼，不停地将鱼尾拍打在沙滩上，整个海岸都被她拍得平整光滑，恰似一条搁浅的巨鱼。金色的斜阳下波光粼粼，煞是多情的海湾！

海边的早晨与傍晚，是我最爱的两个时段。早晨人少，涨潮时分海声清凉，携着二分柔软三分轻快四分宁静外加一分遥远，合成眼前的无边辽阔，惬意舒爽。早晨六点到海边亮一亮眼睛，就能存下十足的心气儿。傍晚五时三刻再到这里，则人声鼎沸。宁静不再，浅白沙滩上却有许多欢乐可拾。落坐于柔软细腻的沙子上，观黄口小儿嬉戏皮闹，看青春男女靠肩调笑。身旁的老夫妻，交谈时断时续。飞鸟掠过海面，恰又是鸟儿南迁的季节。另有三级海风拂面，唯同行者难会也。

卖海螺的阿姨不知有多少回转悠到我身前，吆喝着十五块买一筐。东西小，在这湾海滩上大概也算是稀疏平常，但拿到宿舍去却可作为神游太虚时的把玩之物，当然还有尚待我发掘的其他用处。可惜近来荷包空瘪，唯恐断炊。故此不敢恣性买这些我喜爱的小玩意儿。

素来崇尚随心而动，恣意而为，因此难以随流。见细浪舐岸，初始倒也无甚感慨。近来忧虑事多，人情芜杂，现今对着那被众多游人踏着戏着耍着的岸边细浪，竟也心生羡慕。浪花一路跟着波流，疯了似的从远处奔向岸边。必定有人如我一般，在黎明时刻，在傍晚时分，将腹部以下淹没在潮水之中，不为什么，不虑其他，只为感受来自大海深处的不可抗力，就这样被波流推搡着。

---

* 作者简介：杨雪源，江苏连云港人，海南热带海洋学院人文学院汉语言文学专业 2014 级本科生。

瞧瞧吧,涨潮罢了,海浪她又放慢脚步,缓歌卷向岸边,这个当儿也是游人最多的时候,她的每一次浮沉,都牵引着水中的一切,随她律动。水是她的,细沙是她的,游人是她的,快乐也是她的。游人们踏浪戏浪的快乐或许还不及她。

十五块一筐的海螺珊瑚并不易销,海螺阿姨在我驻守此地的一个半小时内把这湾海滩给转了两个来回,还未替右手那一筐小东西寻到新主人。东升西落,她就这样日复一日地在这湾海滩上行走,以海为生,海也是她的。

众说海与人类休戚相关,除却生存的需要,海却好似与我无关。在过去十九年没有海的日子里,我有山可藉。无山时便求助于水,夏季清冽的井水,冬季温暖的河水,四季长携氯粉气息的自来水。只要是可以用作清洁的水,总有用得着的。洗漱,提神,饮用……

至于海水,我只愿把这咸湿的海水置于脐下一寸,感受波流吧!

**评语:**读完这篇文章,毫不虚假地说,我被震撼到了。同是一片沙滩,同是一汪海洋,三亚的美我也感受到了,却未曾有这般平淡却又奇妙的感觉。随性而又自然的文笔,读得人心里惬意极了!(张晓利)

# 我与海的故事

王玲玉*

生活在南方的人最希望看见的便是雪,因为白雪没有落在南方的土地上。

然而大海对于我们已经是密不可分的情怀,十六岁时有一位内蒙古的笔友写信告诉我,她没有见过海,她的愿望是很想看一看海,从这以后我才意识到原来并不是只有我在思念雪花,在琼州海峡以北的世界,也有人一样在深深的思念大海。

我生活在海南西部的东方市,这座浪漫的城市被誉为西岸明珠。与大家想象中的西部不一样,这里不是沙漠,车没有行驶在望不尽的公路,自然也就没有牛仔。海洋把这座浪漫的城市包围在中央,就像呵护放在摇篮里孩子一般,海岸线曲折悠长得看不见尽头,或许,只有出海的渔民才看的更加清楚。

很幸运,我的家就住在大海附近,三岁时搬过来居住,是一个渔村,沿途都会看见很多用竹竿挂着晒制的鱼干,或者用渔网平铺晒着的虾米、鱿鱼丝,形成特别的风景,外面的人一走进这里就会吸着鼻子说道:"这儿的鱼腥味好浓啊!"其实住在村里的人早已经习惯了吧,并没有感觉那么难闻,反而倒是有种熟悉的味道。小时候,三轮车经常载着两大竹筐刚刚捕捞上岸的鱼从我家门前经过,因为小路石子多,坎坷不平,常常就会有几只漏网之鱼掉在地上,妈妈就会去捡起来煮熟喂猫,这就造成了我家的猫都不常抓老鼠,就等着每天都有鱼吃。而现在装载鱼的三轮车少之又少。即使是在外读书的我,也经常会怀念家乡的海产品,这是一种执念,一种对家的牵挂。我家离海边步行不到200米的直径距离,站在二楼就能看见渔港里停泊的渔船,以及蓝色的海面,这么一想我家能算作是"海景房"呢!只是没看见全景的海洋风光,因为大部分的视线被住屋后邻居的两层楼房挡

---

* 作者简介:王玲玉,海南东方人,海南热带海洋学院人文学院汉语言文学专业2013级本科生。

住了。

在海边长大的孩子童年生活是丰富多趣的，很多好玩的趣事数都数不清，在海滩上的：玩丢沙包，跳绳，抓石头，扮家家酒；在海里的：捡贝壳，抓螃蟹，找小虾米，游泳等等。我的小伙伴们家大多也都是住在海边的附近，有的则是住在海滩上，他们也大多是渔民的孩子，这样一来，新鲜美味的海鲜是家常必有的。以人的力量勇敢搏击大海的渔民们，寻找海洋里丰富海鲜，性格是豪爽开朗的，每当渔船一靠岸，家家户户都会去帮忙卸下装在筐里的海产品，再在海滩上铺上一层渔网，把海产品全倒出来，人手一把小刮刀，分别把各种各样的海产品分类，上等次的海鲜会拿去市场卖，而不能被选上市场的则由邻居们拿回家，这是属于分享的快乐。我生活了二十年，只搭过一次船，就是船要回到渔港的一小段航线，于是那次乘船的经历便成为了一直保留着的记忆，海鸥从我身旁飞过留下它扑翅的声音，海风吹拂着身心，看着船沿缓缓流过去海水泛着蓝色，只想伸手去感受一下它的温度，但是由于害怕掉下船，我只好静静地看着水继续流动。

我的家也靠近市场和码头，以前市场的早晨是无比热闹的。人声鼎沸，卖菜的分布在里头，而卖海鲜的都是在码头，特别上好的大鱼则是加冰块保鲜运往别处，据说都是卖给酒店或者大老板，依着码头的，有许多家冰库，当走到码头时便会听见，冰库的机器打碎冰块的声音，船只鸣笛的声音，商贩们卖菜的喊声三轮车突突突的引擎声，好一幅热闹的场景。

我已经忘记了第一次是什么时候见的大海，或许是孩时妈妈带着我去海滨公园游玩吧，还是那天日落时分小姨带着我去海滩上散步呢，我甚至已经数不清我二十岁的生命里究竟与大海见过多少次面，但是有一点我深深地明白，我永远不会厌倦与它相见。总是喜欢沿着海滩捡洁白圆润的鹅卵石或是图案特别的贝壳；少年时期用尽力气向海里投了好几个玻璃瓶，里面写着我的梦想信念之类的话语，但从来没收到回信的玻璃瓶；与友人一同在海滩上写下关于青春快乐的字词，或者是画一幅大大的笑脸，踩出深深浅浅的脚印，再倒着走回去。还有关于一些人的记忆，朋友的生日聚会在海滩上举办，友人间的相聚也是在岸上喝茶小憩，似乎潜意识中有离开海我们就没地方去相聚的想法呢！那年高一的夏天，在大礁石看到一位穿蓝色校服女生读英语，连续几天都见到她，因为很想向她求教如何学习英语，所以后来鼓足勇气和她说话，原来是比我大两届的学姐。几个星期里我们都相约在礁石上一起读英语，再后来她毕业了。班里的散伙聚会也是在海边顶着大太阳拍照合影，椰子树下的约定某年某日再相见，大海见证了我与友人的告别。单纯的思想观念里，原来有些人说再见以后就真的再也见不到，转身之后看见的依然是潮起潮落的大海。它依旧告诉我不要悲伤,分别是为了更好的相聚,有缘自会相见。有些故事还没讲完那就算了吧,关于海的记忆太多了,从来不需想起,因为从未忘记。阳光明媚的日子深深埋藏在心底,阴霾会随着海风飘散。

更有缘分的是,高中毕业之后我继续来到另一座滨海城市求学,学校名字还是热带海洋学院,我想,大海已经变成了我的家人,从我的儿童时期到少年时期,再到青年时期,它听过我的梦想宣言,听过我的呐喊,见过我的彷徨,每次都用潮起潮落的声音回答我,低沉或是急促,平和或是惊涛骇浪,以傍晚日落的美景告诉我应该朝花夕拾,与时间赛跑。我也见过它的各种样子,风和日丽时平和温柔的像情人,怒吼时惊涛拍岸,摧毁树木,卷起与房屋齐高的风浪。我们认识了十七年,感谢海洋,它的陪伴始终如一,我知道只要我想见它就可以见到,因为它一直在,不曾离开;我知道当夜幕降临时我打开窗子,就会看见它为我亮着的灯塔,那渔船上的灯光将照亮生活;我知道它还是会不厌其烦地听我说话,大海带给我的快乐是比更多还要多,很感谢我的父母给了我海洋的生活环境,我的大海陪伴我的整个青春,像家人一般的情感,我像是它的孩子与朋友。它以宽广的胸怀拥抱着我,给予我勇气和乐观的态度面对生活,使我能够一路勇敢前行,追寻属于自己闪亮的梦想。

**评语:**文章用质朴的文字让读者走进另一个静谧的世界。在这个世界里,“大海”不仅仅是“大海”,更是其中承载的梦想、乡愁以及希望。或许,每个人都有属于自己的那一片“海”。人海沉浮、兜兜转转过后,也不过为了“面朝大海,春暖花开”。(符定慧)

# 有我，有海的故事

杨玉梅*

这是一个故事，我与海的故事。

第一次听到“海”这个字是在小学二年级的时候，老师教我们读书，读到了海。她说，海是蓝色的，比天空还蓝，海很大很宽，比天空还大还宽。于是，我时常躺在草地上，看着被大山局限的天空，幻想着海的模样，比天还蓝，又大又宽。

第一次在电视里看到海是小学四年级的时候，家里新买了彩电，接收到了以前黑白电视接收不到的频道信号，我也就看到了大海。蓝的透彻，又大又宽，有着滚滚波涛，白色的泡沫，还有或大或小的船只渐行渐远。

第一次知道海在哪里是在六年级，《社会》课本的某一页是中国地图，老师将书页面向我们，指了指地图的最右边，说那里就是海洋，还说它们虽然连在一起但是却分为渤、黄、东、南四大海，还说比它们更大的是大洋，分别是太平洋、大西洋、印度洋和北冰洋，还说……

第一次听到关于海的歌是在初三的时候，一曲海鸣威的《老人与海》听到如今还不腻。“海的爱太深/时间太浅/爱你的心/怎能搁浅/老人的线紧牵/爱的信念/岁月的帆/渐行渐远”，也知道了有一个叫作海明威的老头写了一本叫作《老人与海》的书，写的是一个老渔夫与海的故事。

第一次读海的诗也是在小的时候，一句朗朗上口的“白日依山尽，黄河入海流”，不过我最喜欢的还是曹操的诗句：“东临碣石，以观沧海。水何澹澹，山岛竦峙。树木丛生，百草丰茂。秋风萧瑟，洪波涌起。日月之行，若出其中。星汉灿烂，若出其里。”

---

* 作者简介：杨玉梅，贵州盘县人，海南热带海洋学院人文学院汉语言文学专业 2014 级本科生。

第一次……

……

初中的时候，语文老师讲的第一篇课文叫作《在山的那边》，是一首关于诗人翻山越岭追寻海的诗歌。它的最后是这样几句话："你终会攀上这样一座山顶/而在这座山的那边，就是海呀/是一个全新的世界/在一瞬间照亮你的眼睛。"下课后我兴奋地从课桌里扒出崭新的地理课本，翻开做过标记的那页，看着那困在四方中的海，笑得莫名。我想，终有一天，我会看到海的。

高考填志愿的时候，我在湖北的学校与海南的学校间犹豫，我写了一堆纸条，用抓阄的方式选择，然后我选择了海南的学校。将通知书拿回家后，我拿出中国地图寻找着学校所在的城市，居然与我心心念念的海如此之近，免不了一番欢喜。

第一次真真正正看到海是在报到的那天下午，一起去的还有我的父母。我看着那蔚蓝的晴空，看着那翻滚着波涛的碧蓝的海，看着海面航行的白色船只，看着在海边嬉戏的人群，再看看和我一起行走在海边的父母，心中所洋溢着的是无尽的欢喜。而唯一的遗憾便是我最亲爱的妹妹不在身旁，让我有些感伤。

我光着脚丫，迎着海风在海滩上奔跑着，时不时弯下腰捡拾冲到海岸上的贝壳，仿佛我还只是一个六七岁的孩童而不是十九岁的少女，我微笑着，欢呼着……

我将捡到的贝壳都洗干净让父母带回家，带给妹妹，我没办法让她看到海，但是我可以让她看到海里的贝壳，我亲手捡的贝壳。

我在电话里与她说着我看到的海，那又蓝又大又宽的海，我说以后每个月都要去海边看海，我说以后我要请她到海南看海，就在我和父母看海的地方看，然后一起奔跑在晴空下的海滩上，一起弯腰捡贝壳，一起雀跃欢呼……

不管多么繁忙或慵懒，每个月我都会抽出时间去看海，看那片让我魂牵梦绕的海，然后继续我们的故事，让它未完待续。

**评语**：从作者第一次听到"海"这个字，第一次在电视上看到"海"等一系列与"海"相关的第一次接触，到第一次真正面对大海时心情的无比激动，流露出作者对"海"的不懈追求，感情真挚。这不仅是作者眼中的"海"，还是作者心中那片家人团圆的"海"。为此，带着这份寄托，作者不断努力，终有一天，会看到那片让"我"魂牵梦萦的"海"。（黄美燕）

# 海的遗言

冉良勇*

我叫海，自我记事起，我就依偎在大地的怀中，静看日出星辰，淡看云卷云舒。

渐渐地，我们也长大了，不再喜怒无常，也不再恣意妄为。大地不再任性地喷出炽热岩浆来哄我开心，也不会随意的东凸一块、西凹一块的变着鬼脸，稳重而成熟的气息，使我深深沉醉。我呢？褪去泥黄的衣裳，穿上湛蓝的衣裙，毫不吝啬的凸显那迷人的曲线，释放那岩浆般炽热的心。

堕入爱河的我们，与时间为伍，走遍世界的每一个角落，窥尽各自的一切。然而，意外发生了，那一丝丝细微的生命躲过了我的感知，在我和大地呢喃之时，它们已经如此多姿多彩，尽情地在我的血液之中流淌、成长。

当我回过神来，仔细地打量这些小生命——我身体里的小生命之时，我是如此的欣喜若狂，随着风儿尽情地舞蹈。那飘飞的裙摆拂过大地身躯，那经久不息的海声是我的笑声，那翻滚的波涛更是我久久不能平静的心。就那么一瞬间，那些可爱的小生命就改变了模样，千变万化，却又都是如此迷人。

小家伙们如此的调皮，在我的躯体里玩闹之后，竟直接向大地的身上爬去。大地温柔地将他们捧在手心，用自己的血肉化成草儿大树，供他们享用。我看着那些小家伙玩地不亦乐乎，也只好委托风儿将我的乳汁带给它们，让它们不必来回奔波。

渐渐地，那些小家伙爬满了大地的全身，也变得越来越贪婪，不再满足大地的供给，而是赤裸裸的索求，无止境的索求让大地渐渐不堪重负，那原本温柔的脸庞也变得青黄交接，接下来那愤怒的咆哮和自我摧残，不仅没有让那些小家伙收敛一些，反而将屠刀转向了自己的兄弟姐妹。

* 作者简介：冉良勇，湖北人，海南热带海洋学院汉语言文学专业2014级本科生。

看着这一切，心碎的我只剩下无助的哭泣，那泪水化作一朵朵浪花，破碎在大地的胸膛。我哭咽着拥抱大地七块残缺的身躯，只听见大地无奈而深沉的叹息：

“谁叫这些小家伙是我们的孩子呢?”

对啊，谁叫它们是我们的孩子呢？即使大地厚重的身躯不堪重负，即使我那湛蓝的衣裙早已面目全非，可我们依然深爱着它们，大地的鲜肉，我的鲜血，依然在供它们享用，依然在做好父母的角色。

往日的欢声笑语早已烟消云散，现实的苦难早已冲淡生命的美好，我却依然恳求风儿传递那鲜血酿成的乳汁，恳求太阳赐给它们温暖的阳光，恳求星星给予它们无尽的希望……

未来，或许我会被我的孩子吞噬殆尽，或许失去利用的我会被无情地抛弃，然而，我依然不后悔当初的一切，毕竟，我是海，是它们的母亲。

**评语：**文章作者用拟人化的手法把大海比作母亲，把大地比作父亲，形象生动地让我们感受到了母亲的温柔和父亲的包容。就像我们的父母为了我们可以付出所有一样，海和大地也无私地给予我们所有，作者借此呼吁大们保护环境，保护我们的“父亲”“母亲”。（李蓉）

# 03

## 节日断想

# 印象中的除夕

邱小妹

春节一年一年地过,习俗一年一年地传承。

中国是一个古老的国家,它和许多国家一样,都有自己的节日。在众多节日中,最具中国特色的,最有历史的要数中国春节了。春节,中国的传统节日,它有只属于自己的习俗。对于传统节日,我们每一个中国公民都有权利和有义务去将它很好地传承并发展下去。

我生活在一座小岛上,它跟中国大陆有一海峡之隔。或许正因为这海峡,我们海南岛岛民有我们自己的春节习俗,这可能跟内地大同小异,但这儿绝对有它自己的特色。我不知道我们这儿能将春节习俗很好保留下来的具体原因。我猜,能保持对春节的热忱或许是因为岛民的迷信,又或许是因为一种信仰,更或许是对春节的喜爱。

接下来我就谈谈印象中的除夕之日吧。

在我们这儿,春节就像一首歌曲,都会有前奏。而这前奏便是农历年最后一天——除夕。除夕,是个狂欢之日。这天早上,各家各户如出一辙,都会在一大早贴上春联。春联是一种形式的文化小品,老百姓一般都通过春联来表达他们对未来的期盼和祈求。海南人在春联的选择上比较传统。多数挑选有名且意蕴比较积极向上的对联,贴对联一般都由家里的男生完成,这多多少少跟当地重男轻女的思想有关,当然,也有允许女生贴对联的家庭。在这天,和中国内地最不同的估计要数贴"利是钱"了吧!"利是钱",一种红纸制成的、满是小洞的纸张。只要到一些小镇小乡村去瞧瞧,你就会看到每家大门框上四处飘扬的"利是钱",甚至在水缸、炉子、灶台等其他农具上都会有"利是钱"的影儿。

而这天晚上,家家户户都会"守岁"。海南人过年不吃饺子而是准备当地特色的年糕,有白色可以伴着酸辣酱汁的年糕、黑色甜甜黏黏的年糕、包囊椰子丝的年糕。在除夕这夜,我们会联系家里上上下下、大大小小的人门一起吃团圆饭。在我们家吃团圆饭期间,你会被一大波人问学习成绩、工作成绩、恋爱成绩。这时候你会特别希望饭桌上突然来一句奶声奶气的“新年快乐,红包拿来”。然后长辈的连环问题就会因为小屁孩的祝福跟“讨红包”逗乐,最后不了了之。然后大家嘻嘻哈哈,闹闹哄哄地吃饭。这一刻,你会觉得这年的幸福莫过于此时此刻大家都还在一起。

除夕零点在我们这儿代表着农历一月初一春节到了。这晚上,家家户户都会鸣炮。海南人喜欢热闹,更追求热烈的氛围,而燃放爆竹是营造这种热闹氛围的最好方式。在海南本地,有这样一个说法,如果今年哪家鸣炮最多,这一年收成一定很好,来年的会更好。对于燃放鞭炮的行为,你或许会举牌反对,更有可能会像激进分子骂我们愚蠢、腐朽。在这里,我只想说“每位中国公民都有信仰自由,都有传承千百年习俗的义务,不懂其中苦与乐的人,请别用你的无知与冷血去对待这些人”。

我不知道你们有没有注意到自己家过年时的小细节。我不知道你们有没有发现,大家的年味在慢慢变淡。我不知道我呼吁传承古老习俗的行为会不会遭到别人的嘲笑或者讽刺。但我知道,如果我们再不好好保护这些习俗,任其发展、顺其自然,那很可能我们的子孙后辈会没有机会去感受这些浓浓的中国情了。

**评语:**年,特别是除夕,常常活在记忆中。不是现实的除夕退化了,而是岁月消磨了我们对于生活的新鲜感悟,这一点,成人永远落在儿童的后面。中国优秀传统文化的传承势在必行,因为年始终承载了一代又一代的回忆与向往,离别与团聚。(陈灵)

# 阅婵娟

冉良勇

年年岁岁花相似岁岁年年人不同。

——题记

月光如水、静静地流淌了千年,仿佛在孤寂等待那久出未归的良人,却只能无奈地遥望远方,来打发漫长的岁月!月、如此凄凉的字眼,又如何和团圆这样的词相提并论。难道因为念得太久,需要一个借口来抒发那化不开的情谊吗?

见与不见,它都在那儿守候。想与不想,它都在那儿思念。无论你是离开了家,还是漂流至异国他乡,那份月光都在你的心里扎了根,开了花,即使你踌躇满志,留下埋骨何须桑梓地,人生无处不青山的豪言壮志,也不免在中秋时分默叹故里鸿音绝,妻儿信未通。中秋佳节,365日里寻常的一日,既无十星连日的奇景,也无鸾飞凤舞的祥瑞,有的,只是那决堤的思念,以及那被宣泄的情感!

犹记得儿时,只是贪恋那酥脆的月饼。长大后,开始向往那瑰丽的世界。如今,人未老,却也开始想家,想奶奶那可口的饭菜,想父亲那不苟言笑的面容,想母亲简单的唠叨。或许真的是越简单越幸福,一桌菜、一群人、一片月。

因为过去了,所以在怀恋。怀恋中秋的月亮、即使没真正见过几次,可是那月依然那么圆,那么皎洁。月光还是甜的,融入到每一缕呼吸之中,仔细闻闻,嘿,桂香味的!那些碎片经过不断的重组,繁琐的筛选,剩下的,便是那美满的中秋与现在的惆怅。那些随风颤抖的银发,那些深深浅浅的皱纹,还有那渐渐逝去的年华,都令我无奈惶恐。面对时间,我们又有什么能力去对抗呢?

白驹过隙,变的、只是人,看那一排白杨树依旧挺拔、那一片稻香依旧迷人、那一方天空依旧璀璨,还有什么?还有那份情吧,不管时间如何洗涤,亲情就像一坛老酒,时间越久、越醉人。我仿佛就是一个馋酒的酒徒,每当中秋之际就忍不住闻一闻、嗅一嗅，感受父爱的厚重，感受母爱的温暖，感受那三姑四婆的唠唠叨叨却止不住微微上扬的嘴角。

“爸，中秋节快乐！家里都还好吧！”

“好好好，快乐快乐。你在那边吃好一点，钱不够就和我说。”

“嗯，晓得，你们今天吃的什么，好久没吃到奶奶做的糍粑了，回去的时候给我留一点。”

……

“早点休息吧。”

“嗯！”

**评语**：亲情之间的感情交流，中国人总是含蓄的，农村人尤其含蓄。然而，没有说出来的，力量却更大。借用海明威的话来形容这样的感情交流形式，再恰当不过了。（智宇晖）

# 春节的脚步

黄美燕*

春节是个欢快祥和的节日，也是个亲人团聚的日子，不知不觉春节的脚步已经悄悄来临。

千百年来，人们使年俗庆祝活动变得异常丰富多彩，每年从腊月二十三日起到大年三十，民间把这段时间叫作“迎春日”，也叫“扫尘日”。在春节前扫尘搞卫生，是我国素有的传统习惯。但在我们家是农历腊月十七之前或这一天扫蜘蛛网比较好，之后最好不要用扫帚打扫，若用的话是对祖宗不尊敬。

腊月十七至廿九期间每家每户都会做年糕，有椰子馅、花生馅，还有红糖糕。首先是年糕皮的准备：做椰子花生馅糕时，先拿糯米碾成糊状，放在布上晾干，再把布放在炭灰上晾。炭灰较干燥，是天然的干燥剂。记得碾糯米的机器是村里有限的机器，一般三四个队用一台机器，碾之前要把糯米淘洗一下。要是不想排队，就得早早去碾米。碾好的糯米像牛奶一样白白的，但又比牛奶粘稠一点，待到糯米成泥状时就可以开始使用了。其次是馅的准备：先把花生炒熟并把皮搓去，用石器磨成末状或粒状，根据个人口味磨花生；接着摘椰子，用带齿型的磨刀具把椰肉磨碎，这样椰肉变成了椰肉粒。选椰子最好是选老的，这样才能保证口感滑爽，嫩的椰子肉炒容易烂。所以老椰子的椰子汁不是很好喝，但又不能浪费，一般拿来喂猪。最后起油锅放入磨好的椰子肉粒，炒到半熟时放入花生粒，根据个人口味放入红糖或盐炒，炒至飘出浓浓的香味即可出锅。炒的过程中最好不用加水，这样可以保持原汁原味。

---

* 作者简介：黄美燕，海南海口人，海南热带海洋学院人文学院汉语言文学专业 2014 级本科生。

然后是年糕叶的准备，在海南一般买槲树的叶子当作年糕叶，槲树的叶子也叫菠萝叶，买好年糕叶之后，将其洗净，用剪刀剪成七个双面长方形，再剪叶子杆，大约2厘米。把这连在一起的七个长方形围成一个不规则的六边形，再用叶子杆穿进开口处，这样六边形就固定好了！准备好这些后就可以包馅了，包馅时，准备好半碗花生油，目的是用抹上花生油的手掌把包好的年糕在双手来回传递的过程中减少粘手。大致捏成一个干瘪的球状，这"球"虽然不圆，但看起来很饱满，很有弹性，仿佛是一个"蹦蹦球"。全部捏好后放入用竹子制成的小框中，再把小框叠放在大锅里蒸，这方式类似蒸小笼包，蒸的过程中火候不能太旺，用中火蒸，火候太大易使馅溢出来。

大年三十这一天，各家各户杀鸡，大家忙着准备拜公的鸡，拜公需准备一只鸡脖与鸡身之间夹着一块鸡血的鸡，并配有鸡肾、鸡肠、鸡肝等。除了这些还需准备两个年糕。在我老家杀鸡颇有讲究，煮鸡时先烧开水，把鸡放入锅中要固定好形状，鸡身与鸡脖水平放置并紧紧靠拢。煮的过程中定时夹起来，抓起鸡爪用热水从鸡屁从上至下烫过，水从鸡脖流出，连烫三次，这可以让鸡肉更嫩，更熟。

拜公时，先把香、蜡烛点好，接着鞠一躬，表明通知自己的祖宗，鞠后放好鸡。拜公一般都是男子代表去拜，先前拜三次，后拜一次，接下来是自己的独白，先说今天是什么日子，后说愿望。说好之后烧纸钱，点炮，开始谢公，倒酒，再添加酒，谢三次公，把酒倒在刚才烧纸钱剩下的灰上。

我们这里有这样的传统，除夕或除夕前贴春联，初一不能贴。在桌、茶几、床上、柜上贴黄橙色的利是钱，代表大吉大利，愿保佑我们平安。除了利是钱代表大吉大利外，还有橘子。我在自己的房子里贴上这样的春联，上联：新春大吉鸿运到；下联：佳丰顺利财运来；横幅：吉祥如意。过年必需品：粉丝，又长又圆，代表长长久久，团团圆圆。点灯（需点三天三夜，大年三十至大年初二，这意味光明伴随着我们过完春节）初一是农历新年的开始，这一天人们吃吃喝喝，尽情享受这美好的一天，所以不能洗衣服，洗头发。

春节的脚步停在了我们家，它热闹地来，热闹地去，留在空中是那美丽的烟花，留下的却是春节意犹未尽的美丽！

**评语：**难以忘怀的是那年糕，经过多道工序，自然有了最好的味道和意蕴；更难忘怀的是围绕着年糕的那些人、那些事，和那永不褪色的亲情。（杨玉梅）

# 东北过大年

许思琦*

大中华自古以来就是一个丰富多彩,韵味无穷的民族。五十六个民族,五十六朵花。花花娇艳,各显其芳。而春节作为中国最古老,最隆重的节日,自然在中国的不同地区,不同民族之间存在差异。我自小生活在东北,在东北我于春节深有体会。

在东北,有首童谣唱到:小孩小孩你别馋,过了腊八就是年。腊八粥喝几天,哩哩啦啦二十三。二十三糖瓜粘,二十四扫房子,二十五做豆腐,二十六煮煮肉,二十七杀年鸡,二十八把面发,二十九蒸馒头,三十晚上玩一宿,大年初一扭一扭。这首童谣生动形象地再现了最原始淳朴的东北过大年的情景,而随着时间的流逝,虽然有些习俗已再难觅踪迹,但人民过年的心情始终没有改变。

进入腊月,春节唱响了序曲,在腊月二十三小年之前,人们要完成祭祖上坟,既是对祖先的尊重,也是对自己心里的安慰。小年当天最重要的事就是祭灶王爷,祈求来年衣食无忧,幸福安健,故民间有歇后语:灶王爷升天——好话多讲。小年之后,忙碌的日子就要正式开始了,人们纷纷开始走街串巷置办年货,贮备好肉类,买新衣服,换新器具,里里外外的打扫屋子,洗尘抹灰,尽可能地准备好一切,并在节前净身,仿佛什么都焕然一新,什么旧事烦恼都不复存在,就这样忙忙碌碌的什么都做了又好像什么都没做一样,迎来了三十,三十早上老人家熬制好浆糊,小辈们拿好抹好的对联横幅去贴上,一大家子聚在一起欢欢笑笑,打打闹闹,好不喜庆。笑脸挂在每个人的脸上,在天黑将近,又开始置办年夜饭,将冻好的粘豆包,猪肉,积好的酸菜都准备出来,正式开火。东北年夜饭中少不了的是鸡,鱼,排骨和肘子。三五人做饭菜,三五人和面剁馅,准备好一切后九点下锅,十

---

* 作者简介:许思琦,辽宁人,海南热带海洋学院人文学院汉语言文学专业 2014 级本科生。

点准时吃上饺子，这之前还要放两挂鞭，几个“二踢脚”才能开吃。饭前小辈欢天喜地向老辈拜年，得取压岁钱。饭中大家都以吃到带钱或带糖的饺子为荣，预示来年有钱，甜甜蜜蜜。饭后还要拿出冻好的秋梨和柿子缓解油腻。大家一起吃饭喝酒，一起看春晚，到十二点一起拜神，相聚打麻将，灯火通明地迎接新的一年。新的一年就这样美美地开始了。

**评语**：此篇与《春节的脚步》，同写春节，一个天涯，一个塞北，因此散发出阴柔与阳刚、细腻与粗放的氛围差异，这差别，也许来自作者，也许来自他们所表现的地域吧。（杨玉梅）

# 过　年

杨雪源*

窗子外面，一片灰蒙蒙的白杨树林，头顶三尺灰白的天空。明明只是下午两点来钟罢了。

村子里的老人家做寿，隔着不算近却也能依稀听出那咿咿呀呀的词曲。我们这儿但凡老人家做寿，是一定要请戏班子过来唱念一两日的。时唱得日多，也就愈加显出儿孙后辈们的孝心来，往往孝心也只能在这上面体现出来。请的戏班子越好，越出名，唱的戏也就越好，看的人也就越多，有本庄的老人妇女孩子们，也有别村的老人们来凑这份热闹，别村的孩子妇女多数是不会来的。别村的妇女自有她们的事儿做，正如我们庄上的妇女们，除了年初一，正月里的其他日子都得忙着做饭洗衣招呼亲戚。各处的孩子们倒是一样，一贯地喜爱买上几盒小炮，兜里塞满了。一手打火机一手小炮，或埋在土里，待得小炮轰的一声炸开，掀起泥土的浪潮，扑棱棱全洒在身上，这样的景象，倒像是树林里被枪声惊吓的动物们，林动鸟兽散。然而人类的世界里，这样的效果大多能招来别家大人或小伙伴一片喝彩声，也有可能招来自家父母的咒骂声，无非是“小兔崽子，弄脏了衣服我也不替你洗”之类的话，然而孩子们的衣服终究还是要洗的。而有些调皮的孩子，偏爱做些吓人的事来。他们候在路边上，但有大人经过便眼疾手快地掏出打火机与小炮，火光一闪，轰隆一声，那过路的人便得把七魄给吓出去，好半天才能收回神来。待收回神，那些皮孩子早溜得没影了。所以，但凡些热闹的场所，这些孩子是转遍了的，大人们也是普遍地吃了闷亏的。也就是在年前年后，商贩的小炮才销得特别的好。

---

* 作者简介：杨雪源，江苏连云港人，海南热带海洋学院人文学院汉语言文学专业2014级本科生。

我想我儿时的玩法，最好玩的玩得最频繁的当属“过家家酒”。三四个小伙伴聚在一起，搜罗些果冻盒子作着炒菜的锅，再从家里翻出几个酒瓶盖子，作盛饭的碗。配着各种从麦地里挖出的野菜还有黄泥疙瘩，“一家三口人”或“一家四口人”便可好好地吃顿“年夜饭”了。也就是儿时，才有这样的玩法。如今，那些曾经与我一起玩过家家酒的，处得极好极好的伙伴，有的已做了两个女娃娃的父亲了。毕竟，当年家家酒他总是扮父亲的角色，我总是扮母亲的角色，而他突然真正做了父亲，不免让我感叹时光的飞转。

我本不想谈起我们庄上的男人们，可是缺了他们，这个年过得也就不完整了。对联是男人们贴的，有时候鸡鸭也是男人们杀的，除此血腥之事外，男人们也做不了什么事儿了。哦……对了，来客人了男人们得陪抽烟，陪喝酒，陪拉呱。做完这些，庄上的男人们就攒在一户人家，四人一党，或一桌麻将，或一桌牌友。从白天到傍晚，再从傍晚到凌晨。赌博场总是不歇业的。我不懂赌博这回事儿，因此我就不予置评了。而那些赌钱的人呢，或许是在外打拼了一整年，回家过个年总得好好放松放松，娱乐娱乐。在赌钱场上厮杀或许就是他们最好的放松方式了。

我家今年真正的年夜饭，实际参与的只有四人。大我二十岁的父亲母亲，小我两岁的弟弟，当然还有芳龄二十的我。家中的男子一般负责贴里外的春联，女子负责准备一顿丰盛的午餐。往年的年三十，家里总是挤的。因为我得洗十一双筷子，十一只杯子，十一只碗以及大大小小十几张盘子，汤碗，所以往年的我经常嫌烦。而今长大了，想为家里做些事，倒是无事可做了。无事可做了该是雀跃的，然而我也无法实实在在地如往年一般笑着盛饭吃菜，纵然往年也含了三分不情愿不自在，今年确也是十分地不开心了，所以我只是埋头苦吃，塞得满满一肚腹，没准儿可以排解些一肚子的不快，也未可说的。今年的人少诚然是原因所在，可这详情我未想过道与旁人听，不然又得勾出一般伤心的事儿来。大新年的，给人徒添感慨，该是我的罪过了。

**评语**：轻松与幽默的笔调从第一个字贯穿到最后一个字，笔法似乎有些过于老到了，所以不免让人感觉有些做作的意味。然而描写是真切的，妇女、儿童、男人，他们都在年的琐碎中过去，琐碎里有无数的温馨。（智宇晖）

# 家乡的年味

黄小倩*

鲁迅先生曾说旧历的年底毕竟最像年底，这点我是极为赞同的。春节大概是行走在消逝中的传统节日里最受人们关注的了。辞旧迎新的这几天，村镇里的人们得张罗大大小小的事。

腊月二十我终于回到阔别五个月的家，午后的阳光正好，零星地洒落在身上弥补了寒风吹在脸上的凉意，这样的冬天似是带着春天的味道，让我无比怀念。不远处的井边，一些外婆辈的老人趁着这好天气洗床单、衣服、锅碗瓢盆，也有年轻的妈妈挤着一小块地方一边做着手里的活，一边和大妈们说着家长里短。腊月廿三到了，这天在我们这儿又称“掸尘日”和“祭灶日”。现如今我们村子里家家户户几乎都是小洋房，开起了家庭旅馆，房间自然多，因此掸尘的任务是略显庞大了。在以前的老房子，爸爸会把扫帚的柄接得很长很长，去扫天花板上的蜘蛛网啊，灰尘什么的。现在小洋房也不用这么麻烦了，擦擦窗户倒还是照旧。

说到祭灶，这是每家每户在腊月廿三必做的。在每户家庭的厨房靠近煤气灶的墙壁上，或贴着灶王的纸头像，或是经装修后由画匠画上去的灶王图，再嵌进一个小石台。每逢初一十五，都要备些水果糕饼放在石台上。而祭灶日这天得供奉专门的祭灶果，商店里的祭灶果花花绿绿，是我也说不上名字的。点上清香和蜡烛，双手合十，感谢灶神一年对家庭的庇佑，同时祈求来年继续得到灶神的庇护。因为灶神在人们心中就是守护神，人间烟火它都懂。这是每位家人最虔诚最朴实的心愿吧。

旧历的年底还有一件大事就是“送年”，它和鲁迅先生笔下的祝福是差不多

---

* 作者简介：黄小倩，浙江舟山人，海南热带海洋学院人文学院汉语言文学专业 2014 级本科生。

的。要准备好煮熟的猪肉和鸡，鱼也不是随便什么鱼都可以用，得是小黄鱼，还有鸭蛋、红糖、茶叶、茶豆腐干、年糕。客气的主人家还会摆上具有寓意的水果上桌。我刚回家那几天妈妈就开始忙着准备送年的东西，把买来的猪肉和鸡送去邻居家在大锅里用柴火烧着蒸，而且也需个把钟头，邻居的大爷一般是不会嫌麻烦的。送年需要在两个地方进行：当地的庙里和自己家里。庙里的大堂地方有限，家家户户都是错开时间去的。今年春节来得晚，许多人家都赶在立春前就送完了年。妈妈倒是不讲究这些，心意到了年神自然就明白了。廿十四是外婆选的“好日子”，八九点，妈妈把所有准备好的祭品和香烛放进两个大蒲篮里，扁担挑起往肩上一放，俨然一副威武男子样。挑担进庙那也是约定俗成的。在家里送年是两天后了，也是皇历里的好日子，我猜不是宜祭祀就是黄道吉日吧。凌晨两三点，爸爸妈妈开始送年了，我被家里和近处的鞭炮声吵醒，又恍恍惚惚地昏昏睡去，一年了！

送年完后，大人们是完成了一个重要的任务，年底还差做一次“送年羹饭”。送年是送走年神，而羹饭则是做给祖先和已故的亲人。许多人在祭祀后请亲戚朋友到家里共进晚餐，拜年走亲戚差不多就这样开始了。在我们家这羹饭是团圆年夜饭的象征。爸爸一大早就开始从冰柜里找出海鲜大餐解冻备用，上市场采购。他向来是我家的掌勺。做一桌子的菜得两三个小时，今年我也帮点小忙，看了这么多次，知道祭祀的酒杯，筷子，酒壶，米饭该怎么放。点上三炷香和两支蜡烛，说些祈祷的话，就剩下等待，等待的时间就是祖先和亲人用餐的时间。等燃完两炉香，烧些经钗给阴间的亲人，让他们在另一个世界不为物质所困。

做完了羹饭，那离除夕一定很近了。除夕夜几乎是不睡的，过了12点，一家人会一起去寺庙里祈福拜菩萨，用我的话说就是许下新年的愿望。人们从各个村子甚至更远的地方赶来，只为心中虔诚的信仰。到了清晨，就要去墓地给死去的至亲拜年。我的爷爷奶奶都相继离开人世了，我每年都会和爸爸妈妈伯伯伯母姑姑一起上山看望她们，把好吃的带给他们，一年就这么一回。

正月里，每个村子都会请戏班子唱戏，这戏指越剧。看的男女老少都有，倒不是为了去看戏，就图个新年的热闹。这儿也管这戏叫“太平戏”，戏一般都在村子的庙里唱，唱给菩萨听，保佑整个村子平平安安。记得小时候和爷爷去看戏，坐在第一排；长大了，却只是站在门口观望。不知从何时起，那种愉快再也找不回来了，那种年味也渐行渐远了。好在，我还记得，也还说得清家乡过年的习俗，我想我永远都会记得。

**评语：**简单的事件，简单的话语，汇聚成不简单的一篇文章，这里我看到了与我家乡不一样的年味，让人倍感新鲜。在万事从简的今天还能看到如此繁杂的过法也非常耐人寻味。最重要的还有作者在简单的话语中透露出的那份对家乡的爱，让人倍感温暖。（严晗雨）

# 感恩节遐思

王壮燕*

今天是感恩节,不知道怎么回事,感恩的心情似乎要开始泛滥,像破碎的冰块一样倾泻而出。感恩节,试着学会原谅所有的人所有的事,尽管往事会淡,很多人或许也会成为我们人生中的过客,但于千万人之中相遇很不容易。每个出现在我们生命里的过客,不管他们曾给我们带来快乐或伤害,这都是人生中必须经历的事情。感谢他们曾经美丽的出现,丰富了我们的人生。每个人的一生都会邂逅几段或深或浅的缘分。只是时光长短,萍聚云散,由不得你我做主。穿行在摩肩接踵的人流中,缘分会指引你,找到那个与你心意相通的。或许这世间没有谁,能够陪你真正走到终点,但我们依然要感谢曾经陪伴过我们的人

生命是一场漫长不可预知的远行,晓风冷月,杨柳落英,都只是刹那风景。那些结伴同行的,不只是爱情,还有不可缺少的亲情和友情。不管有一天会不会成为漠然,转身的路人,但任何一桩缘分,我们都要珍爱。

愿得一人心,白首不分离,那是爱情里的浪漫。风雨兼程,一路有你,那是友情里的温暖。相濡以沫,相亲相爱,那是亲情的感动。人间处处有真情,感谢每一次的相遇,怀着一颗感恩的心对待所有的人所有的事,你将会收获更多。

有缘千里来相会,无缘对面难相识。感恩每一次的相遇,因为下一次不一定遇到,即使重新相遇之时,我们早已将对方彻底遗忘。相遇投以一个微笑,打一声招呼,那是一种对人的礼貌与尊重,别老是撇着一张脸,没有人欠你什么,人生能选择快乐度过,为什么选择被负面情绪左右呢?我想这些道理人人都晓得,只是做起来很艰难,如果是亲人离世,等诸如比此类的事情发生在我们身上,我们不是

---

* 作者简介:王壮燕,海南洋浦人,海南热带海洋学院人文学院汉语言文学专业 2014 级本科生。

圣人，不可能置之度外，我们的心会隐隐作痛，但是我们要相信一切将会过去。

月有阴晴圆缺，人有悲欢离合，我们要把持好那个度，做自己的主人。

人的一生那么短，别忘记快乐，也别排斥快乐。

人的一生又那么长，不如让我们选择一颗感恩的心过完这一辈子。

**评语：**围绕感恩，作者任由遐思漫溢，文字生发出一种简单而清新的力量，仿佛能触动你的某一根神经，搅动你的某一份思绪，去反思那平庸的生活。（智宇晖）

# 礼 物

李 蓉*

我是一位作家，此番离家是为了创作我的小说《礼物》。我到过许多风景怡人的地方，手中的这盆三轮草就是我在野外水边的洼地里取得的。春节快到了，今年是不可能和家人一起守岁了，但元宵节一定赶得及回去，不知父母现在怎么样了，好想他们啊！

站在院子的门口，我有点局促不安，明明带了钥匙，却想要敲门，好像我是远方来的客人。里边传来了脚步声，我的心有点期待又有点小紧张，手指揪在衣服两侧，在门口来回踱步。开门的人会是谁，第一句话我该说什么呢？"吱"的一声，门开了，当我看到一张日思夜想的脸时，眼泪夺眶而出。门里的人明显愣了一下，下一刻便被我抱住了，她的手里还拿着锅铲，双手张得很开，好像不知道发生了什么事。一个满头白发且有两撇小胡子的严肃老头皱着眉走出来，他看到我，好像不敢相信自己的眼睛，搓了又搓。

于是，在他诧异的目光中我走进了客厅，把送给他们的三轮草放到阳台上浇了浇水，看到绿得发亮的三轮草，我的心情一下子变好了。

我坐在沙发上没有说话，气氛有些沉闷。突然，他俩疯了似的冲过来抱住了我，哭着喊着不要我离开，说些再也不逼我之类的话。安抚好我的父母后，我便告诉他们这次会在家里住很久，多陪陪他们，乐得老爸的胡子都翘起来了，就连最怕长皱纹的老妈都没有再吝啬她的笑容。回家，真好！

第二天便是元宵节了，三轮草在阳光和水的滋润下结了几个小花苞，一家人一大早也开始忙活了起来。早餐吃的是汤圆，还是我爱吃的没有馅儿的。汤圆香

* 作者简介：李蓉，云南西双版纳人，海南热带海洋学院人文学院汉语言文学专业2014级本科生。

是香,可就是没什么味道,加了几大勺糖之后被老妈强制性制止了。她尝了一下我的,眼睛眯成一条线,睁都睁不开,嘴角也抿起来,以此来告诉我太甜了。可我觉得还是没什么味道。算了,反正也吃不了多少,难得回一趟家,就依她的意思吧!但最后在她的注视下,我不敢不吃完,胡乱塞一嘴,还把碗倒过来以示吃干净了,她的眼睛才放过了我。老爸出去溜圈儿了,我就跟老妈上菜市场买点菜。街道上都是还没点亮的灯笼和占摊位的小车。路过摊位的时候大家纷纷掩鼻,我不明所以,老妈把我拉到一旁教训了我一顿,让我以后不要再抹这么浓的香水,我闻了一下,的确是从我身上发出来的,可我并没有抹香水啊,难道是体香?可体香也不带这么香的吧!

回到家,与老妈一起切韭菜包饺子,她与我说了很多体己的话,甚至还让我摸了她的脸,要知道从我三岁起她就再也不让我碰她的脸了,这是多么大的恩赐啊。吃饭之前我被老妈袭击了,她亲了我一下,还说不要再离开妈妈。这下轮到我惊诧了,在我的印象中老妈并没有亲过我,我不禁在怀疑她是不是在报我刚回到家给她的一抱之仇。老爸也很奇怪,一向严肃的他居然肯陪我玩跳棋,这还是我的老爸吗?今天的饺子更奇怪,看上去黄灿灿的很好吃的样子,可是不仅没什么味道连香味都没有,这让我不禁怀疑是不是见鬼了。

最正常的就是我带回来的三轮草了,只不过花开得有点早,早上刚结的花苞,中午就全开了,黄白色的小花藏在绿叶中间,在日光的照耀下散发着冷冷的幽光。

午饭过后老妈便叫我与她一起剪窗花,都什么年代了,我家居然还自己剪窗花,罢了罢了,只要她开心,做什么我都愿意。房间里充满了我的体香,看着老妈认真剪窗花的样子,我不禁想起老妈年轻时的黑白照,真是岁月不饶人啊,当年天真清纯的小姑娘已嫁做人妇,不知不觉那染红的发丝里都藏了好多雪花了吧。想着想着,剪刀就扎到手了,我叫了一声,老妈马上含住了我的手指,拿出来的时候已经没有血了,但我清楚地记得,刚扎到的时候也没有流血。

元宵节的夜晚是很美的,政府会组织一些游园活动,平常不允许出现的小摊也可以参与其中。我们一家也准备出门溜溜,出门前我特意给三轮草浇了水,它那黄黄白白的小花好像在用尽生命的最后一刻绽放似的,每一朵都开得特别地灿烂,一种快要腐烂的灿烂。也许它本来就长成这样吧,我再关心也没有用,拿上外套,牵着父母的手开开心心地出了门。

街道的两边都挂满了灯笼,店铺的门口也挂满了灯笼,有的是纸糊的,有的是塑料的,还有的里边藏有灯谜,猜对了还可以到指定位置领取相应的奖品。街边到处都有吃的玩的,有人踩高跷,有人放焰火,还有人跳广场舞,我一手老爸一手老妈直冲江边,因为我看到了有人在江边卖荷花灯。逼迫着老爸老妈写下心愿,然后骗他们在旁边的小吃摊等我,我便去下游捞他们的荷花灯,看看他们的愿望是什么。

为了捞荷花灯,我半条裤子都弄湿了,要是老爸老妈什么都没写那就太对不起我了。先看老妈的——女儿终于回来了,这次我再也不会不准她吃这不准她吃那的了,以后想怎么吃就怎么吃。我心想,这真是奇怪的愿望。再看看老爸的——离家十年,终于回来了,当年是我不对,不让她在课余时间出门,对她的要求太严格了,求上天保佑,我不想再失去她。离家,离家,我什么时候离开过家十年,不是只有几年吗,这几年还是由于我工作的原因才回不了家的,我什么时候,我……离家了十年。我的脑子现在很混乱,大量好像不属于我的记忆从我的脑海涌出,快把脑袋挤爆了。“不准不睡午觉”“不准吃上火的东西尤其是烧烤”“不准出去玩,外面很危险”“不准在我面前哭”“快点把布置的作业写完,写完了就背书”“今天虽然是过节,但是你还是不能出去玩,因为外面很危险”记忆就像断了线,我想起来了。

十年前,我是一个乖乖女,在家里有一个当导演的老爸和编剧的老妈。每当我在家写作业的时候就会不自觉地望着围墙外,家里的阳光我不太喜欢,那颜色没有操场的自然,我想要呼吸围墙外的自由。当一座围墙,只为了阻挡所有的自由与渴望;当一份答卷,再不能满足整天的语数政英化,我临近崩溃的边缘。我多么地想窥探父母心中的秘密,多么地想捕捉父母的温柔气息,可是,没有,一点也没有。一朵蒲公英飘落在纸上,我刚想捉住它,它又随风飘走了,似乎在嘲笑着我的伤心,而我,只能呆呆地看着它自由地飘向远方。

那年的夏天,爸爸撒了一个谎,他说要是我能做完一本试卷并且每套都达到90分以上,他就带我到游泳池去玩。我做到了,他却塞给了我一颗糖,告诉我不去了,原因只有一个——外面很危险。天真在成长这条路上跌跌撞撞,最终消失在了我的脸上,他的谎言很美,美到我的心都碎了,连眼泪都不再相信伤悲,那天我也明白了糖的味道原来是苦涩的。我把自己锁在时间的尽头,像木偶一般地奋斗,直到暮色拥抱地球,热闹的声音从街道传来,才显得我是多么地孤独。我站在时间的指针上,被催着往前走,最后迷了路回不了头。

学习好有什么用,若是可以,我宁愿用我的成绩来换取和父母的一次旅行,或者是和小伙伴的一次打闹。什么遗失在了幽暗的长夜,或许是亲情,抑或是天真的童年。我站在南极仰望父母的北极星。

前进的道路必须由我自己决定,我要去追寻有阳光的另一个天堂,再见了我亲爱的爸爸妈妈，再见了我的家，再见了我的锁链。

漂泊了几年，我终于安定了下来，在一家出版社工作，顺便写写小说。一年又到头，忙碌占据了所有，不想回家也回不了家。多少次拿起电话的手不知什么原因又放下了，有可能是不甘，也有可能是懊悔。于是时光湮没，沉入漩涡，十年眨眼便过。如今我已功成名就，却只想为父母捏腿捶肩，从此了无牵挂。去他的任性，去他的离家出走，我要回家。于是我踏上了回家的旅途，可是回家总要带一点礼物吧，让我想想，就带盆代表思念的三轮草吧，为了表示我的心意，我亲自跑到人烟稀少的山涧洼地去摘。也许世间并没有那么完美的事，我溺水了，死前手里还死死拽着那株三轮草。因为人烟稀少，尸首并没有立即发现，于是我耗尽十年时间，聚魂成形，聚魄成魅，重返人间，还未了心愿。

明白了，明白了，怪不得父母对我这么好，还说些奇奇怪怪的话，怪不得我吃东西没味道，被刀扎到没流血，自带体香，香气袭人，原来我只是一只魅。现在凝聚我魂魄的三轮草快谢了吧，那么我在阳间的时限也快到了。

我又荡回了热闹的街道，有人欢喜有人愁，有些事，真的回不去。父母已在江边的烧烤摊找好了位置，还点了我最爱吃的烤江鱼，摆好碗筷等着我。

泪未干，心未凉，是什么依然在滚烫，是无边的思量与不舍。冷冷的月光停止在脸上，请为我隐藏溢出的泪花。我收拾了一下心情，快步跑去，用快门企图凝固时间，把幸福存进相片。仔细看来，时间染白了父母的发，岁月也划伤了他们的脸颊，我多想和小时候一样牵着父母温暖的手掌，现在终于有机会了，一把紧紧握住，就想这样一直握着，再也不放开。他们好像明白了什么，也紧紧抓住我的手，不让我离去。奈何月冷烛光尽，花儿已凋零，咸腥的风把窗花都撕裂，高空中的月亮无情地打量着我们可怜的缘分。我曾为彼此间心的距离感到寒心，现在却在为彼此间灵魂的距离感到害怕。

烟花燃尽只剩灰，该离去的终究还是强留不住，我的时间到了，该走了。该忘的忘不掉，在街道上我拖着沉重的脚步一点点后退，身影渐渐透明，最后淡出这个世间。要不是看到父母在急切地寻找我，我都觉得自己从来没有来过这个世界一样。我来过的痕迹就像灰尘，一拂即逝。

古称“魅”为“外貌讨人喜欢的鬼”，若有人死后心愿未了，便可聚魂成形，凝魄成魅，返还人间，还未了心愿，所到之处“枝叶招展，花香袭人”。

**评语：**这篇文章我连续看了两遍，同样的文字，同样的内容，可看完后的感受却是不同的。看第一遍，读前面大部分（还没表明“她”是魅之前）的内容时，我只当是过节回家探望父母这一很普通的事，这种经历我也有，没有什么新奇的。虽然文章有交代她身怀异香、被扎到没有流血等情节，但我并没有多想，读到后面揭开谜底时，我才晓得，这些细节真心描写得不错。唯一不解的是文章为什么要以“礼物”为题，于是我带着疑问又看了一遍文章。此番我才明白，对于一个逝者来说，能有一个机会再见亲人一面，这本身就是上天恩赐的一份礼物；而对于逝者的亲人来说，当逝者再次回到他们身边，这又何尝不是一份礼物呢？而那一株三轮草就是礼物的寄托。（涂小琼）

# 乙未年中秋

钟　媛*

那晚的月亮新闻上说是最大的，那晚的星星看起来也是最亮的，月亮平日里不会留一丝丝的情分给月光下的人，不会因为他们的注视而靠近，不会因为他们的欢乐悲喜而更换圆缺，而这一晚的月亮仿佛挨得很近很近，近到好像如果跳起来就可以触到。坐在草地上的我，很想跳起来去触摸，可终究还是像那天一样，有一个强大的力量阻止我回头，让我死死地坐在那里，挣脱不了，跳不起来，触摸不到。

可是，时间已经过去了三年。

那天晚上的月亮也很圆吧，我记得是这样的，因为我记得那晚，我看见你的脸的时候，抬头看了看月亮，然后转身离去，孤独地承受月圆人不圆的感觉。或许那青涩的情感是在那一刻变成深刻的记忆的。其实，那晚你的到来，现在也能感觉到欣喜，就像是绝版的名贵香水，提起来就会想到她的香，却不可能再闻到她的高贵。那段青涩的故事，是幼稚的，是珍惜的，是不愿意提起的，是不会忘记的，尽管每到月圆我都会想起，然后转身忘记。

如今时间过去了这么久，早就失去了过去的幼稚，也失去了当时的感性，理性地面对一切，包括情感。那年心心念念的你，也不知去往何方，是不去打扰，也是不去了解，理智告诉我们，过去的，都过去了。而那首你为我写的诗，早就随着时间离去。

月亮刚刚被云彩遮了起来，回忆也就这样停了下来。接到了父亲的电话，父亲说，家里看到了月亮，奶奶和弟弟要开始供月了，所以打电话给我让我跟她们一

* 作者简介：钟媛，内蒙古赤峰人，海南热带海洋学院人文学院汉语言文学专业 2014 级本科生。

起感受，思绪仿佛回到了两年前。是啊，已经两年没有在家过中秋了，中秋是在我家里仅次于春节的节日，可能是因为我家的人丁兴旺。回头看了看和我在一起的汉服社的成员，我们也在讲中秋的传统，却没有供月，因为条件还是不足，而在家里，每年，奶奶都会带着我和弟弟供月，不求别的，只求一家团圆，一家平安，奶奶会在每年的这个时候讲嫦娥和后羿的故事，每次都是同样的内容，可是一家人仍然会认真地听，其实每一年听故事的感觉都不一样，小时候是对神话的崇拜，长大一点时是对爱情的向往，现在是对家的思念，故事早已超脱了她的本身，成了对家的思念，对亲人的思念。父亲是宠爱我的，不远千里，把家里我从小吃到大的月饼邮寄过来给我，邮寄的还有思念。可却不知，这于我更是思念。真正让我动情的是父亲的那句："记得吃完月饼喝点茶水。"我很喜欢喝茶，可能生来就不是那种可以附庸风雅的人吧，我的身体并不允许我喝茶，父亲平时只会在他喝的时候让我喝一点，每逢中秋却还是让我喝上一些，小时候贪吃，会吃很多月饼，吃多了就会胃不舒服，现在早就不会贪吃了，知道在外边自己照顾自己，可是听到这句话还是很暖。那一瞬间，眼泪还是夺眶而出了，还是很没出息地想家了。挂掉电话，走回欢闹的人群，给大家一人倒了一杯凉茶，大家都是在外的孩子，互相照顾也是理所应当了。

夜深了，大家决定回去了，这又一年的中秋就这样过去了，回忆里的东西又被深藏，而对于家的想念，变换成了一通通的电话。

**评语：**每逢佳节倍思亲，何况中秋本身就是团圆的日子，月圆人不圆确实很让人感伤。但是人长大了，与亲人总是离多聚少。不如学习一下苏东坡的豁达，所谓"千里共婵娟"，即便远隔天涯，我们见到的也是同一轮圆月。（李周悦）

# 艾米的烦恼

庞三妹*

这是艾米第一次独自走路回家，因为很多大人都说小孩子一个人在路上太危险，放学后都会有家长接孩子回家，即使孩子们已认得回家的路。小小的个子背着一个大大的书包慢慢地走在回家的路上，用那双明亮的眼眸好奇地打量着这个花花的世界，很多商店的门口都摆放着很多包装精美的月饼，各种口味，各种类型的都有。在这来来往往的街上，看着这琳琅满目的商品，艾米实在想不明白为什么要年年过中秋，且过中秋为什么要吃月饼。

在课堂上快要下课时老师突然说："大家安静一下，告诉大家一个好消息，明天是中秋节，是我们国家的法定节假日，所以放假。在这祝大家中秋节快乐，希望大家玩得开心，但不要自己一个人跑到外面去玩，要在大人的陪同下，玩的同时要注意安全。"老师说了一大堆的话，但只有"中秋节"这个词在脑海中盘旋，有一大堆的问号在心中纠结，但又无从得知。一听老师说要放假，很多同学都聚在一起叽叽喳喳地讨论节假日的安排，要是去问他们又会被大家嫌弃，想去问老师又不敢问。

艾米被称为班里的"十万个为什么"，大家一看到他都会纷纷地避开。艾米就像"小爱迪生"一样很爱发问，问各种各样千奇百怪的问题。很多老师都在感叹现在的学生问问题是越来越少，经常鼓励学生们要在课堂踊跃发言，多问个为什么。当艾米听到老师说有什么不懂的问题可来问他或旁边的同学时，艾米可是高兴坏了。不管上哪个老师的课，艾米总有问不完的问题，刚开始的时候老师们感觉都挺开心的，但过了一段时间，老师们渐渐地就对这个爱发问的学生产生恐惧心理，

---

* 作者简介：庞三妹，海南临高人，海南热带海洋学院人文学院汉语言文学专业 2014 级本科生。

常对艾米的发问视而不见。有的老师被问烦了骂过艾米,跟家长也谈过话。

看桌上放着一盒包装得很精美的月饼,艾米像所有的小孩一样忍不住要品尝它的味道,那应该很美味?艾米禁不住心中的诱惑开始动手开包装盒。“宝贝,那个不能吃,那是妈妈要拿去送人的,家里还有别的,吃别的。”

“妈妈,这个看起来好好吃,我更想吃这个。”艾米看着桌上诱人的月饼,那双大大的眼睛可怜兮兮地看着他的妈妈。

“艾米,这个虽然很好看,但不一定好吃,跟家里那些包装的不好看的月饼的味道差不多。只是因为包装的很好看才要拿去送人。”

“那为什么要送人,那是他们家太穷了没钱买吗?买月饼为什么不买好吃的,而是要买好看的且贵的呢?”

艾米城里的家有三口人,妈妈,爸爸,还有他。平时至少有两个人在家,但今天只有艾米一个人在家。妈妈给艾米准备好了晚饭,打扮了一下就匆匆出门了,艾米的妈妈和爸爸今天都有应酬会很晚回家,叮嘱艾米一个人在家要乖乖的。家里的灯都开了,散发着柔和的光芒,艾米今天可随便看电视或玩电脑(在平时爸爸妈妈不让艾米玩,说是对小孩子不好,但艾米想不明白,他经常看到爸爸妈妈玩这些)。可是艾米似乎高兴不起来,因为在这空荡荡的房子里他还是感到很孤独,很害怕。整个世界好像只有他一个小小的人儿。站在并不算宽敞的阳台上,如今却觉得那么的宽广,时不时有美丽的烟花升空绽放,划破这寂静黑暗的夜空,美丽却又转瞬即逝,了无痕迹。没了烟花那美丽的光芒,天空又被黑暗所笼罩。目之所及,望不穿的黑暗的苍穹,灯火通明高高耸立的建筑,街道上川流不息的车辆。

艾米好想插上一双翅膀马上飞到乡下爷爷的身边,艾米至今还记得那段短暂而又难忘的时光。艾米与爸爸妈妈回老家跟爷爷一起过中秋节,刚到爷爷的家就看到很多的人在庭院里聊天,一堆跟艾米差不多大的孩子在旁边玩耍,爸爸说那是他们家的亲戚,欢声笑语常在空中回荡。到了饭点很多的家长高声呼喊着自家的孩子回家吃饭,也到路过的人家拉家常,打招呼。很多的人围在摆满了丰盛食物的餐桌上,小孩们则迫不及待地狼吞虎咽,恨不得把那些好吃的一下子都装在肚子里,大人则在说说笑笑地吃着饭,时不时不知是哪个顽皮的孩童蹦出一句令人哭笑不得的话语。不多会儿,则会有小伙伴呼喊着那些小伙伴们快点出来,那些小孩则不再管面前的美味,拿着自己家里做的月饼就匆匆地往外奔。

空中一轮圆月慢慢高升,漫天的繁星,把本应被黑暗笼罩的夜晚照得通明透亮,有很多的小孩在月光之下继续着白天的游戏,有的围在爷爷周边听爷爷给他们讲那些美丽的传说,有的看着慢慢升到高空的明月,数着那些数不完的星星。不知从哪传来一阵阵虫鸣,耳边伴随大自然最美妙的音乐,萤火虫在空中飞来飞去。直到孩子玩累了在父母的怀抱中不知不觉地沉睡,在庭院中乘凉的人们才渐渐散去。

**评语**:节日是成人的仪式,儿童却渴望捕获温馨与快乐。当艾米长大时,她肯定会回忆起童年时的这一段回忆。因为,纯朴和自由是人生稀缺的元素。(佟祯)

# 耐人寻味的狂潮

王楚仪*

我出身于一个南方的小城镇，一个无论大节小假都热热闹闹的幸福的小地方。比起春节、国庆这样的重大节日，我更喜欢柴头会、蜡烛会这样的小赶集。与其说这天是节日不如把它看作是一次冒险，一次“三无”（无装备、无准备、无保险）寻宝的冒险，可这并不意味着冒险的简单与随便。首先，你要克服的是人群密集恐惧症。当你打开门，走上街头，宛如穿越时空，无意闯入了另一个“世界”。这个“世界”里的人多得像是每个人都会遁地术般能轻而易举地从地里冒出来。望不尽的人头和伸展不开的手脚，不仅不知其所踪，更不知其所源。小巷里被挤得水泄不通，大马路上更是人潮攒动，一旦踏进人流便是进退两难。身处狂潮中，推搡的双手如同海浪，包围你，怂恿你，你只好紧裹着身子踩着小碎步在人潮中缓缓前行。其次要克服的是好奇心。人们常说：“好奇心害死猫。”这句话在今天完全失效，保持好奇心才是猎奇的动力。因为在这一天奇异新鲜的东西实在是太多了，多到你刚在这个摊位停留，眼睛却立马被下一个摊位所吸引。各式各样，琳琅满目，多到眼花的商品，没有你看不到的只有你想不到的。“喜新厌旧”似乎成为今天的特权，在多如繁星的商品狂潮中畅游，使得购物欲望和购物激情瞬间爆发，仿佛刚刚经历的颠簸和摧残是必经的九九八十一难。接着就是要管好你的荷包，即使它最终脱不开空空如也的命运。集会上的东西多且便宜，大街小巷里到处都能看见这样的人，他们提着大包小包，涨红着脸，正如那首民谣唱道：“左手一只鸡，右手一只鸭，身上背着一个胖娃娃。”虽不是妇人回娘家的欣喜，却也满载而归如农民丰收般的真心喜悦。也许是不甘心，也许是杀红了眼。也许是不想从疯狂

---

* 作者简介：王楚仪，福建武夷山人，海南热带海洋学院人文学院汉语言文学专业2014级本科生。

的欲望中清醒，即使硕果累累却依旧提溜着眼珠子继续寻找下家，享受着淘宝和杀价的快感。比起经验老到的长辈们，年轻的女孩和主妇们似乎成了这场狂潮的主力军。她们纷纷带上姐妹，叫上朋友们，奋不顾身且心满意足的投入这场冒险之中。“冒险”与“购物”的结合像是触动了女人的神经，给她们上了无限的发条。而“男人不喜欢逛街”的老话在这一天也不管用了，因为男人也能在众多摊位中找到自己感兴趣的东西，找到属于男人的世界。在这场狂潮中，无论性别、年龄，都能在其中找到乐趣。奇怪的是，这本是充满金钱交易的一天，却哪儿也没有散发出铜臭味，也许是被叫卖声和欢笑声所代替，也许是被人们内心的欲望所掩盖。只剩下空气中阵阵棉花糖的香气与甜味，也是我儿时好梦的味道。

黄昏一点点入侵，伴随着晚霞的笼罩，街上的摊位也已零零散散，仿佛还沉浸在狂潮中等待着最后一个荷包。狂潮并没有结束，热度持续升温着。采购结束后的冷饮店和休息区似乎成为买客们炫耀战绩的奖台。女人们纷纷陈列出自己的战绩，红扑扑的脸蛋，上扬的眉毛，躁动的神色，无一不在诉说着在狂潮中的奋战。当你走近细听，仿佛置身于一场拳击赛。女人们先是炫耀一番自己的宝贝，就像准备上场的拳击手，当对手打出“外貌拳”，便用“性能拳”还手。双方你来我往，不知是哪一方先出了“价格拳”，这一拳将比赛推至赛点。当然价低者获胜，在享受获胜滋味的同时顺带夸夸自己的砍价技能。而输的一方则在懊悔自己当时为什么不多砍点，同时也用精神胜利法来安慰自己“没事，不就那点钱嘛！”这时“女人奇怪的购物观”便表现得淋漓尽致。再看看男人，同样是献宝，可价格却比不上独特重要。锋利的瑞士军刀、样式奇特的紫砂壶、色彩上乘的茶具等等都成了男人们饮茶间的谈资。购物的快感和膨胀的欲望又一次爆发，这场狂潮一直持续到人们进入了带有香气与甜味的梦乡。

**评语：**购物仿佛是战争，女性是这场战争的主角。阅读本篇，似乎在听一场渲染激情的足球解说，紧张刺激与女性本质的柔婉，恰是二律背反，却正是本篇吸人眼球的地方。读完最后一个字，我也有了进入这场精神历险旅程的欲望。（王岚）

# 夏塘秋月夜

文才家*

孑身走在喧闹的街道，路上是一片节日的气氛。在这个喧闹的人群中，我有幸获得了一次回忆的机会。

九月的乡村还带着浓厚的暑气，大自然还飘着生命的馨香。然而毕竟是夏尾巴，强势了几个月之久的艳阳终于开始打算提早下班，于是万物开始调整了归家的时间。天边被风吹散的飘云慢慢聚拢，等待夕阳上色。几只家燕着一身绅士装掠过半空的浮云，留下一道道飞行的痕迹。西落的太阳半途中趁机在树梢间喘气，吐出白昼最后一口热气。然后夜就悄悄覆上了大地。

不知是哪处的猫头鹰在咕咕叫着，白日里被日光锁牢的月在这孤寂声声中，在夜的衬托下慢慢放出了黯黯的光，这黯淡的月光化成朦胧的纱缦，轻轻落上了水塘微澜的水面。

岸边，几位老人低头不语，不像是沉默，而是一次虔诚的祷告。寂静中忽有几声笑语，老人们抬头望去，是几个粗壮的汉子正扛着东西从村口走出，他们身后追着几个小孩，笑声便来自那里。悄然的夜因此而变得有些生气起来，汉子们不多时就走到了岸边，和老人们低语了几句，就把肩上的东西卸下开始摆弄。其中一位较年长的老人从包袱里拿出了一件衣裳，细细穿戴起来。案台、蜡烛、熏香、米酒、月饼，这就完成了祭祀的前奏。夜，渐浓了。月光从黯淡的光，逐渐加深了颜色，像是鹅黄的羽衣。祭祀进入了主题，穿着红袍的老人手持短剑，跳着远古神秘的祭祀舞蹈，口里念着令人费解的咒语，旁边是几个表情肃穆的打鼓老人和汉子们，小孩儿此刻也停下了打闹，似是认真地歪着头观看着。祭祀的主题很短，当月

* 作者简介：文才家，海南东方人，海南热带海洋学院人文学院汉语言文学专业 2014 级本科生。

儿挣脱浮云的桎梏，缓缓升至高空，祭祀也进入了尾声。跳舞的老人，打鼓的老人，肃立的汉子，此刻卸下了紧绷的面容，向着高空中的月行了个大礼，这祭祀的工作就算是结束了。老人们把东西收拾好仍然是沉默地坐到岸边，仿佛是完成了任务的老神仙回归了位置。祭祀结束了，意味着这中秋之夜开始了。

月儿在空中更加明亮，那件落下大地的鹅黄羽衣，落在岸边的人的身上，老人们、汉子们、孩子们身上的线条被月色朦胧、柔和。村子里陆陆续续有人走出，年迈的、壮年的、年幼的一个不落地来到了水塘边。人们怀着心愿，带着快乐。水塘上一片欢声笑语，感染了岸边沉默的老人，笑容溜进他们深埋岁月的皱纹中。夜变得更加热闹。噤声的夏蝉和蟋蟀也闹闹腾腾地加入了欢乐的队伍。聚集在水塘边的人们把早已备好的花灯，一个个写上祝愿。花灯载着这些美愿，在铺满月光、起伏的水面上晃晃悠悠地流向了远处。清朗的天空伴着弄影的月，夏塘里载上如星辉般的花灯，花灯里一字一行的心愿，都在这古老的节日里悄悄地发生。

回忆总是美好的，它像一张泛黄的明信片总能引起你的怀念。更像张爱玲《更衣记》里说的：回忆这东西若是有气味的话，那就是樟脑的香，甜而稳妥，像记得分明的快乐，甜而怅惘，像忘却了的忧愁。

**评语：**初读时，像是春天的夜里遇见了夏天的萤火虫，惊讶溢于言表；再读时，我似乎是见过这萤火虫，也许是它身体上某根细脚或者是它跳动的频率让我闻到了九月的晚上家乡的味道；三读时，我很期待，家是文章里我习惯了的生活，它是作者的，亦是我的。（秦欣欣）

# 月与思

杨玉梅*

昔年八月十五夜，曲江池畔杏园边。今年八月十五夜，湓浦沙头水馆前。
西北望乡何处是，东南见月几回圆。昨风一吹无人会，今夜清光似往年。

——白居易《八月十五日夜湓亭望月》

原本有些苦恼，思索许久决定借着刚过去的中秋节来写这篇文章，至于为什么要找这一首诗来做我文章的开头，这是有原因的。老师要我们写的便是自身的真实感受，这便是我的切身体会。我很喜欢那最后一句“昨风一吹无人会，今夜清光似往年”，昨天的风吹过没有人理会，今晚清美的风采就好像以往的那些年。

中秋之夜，我独自站在宿舍外的过道上，抬头看着漆黑的天空中那一轮耀眼明月，心里一阵怅然。去年的今日，我虽然刚踏入大学校门，但是中秋依旧是同家人一同度过，那时我也抬头看天，银盘耀夜；今年的今日，我已不是曾经的小菜鸟，中秋却剩我一人独过，抬头看天，清月依旧。

诗的赏析中，说诗人所观的不单是月亮，而是面对年年望相似的月亮情景下的心情，是一种过去到现在的物是人非的感伤情怀。物是人非，是的，我所处之境又何尝不是物是人非之境呢？

沐浴着月光，饱含深情，我笑着询问远处的亲人是否安康？是否看到夜空中的银月？表达着我无尽的思念。得到的结果有喜有忧，喜的是家人依旧安康，忧的是云与雨将天空布满，我们无法在这个团圆的日子里看到同一轮月。

往昔的中秋夜，我与大家做着同样的事，与家人一同谈天说笑，吃着月饼。此

* 作者简介：杨玉梅，贵州盘县人，海南热带海洋学院人文学院汉语言文学专业 2014 级本科生。

刻,相当一部分的人做着与之前一般的事,而另一部分如同我一样,怀抱着希望将思念与祝福送给远在他乡的家人。不过就不知道有几个人像我一样没法与家人看到同一轮月。

中秋夜是个团圆的日子,与除夕夜一般,圆月象征着团圆,正因如此,所以才有那么多的诗人在这一天望着夜空写下自己的感触。我能做什么呢?无事可做,是因为没有办法做什么,看来我只有看着夜空长思的份了。

我拿起手机,将天与月,还有我的思念一起刻印,然后发了个说说,标题为“十五的月亮”,内容为“举头望明月,低头思故乡”。我看到很多人点赞,还有人评论,特别是有个人还说:“一点都不圆。”我看到后笑了,却没有责怪,因为我知道他和我怀着同样的心情。

看到“秋”便想到了“秋思”,看到了“中秋月”,这份“思”会被无限放大吧。或许在来年中秋夜,月还是那轮月,景还是那般景,我还会不会是那个独自的我呢?

**评语:**中秋夜,月圆夜,团圆之夜。八月十五夜,不论是宿舍楼道里望月的学子,还是工作岗位上的职工,在我看来,他们心中的哀愁总是一样的。电话接通时的笑总会在挂断电话后独自对月时显得那般苦涩无光。人生之路漫长,独自望月的时间又是其中的几分之几呢?(邱小妹)

# 七月十五

杨雪源

今天是农历七月十五。

父亲站在走廊下的一块小地方抽烟，脸上仍旧是多年前他半眯着眼的神情，眼角好似被那身边的水壶拖拉机犁过似的。他右手的食指和无名指紧紧地钳住那截燃烧殆尽的烟头，粗厚的唇间或吐出白色的雾，缥缥缈缈的，乍看去倒像是常年烧香人家清晨上香的白烟袅娜。

屋子门还半开着，遮挡蚊蝇的帘子把屋里也遮挡个严实。

花子可能是病了，有气无力地趴在水壶拖拉机旁，时不时地粗喘两声。父亲站在离花子两步远的地方。

大年走到花子旁，蹲下身去，手指向花子鼻头摸去。

“狗啊，和人一样哦，你摸它鼻头看看，要是干了啊，就是感冒。”大年记得曾有那么一次，祖父就是这般诊治花子的，当时他在给花子拌狗食的时候，往狗盆里撒了些碾碎的银翘片。

指头传来黏糊的湿润。“爸，大花狗没感冒，怎么就有气无力的?”大年仰头问一旁已然换了支烟的父亲。

父亲吸了口烟，盯着狗看了会儿，道:“可能是你老爹不在，长时间没看见你老爹，跟人一样闹情绪了。”老爹是大年的祖父，几十天前的一个早上，睡梦酣时过了世。老奶(大年的祖母)做好早饭喊老爷子起来，却没能把他叫醒。

丧礼操办了三日，花子三天没有进食。

农历七月十五，照例是要去给亡人烧纸钱的。家里添了新坟，两天前采买了元宝折纸，这两天家里人闲下来就去折金元宝，都是折给祖父的。祖父的儿女极少回家，家里常年只有祖父祖母，弟弟小山，还有大年。一家四口，平常度日。

“爸，该去给老爹烧纸钱了。”弟弟推着电动三轮车到大门口，电动车后座里放了四五包折好的金元宝，还有一包纸钱。小山在门口喊了三两声，家里人收拾好上了电动车就出门了。花子留在家，看门。

大年家不是富贵人家，村里多是些老翁老妇，外加些个顽皮孩童。不是什么讲究的村落，逝去的人就埋在自家田地，简简单单立块墓碑。祖父坟头只栽了一株细柳，几枝柳枝堪堪垂到坟头上去。这个季节植株正当繁盛，他家细柳刚栽不久，柳叶几近零落。树木也能感知离合吧！富贵人家的坟头常驻冬青，或高或矮，高的把坟头遮住，矮的也能靠住几个花圈。

我家只有一株细柳，想来祖父不会责怪子孙。大年如是想。祖父一生简朴，从未计较过什么吃穿用度，早晚一碗玉米糊，两块饼子，一碟腌菜，午饭得一饱便可。"有的吃，有的穿，冬天穿得暖和就行咯，哪用得着谈什么孬好，补丁不补丁哦！"祖父每见大年跟弟弟买上百的衣服，就得念叨上这么几句。想到这段儿，大年眼睛猛地眨了两下，好像有泪水要流出来。

大年中午回到家，老奶和母亲正在包饺子。往年的七月十五，只有老爹，老奶，大年，小山一起包饺子，吃饺子。今年，老奶，父亲，母亲，大年还有小山，除却老爹不在。父母回来了，相依为命的祖父却又走了，大年捧着碗饺子，紧抿着唇，泪无声地融进蒸腾的雾汽里。

**评语**：读罢文章，我脑海中涌现的是自己祖父逝去的情景。亲人离去的悲伤，总是令人久久无法释怀。同属生命，大年与花子一样，面对祖父的离去，心中悲痛与不舍并存。故人已逝，音容笑貌犹在眼前，平淡而又悲凉的情绪令人感同身受。（张晓利）

# 第七个七月初七

崔 静*

夜黑风高。晚风吹动路旁的柳树,刚被雨浸过的树叶抖落下了点点水滴,树下的静恩被这突如其来的雨吓坏了,她的头发湿湿的紧贴着头皮,白色棉布长裙此刻已然透明,她的一双黑色帆布鞋还站在泥水里,瑟瑟发抖。她跟着他走了很远的路,一场大雨模糊了她的视线,他被她跟丢了。他是姜禹,她暗恋七年的男生。她喜欢总是在放学的路上跟着他,看着他高大的身影,嗅着微风中他身上淡淡的阳光味道,然后在最后一个十字路口分离,她常常会苦恼为什么他们的家住在相反的方向呢?从十岁的夏令营相识至今,他连她叫什么名字都应该不知道吧,静恩叹了口气,她没有勇气表白,只能默默看着他的背影,一个人品尝这暗恋的心酸苦涩温馨甜蜜。还记得星期一她在体育课上跑步时不小心摔倒,擦破了膝盖,混乱中不知道是谁把她背起来送到医务室,想到这,她心里一阵温暖,他背起她时传来的淡淡阳光和洗衣皂的味道是她唯一的记忆。那高大的身影在阳光洒落的树缝间若隐若现,她想也许他也是这样的模样,充满阳光的味道。她偷偷地笑了,每个七夕他都会准时到广场的中心公园和一个女生见面,六年的跟随,六年的七夕,就在她的难过和他的微笑中悄悄而过,转眼,如今已是第七年七夕。静恩用这样的方式在心底默默纪念属于她和姜禹的情人节。对,他一定在公园吧,她急忙跑起来,湿湿的头发调皮地在她头上跳动。果不其然,他站在公园的喷泉下,修长的身影有点落寞无奈,也许他等的那个女孩没有来,或是太过热闹衬托出了他的安静。静恩躲在一旁的大树下,偷偷看他湿透的格子衫,有点心疼他,会不会很冷,应该等了很久吧。她看着来来往往恩爱的情侣,有点难过,心里一阵酸楚,六年的七夕她都是如此,看着他看着他的她,眼睛弯成了月牙,她就难过得想哭,

* 作者简介:崔静,山西大同人,海南热带海洋学院人文学院汉语言文学专业2014级本科生。

她终于忍不住哭出了声,她不明白为什么她要这么难过,要这么折磨自己,她咬了咬牙,又看了看他,他还是很瘦,很高,眼睛很好看,手指很长,讲话很温柔,想起六年前夏令营她和他同组拔河比赛,他对她说的话,要加油哦。他温柔的语气和明亮的微笑像阳光一样,一向自卑内向的静恩变得开朗了许多。

第七个七夕的今天,她想谢谢他,告诉他她长大了,可以喜欢他吗?

但是他不会知道的,他怎么会心疼她七年的暗恋,她突然很害怕。

她想放弃,她没勇气,她决定逃离。

霓虹的夜晚迷人又闪烁,这城市不会因为一场雨而黯淡下去,都市的夜生活不就是如此,奢华浮夸。姜禹坐在喷泉旁的长椅上,心里暗暗欢喜,他终于等到静恩了,刚刚下课,他就发现身后躲躲藏藏的静恩,一场大雨把他们冲散,他当时着急坏了,他怕静恩会被雨淋会生病,可他不知该怎样出现在她身边。于是他只好先来到公园这里,因为他知道六年来静恩总是在七夕这天默默尾随他,而他和同父异母的妹妹约好了每年七夕都见一面,虽然大人的世界有争执,但他们是亲兄妹,感情依然很好。他了解静恩一定会再来这里的,果然,他一转身,就发现了躲在大树下的静恩,他觉得又好笑又心疼,她湿湿的头发湿湿的裙子都让他揪心,她会生病的,这个小傻瓜。他又想起那天体育课,她摔破了膝盖,当时他飞似地跑到她面前,背起她就往医务室狂奔,看着她白白的皮肤下不断渗出的鲜血,他心疼极了,她的泪水模糊了双眼,还好,他没让静恩发现自己就偷偷溜走了。不知道伤口好了没有,她还淋雨,他越想越担心,这个笨蛋。七年前的夏令营,他无意中看到拔河队伍一旁低着头自卑胆小的她,他的保护欲被一瞬激起,他走到她身旁,告诉他,要加油哦,那个时候,他看到她眼里闪过不一样的光芒。后来他发现他喜欢上她了,每个放学的午后,她走在他身后,他都会莫名的安心和甜蜜。其实她不会知道,她的家和他的家只有前后栋的距离,每次在路口看着她向另一个方向拐去时,他都会偷偷地跟着她,看着她走路时一扭一扭的姿势,听着她轻轻哼唱的歌曲,望望天看看她,他会觉得特别满足,在他心里,暗恋太美太宝贵。王静恩这三个字从10岁起就是他心底永远的秘密。他决定在他们相识的第七个七夕向她表白,告诉她他长大了,可以喜欢她吗?但是他眼底有闪过一丝落寞,虽然他也怀疑她同样喜欢自己,但是他不确定,所以这天七夕他没有让妹妹来,他想偷偷给她一个惊喜,让她了解自己的心意。

静恩擦了擦眼泪,决定和过去告别。她转身慢慢离开了公园。身影淹没在往来的人群中。

姜禹忐忑不安地走到了树下,却发现静恩根本不在。他有点难过,有点诧异,难道一切都是自己想太多,他的大脑里还在飞速闪动着他准备了七年的表白:王静恩同学,你好,我是暗恋你七年的范姜禹…

暑假过去了,是巧合吧,静恩搬家了,同时也换了一所中学,姜禹失去了静恩的联系,她就像一阵烟雾似的消失得无影无踪。

日子一天天过着,他们的世界里再也没有了暗恋。

**评语:**文字整体清新优美,雨后的场景和广场环境的描写使景物更具体。故事情节安排很巧妙,分别描写女主人公和男主人公的心理活动,在其中插入了回忆的部分,最后综述后给人眼前一亮的感觉。全文心理描写很细腻,尤其是男女主人公情窦初开的懵懂心思分析得很独到,有身临其境之感,也有一丝暗暗的心酸和遗憾。(周家欣)

# 七夕快乐

郁　蓉*

爱情，自古以来，不乏文人骚士对它的赞颂，以及哀叹，得而不失，失而不得。

燕子姑娘是我的闺蜜之一，一个内敛而温婉的姑娘，虽然有时候会发发神经，但这都不影响我对她的看法。

从我认识她开始，就没在她的口中听过特殊的男性的名字，或者说她对哪个男孩子有好感。正青春的年龄，荷尔蒙的旺盛也没有使她喜欢上一个男生。每一次我都会问她，“你怎么不谈个恋爱呢？”她总会淡淡的回我一句“我妈不让我谈恋爱”。每次听到这句话我都一个大白眼翻给她。我想大概是她没有找到真正喜欢的人。就这样过了几年，燕子姑娘依旧一个人。我一直都对她未来的男朋友有极大的好奇心，不知他是何方神圣，居然能将这不食人间情欲的燕子姑娘拿下。

后来我终于等到了那个将燕子姑娘迷得不知东南西北的男生。

有一天，我接到燕子姑娘的电话，她说：“怎么办？我好像喜欢上了一个男生。”

听到这句话，我就像听到了“哎，告诉你，我看到鬼了”一样的惊讶，一直都没动过心的燕子居然春心荡漾了，这让我很是吃惊。她告诉我说，他叫小黄，而她喜欢他只是因为一双黄袜子，听到这句话，我更是难以理解，我说“奶奶的，我也穿黄袜子，你怎么不喜欢我？”

燕子姑娘在茫茫人海中只因为一个背影而找到了他，后来到手联系方式之后便开始了疯狂的追求攻势，厚着脸皮说着自己从不会讲的话，不顾大姨妈的折磨，还依旧跑几个校区去给小黄送饭吃……每次打电话时候，她同样兴高采烈地跟我讲着小黄，小黄对她说了什么，小黄来找她了，和她一起逛街，她有多开心，这般疯

---

* 作者简介：郁蓉，内蒙古人，海南热带海洋学院人文学院汉语言文学专业 2014 级本科生。

狂的燕子姑娘我从没见过。即使我没有在她身边,也似乎能看到她那傻乎乎红着脸的笑,和带着笑的眼睛。每次听着她这样说,我为她高兴,也为她担忧。傻姑娘,愿你的付出终有所回报,愿你的真心他真的可以懂。

一个初开情窦的姑娘,总是想着把自己所能做到最好的,最浪漫的东西给他。不在乎他是否真的可以懂,是否会喜欢她,哪怕自己只是他生命中的一个短暂的过客。

终于她的真心没有被辜负。

七夕,街上到处都是卖玫瑰的商贩,燕子姑娘走在街上,望着路上经过的一对对情侣,眼中露出羡慕的神色,想着小黄会不会突然地出现,燕子姑娘笑了笑,摇了摇头,抬头的那一刹那,她看到小黄站在不远处手捧着一束玫瑰,眼中含笑地望着她,燕子姑娘愣在原地,看着小黄一步步走到她面前,揉了揉她的头发,将手中的玫瑰递给她。

"七夕快乐。"

也许并不需要过多的语言,只此一句便能表达所有。

后来我明白,她不是不懂爱情,也不是不疯狂,她只是在等一个人,等他穿越人海来到她的面前牵她的手,吻她的额头。

**评语:**文章主题为七夕,作者就一个好朋友的故事阐述了七夕的含义,简单的故事微含暖意,但文章偏离故事本身,七夕的快乐仅在结尾稍微点题,就匆忙收尾,多少没有体现中心,主题因此写得不够鲜明。(文才家)

# 夜里穿行的猫

严海燕*

三天后就要开始环岛骑行了,这几天只准备了一些吃的,墨镜和帽子,远远不够上路所需。现在是中秋的后一天,凌晨被蚊子咬醒,默默忍受着,怪自己懒,不挂蚊帐。

有些事是你做错之后该承受的后果,就不必抱怨。

很喜欢跟某些朋友相处的模式,一种是无论你说什么,即使没有准确地表达出来,她也懂你想说什么和将要说什么。另一种是彼此都不太懂对方的话,但是很信任很安心地互相倾吐,不到点的安慰,也如此温暖。

中秋对于我的意义并不是很大,虽然不能跟家人坐在一起热闹地过节,但是在视频里看着爸妈和奶奶的笑脸,心里就已经特别满足。而且我本就是一个喜欢安静的人,太过高调的欢乐容易牵引出悲伤,不适合我。昨天倒像是提前把中秋过完了,跟几个朋友一起吃烤肉,然后逛超市,看电影。那家自助餐厅很干净,我们坐在靠窗的位置,一侧头就能看见楼下的小区,幽静清凉的味道。生蚝,牡蛎,虾,五花肉……很丰盛的一顿,加上麻辣味的火锅,感觉这世界都美好起来了。四个人说着高中时代的午休,说高考后的吃货就像奔出猪栏的猪,然后一起笑着,闹着。对于欢笑,我的记忆里是清楚的。

可无论是多么畅快的事,都无法使我的心情完全放松。是天性如此,还是由于大一以来遇到的某些不能解脱,不得而知。所以拿了一瓶啤酒,想把自己灌醉。模糊,不清醒,是我想要的最好的状态。

在各种复杂的关系里,我追求对等。别人交付多少,我就会加倍地回报多少,而对于自己交付出去的部分,如果被辜负,就全部收回来。这是奶奶对我说过的

---

* 作者简介:严海燕,江西人,海南热带海洋学院人文学院汉语言文学专业2014级本科生。

处世原则。任何人都没有义务对别人好，如果有人对你好，请珍惜并且努力地回报。反之，如果受到了冷遇，就把真心收回，也不必怨恨。

有时候真的特别庆幸选择了外省的大学。来到一个与之前完全相异的环境，对于食物和生活习惯的不适应，并不是长期的阻碍。认识了不同的人，了解了不同的文化，可以塑造另一个自我，内心重新灌注了充盈的喜悦感。从小就不喜欢任性，想要的东西从不跟父母主动提。也许是习惯了跟奶奶一起过节制的生活，也许是害怕被拒绝。乖巧，懂事，都是迫于一种压力，觉得自己应该这样，便忽略了平常的需索。所以一直很喜欢那些任性的人，有孩子般的可爱，真实自然。

对于未来，没有过多的幻想。不需要很成功，也不能太过庸庸碌碌。平静，不受委屈，有能力骄傲地抬头，这是基本的样子。

越来越敏感，小心翼翼，像一只猫，喜欢黑夜，又害怕夜带来过分的寂静。慵懒地享受阳光，又随时准备躲开周围的攻击，随时要接受寒夜的阴凉，战战兢兢，内心极不安定。

从超市出来，看了一部关于青春和爱情的电影。有些我们特别渴望又极力追求的东西，也许永远都无法得到，其实根本就不需要得到。费尽心思想把喉咙里的一根鱼刺拔出来，不知不觉，它却被你咽下去了。你原本应该做的，只是把它咽下去而已。无法面对和接受现实，是人性的弱点。但是那些不满足已得到的，贪求不属于自己的美好，说是错，还不如归结于成长中的不甘心。

**评语：**本文感情真挚，不仅写出了朋友之间相处的深厚友谊，也写出了与家人之间的浓厚感情。“每逢佳节倍思亲”，各种情感喷涌而出，着实感人。作者用细腻的笔法，表现了一个远在他乡的学生时逢中秋的复杂情绪。（于新韦）

# 04

# 校园时光

# 春来雁归去

黄晶晶*

**人日思归**

——薛道衡

入春才七日，离家已二年。

人归落雁后，思发在花前。

——题记

傍晚时分，因是周末，我便同三个室友一起在校内散散步，感受着饭后漫步的悠闲。

“天呐，你们看啊，好壮观啊！”听着室友刘的一声惊呼，我们都不约而同顺着她指的方向望去，只见红霞映衬的天空中，一群大雁一会儿排成“一字型”，一会儿排成“人字形”，就像在练习队列的士兵，十分严谨有序，而且壮观。

“你们看，它们果真往北方飞呢，”另一个室友惊喜地说道，“长这么大，我还是第一次真真切切的见到呢！”隔着高耸的天空，我们抬头，着实看到了这群大雁正在往北方飞。

“是啊，连大雁都要回乡了……”我呢喃着。不似她们的那般喜悦，看着大雁，我便觉得甚是感伤，我也想回家了，我想家人了！

春姑娘悄悄地来了，万物复苏，春花烂漫，校园里遍地是芬芳，走在小道旁，扑鼻的芳香迎面而来。虽然三亚的春天和大陆不一样，也来得早了些，可是依旧还是受到大家的欢迎的，那么来到此地过冬的大雁，也要整理好行囊，回北方了，这

* 作者简介：黄晶晶，浙江苍南人，海南热带海洋学院人文学院汉语言文学专业 2014 级本科生。

是毋庸置疑的。而我们依旧在求学。

和一般同学不一样,来到异乡求学已八个月之久,寒假因为种种原因,我没有回家,留在一个餐厅打工,真正领悟到了餐饮行业的辛苦。每天起早贪黑,还得应对顾客的百般刁难,必须秉承“顾客就是上帝”的宗旨,要灵活地面对各种突发状况,最后要把客人服侍得妥妥贴贴,期待他们的下次光临。那个时候的我,下班后独自躺在床上的时候,内心十分苦涩,特别渴望回家,汲取家的温暖。后来,我暗暗告诉自己,选择了,就得坚持下去,要对得起父母,也要对得起自己。

其实现在的我早已不是以前那个衣来伸手饭来张口的小女孩儿了,不再事事依靠父母,我逐渐学会了自立。我开始学会好好照顾自己,让父母放心,每次他们打电话过来,我都和他们说说我在学校的趣事,报喜不报忧。我也十分努力地学习着,不希望自己辜负父母的期望。可是我仍旧是那个爱哭的、多愁善感的女孩儿,夜里常常不自觉地就会想爸爸妈妈,然后一个人躲在被窝里哭泣,不敢总打电话回去,怕显出自己的懦弱,也怕别人嘲笑我的软弱。

来到这边求学的时候,因为太过匆忙,当时我们一家觉得最遗憾的就是没有拍一张全家福,我已经很久没有见到爸爸妈妈还有弟弟的面容了,即便网络再发达,父母也只是农民,他们不会高科技的产品,所以我们最多就通过打电话,听听彼此的声音,来慰藉自己。

长这么大,也是第一次离家那么远,这么久。时间真的挺难熬,也许我终究还像个孩子,贪恋着父母温暖的怀抱。总算这个学期已过了大半,我早已按捺不住归家的心。

就像那飞往北方的大雁,归心似箭的我也要回到自己的家乡,去重温家乡熟悉的味道,在外的游子总是要回到父母的身边的。

春天来了,夏天也不远了!

**评语**:作者由大雁北飞联想到自己是个在外求学的游子,离家已久,渴望家的温暖,同时也写了自己寒假工作、求学的辛苦。文章略带感伤。感伤而不浓烈,感伤而不细腻。(刘志佳)

# 回忆高中生活

王　安*

“回忆像褪色的老照片，即使重新上了色，却依然感觉旧。岁月的年轮像那黑色的旋转唱片，在我们每一个人的内心深处播放那美丽的旧日情曲。”几米的几句话，囊括了我的高中，让我不甚怀念。

三年高中，时间很长，这段时光让我遇到了许多知心朋友，也让我成长了许多。高中三年，时间很短，时光“嗖”的一声从我们身旁掠过，现在的我们已经逃离了那个曾经拼命想逃离但是现在却又无比怀念的地方。有泪有笑，酸甜苦辣，点滴心头，我们慢慢长大，走向成熟，许多舍不得埋藏在心底，高中生活成为了人生路途中最闪亮的一部分。

“年年岁岁花相似，岁岁年年人不同。”学校不断在建设，学生不断更替，校园里的每一个角落都是我们的脚印，快乐的、悲伤的故事全都埋藏在小小的校园里。我记得那个朴素的校门，记得那条蜿蜒的石子路，记得那座小小的凉亭；记得篮球场上挥洒汗水的身影；记得操场上欢腾跳跃的身影；记得书桌上埋头苦读，志向满满的我们；记得课间时间我们夸夸其谈的样子；记得班级比拼大家伙团结奋斗的样子。可那都已经成为过去，现在仍然有许多身姿在篮板下挥洒汗水，操场上仍有许多人在强身健体，书桌前仍然是埋头苦读的莘莘学子，每一届的文艺晚会都是那样精彩，他们也都在认真地记录着自己的故事，可是物是人非，我们的故事也只能印刻在我们的脑海里，那些回忆，成为了我们记忆长河中最美的封存。

“饮其流者怀其源，学其成时念吾师”。踏入大学近一个学期的我想起高三的时光，仍感触万分，一直都觉得，成绩的取得除了要靠自己的努力，更多的来源于老师的栽培以及同学的帮助，感谢老师的谆谆教导，感谢老师陪伴我们一起走过

* 作者简介：王安，海南临高人，海南热带海洋学院人文学院汉语言文学专业2014级本科生。

青春时期最珍贵的一段路程，是因为老师的辛劳付出，我们才能踏入大学的殿堂。看着微博上每天一次的高考倒计时，想必高三生已经充满了紧张感，想起一年前的我们也在与时间斗争，每天清晨六点就开始奔赴学校，直到晚上十一点，也只有中午和下午的那么一丁点儿休息时间。现在想起来尽管很苦，死也不要再回去体验一次，但那段时光，过得很充实，也过得非常精彩！

旧时光里的人和事，琐碎而零乱。追忆往事，怀念母校，那些模糊的记忆碎片都已成为最温馨的符号，深深地刻印在我们生命里，就像老照片与黑色的旋转唱片，充满味道，回味起来，百感交集，无法言说。

**评语：**文章流露出作者对高中时光的真挚的情感。通篇文章读起来通畅流利，用字简明，较好的引起读者的共鸣，是一篇不错的文章。（保迪）

# 台 灯

管欣悦

我曾有一盏台灯，一盏不仅能带来光亮的灯。

今年八月我到三亚上学，我把它从东北带到了三亚。在狭小的皮箱里，它显得那么魁梧。我不知道我为什么会带上它，可能因为没有它的光亮我睡不着吧。

初到三亚，我总觉得不适和失望，总觉得远离了家乡，背离了最初的理想十分不爽，就想写点什么。于是我挑了个安静的晚上打开了我的那盏灯，拿出笔，却不知道到底写些什么。我望着灯光下笔尖的影子，渐渐视线模糊。想起那些恰如此时此刻的彼时彼刻。

这灯是我爸为我高三好好复习买的。我把它放在我床头桌上的收音机的旁边。我爸本想用它的光照亮我学业的道路，可不想，我却只是用它的光招来我懒散的蚊虫。我常在那一块灯光下听广播，玩手机，发短信，却很少学习。时而拿出书本放在桌上，也是呆呆地拿着笔，一字不动，只是看着笔尖的影子，慢慢模糊。

这是少有的我能将家与三亚联系在一起的时刻，我的灯一直一声不响地照着我，同时也照着我的家和三亚，让我看清它们之间遥远的距离……

最初的那段日子，我每晚都要开着我的台灯，写写画画然后安然入睡。可后来渐渐变成一周只打开它三四天，我却仍然能睡得好。有一天我早上起来发现昨晚忘记关掉台灯，我直接拔掉电源，走到阳台，伸了个懒腰："三亚的天好蓝啊！"

我慢慢习惯了三亚的生活，接受了小小失望。远离的家乡更多时候成为银行，那些最初的紧张也渐渐被新的目标所替代。我开始能说出三亚大街小巷的名字，找到最便宜的自助。而家里面新修了几条路新开了几路公交我却一无所知。我的台灯用得也越来越少了。慢慢地，从一周三四天，到半个月四五天，最后甚至，只有在熄灯找东西的时候才用了。它也从我床边，被放到了工具箱旁。

可我仍对我的台灯别有一种感情。我会经常为它擦去灰尘。可是，不知道怎么了，许是老了吧，它的连接座竟然开裂了！我用一圈又一圈的胶带把它缠在一起，放在角落里，彻底不再用了，因为我生怕陪伴了我一段难忘岁月的宝贝再有什么闪失了。

就这样，一个学期到了期末。我和室友们开始打扫寝室卫生。我把我的台灯小心翼翼地放在椅子上，转身开始拖地。不料，一不小心踩到了台灯的电线，啪的一声，台灯应声落地碎成两半。

我呆住了一两秒，室友过来要把它捡起来。我叫住她，自己骂了一句，俯下身去，一手拿起灯，一手拿起座，静静的看着它们。室友说，看看能接上吗。我拿着比划了几下说："有些东西接不上的，旧的不去新的不来……"说罢向垃圾桶走过去。

我在走向垃圾桶的这短短几步仍在踌躇，可我走到的那一刻却毫不犹豫的扔了出去。可之后便是一抹后悔的刺痛扩散起来，像一颗子弹撞在胸膛上炸开。我丢掉了最真挚的那一年的记忆。在那人那时那事那一切都在回不去的时候，我身边唯一的能让我有一丝念想的东西却被我丢尽了万劫不复之中。我曾在午夜听过的故事，许下的誓言，想过的大学……以及关于高考那一年家的点滴记忆都映在那缕灯光里，是那么灿烂，可如今却躺在垃圾桶里，像流沙一样拾不起来。像从身上扯下块肉一样，我的一段回忆就这样从脑海里被剥去了。让人很清醒的记住这种难以名状的痛。

现在，躺在那的是台灯吗？不，不是吧，那是我的挂念，我不愿意忘记的家的挂念，高中生活的挂念，幻想中大学的挂念。它发出的是光亮吗？不，不是吧，那是我的梦境，我躺在床上听广播的梦境，重回高中的梦境，理想中大学的梦境……

我很想就这样，一直想下去，怀念下去。可我不能，既然已成既然，我又为何不接受未来呢？我曾有一盏台灯，但我现在没有了。可这不代表我没有了关于它的回忆，也不代表我没有了再有下一盏台灯的心。

我转身回到宿舍继续打扫卫生，渐渐地，后悔与回忆交织的刺痛变成了一种挣脱了羁绊，解开了禁锢的释然感，在心中漫开。是啊，我用那些美丽的挂念和梦境给自己打造了一副牢笼，隔绝了外间多彩的世界，只活在台灯那一缕苍白的光芒中，用幻想拒绝现实，用思念成为自己矫情的借口。这牢笼虽美，可终是牢笼，呆得久了，整个人都抑郁了。雄鹰不会因为黄金的脚铐就不振翅。我亲手打开了牢笼，看见三亚的蓝天其实不比东北的差，甚至更好。我拥抱着这新的天地，这身处了四个月却从未生活过的新天地。那些最初的理想，似乎又触手可及了……看看自己正擦的地面，从未如此闪亮。

天大地大,处处是我家。

几天后,我又买了一盏台灯。一盏很亮很亮的台灯,一盏三亚的台灯。

**评语:**由一个台灯展现的高中生活到大学生活的不断的心理变化和生活变化,由不一样的视角记录了笔者对以往生活的怀念和对新生活开始的信心、希望。(高雨萌)

# 有段记忆叫“高三与大一”

邱小妹*

当时看到某某大学这几个字时，不由心生，“高考走了，大一来了，‘黑暗史’结束了，‘光明史’开始了”的想法。

提笔之时距离高考已有一段时间了。在这短短的时间里我抛弃了怀揣许久的梦想，不小心走偏了路子。想当初，为了考取一个好大学，每天早起晚睡、一天不背上七八十个单词、晚上一两点不做复习题就会感觉自己即将玩完了，就会感觉大学离自己越来越远了。

曾经，有一位学妹问我“学姐，你的高三生活过得充实吗?”我笑了笑回答道“实话实说，说充实很对，但说不充实也不会错。”高三的生活，它充实在每一天每一分都会有固定的计划，比如这个时间复习语文，这个时间上卫生间，这个时间做数学题。高三的生活，简单点，可以说是“三点一线”——教室、宿舍和食堂或者家、教室与食堂。对此，你当时会恨不得一秒可以变成一小时甚至一天。往往这个时候，你就会觉得高三生活真的非常充实，充实到你没办法再去挤出些时间去做复习以外的事情。反之，说高三生活过得不充实，那是因为高三生活过得太枯燥无味，没有除了复习备考以外的其他色彩。每天每周只是单一的复习高考六科，没办法去顾及自己的兴趣爱好，以至于如今不敢大声说出自己的爱好、特长。

开学前不久，有一位学弟，他问我“学姐，大一一年，你从这专业学到了什么?”我说“专业的东西，我几乎没学进大脑，但懂了一个道理。物以类聚，人以群分，没有一个人不曾拥有过朋友。千金易得，知己难求，茫茫人海，举目四望，能引为知己的人其实很少。大学四年，你可以有强烈的愿望去遇到知己，但千万别太过于急切，那样反而会让你得不偿失，急切只会令你陷入忧虑之中”。大学，其实很接

* 作者简介：邱小妹海南屯昌人，海南热带海洋学院人文学院汉语言文学 2014 级本科生。

近现实社会,这点我不能谎报。大学其实不是你们想象的那样,也许第一次期末考,你就不小心挂掉了;也许去面试自己喜欢的社团,结果别人捷足先登了;也许你找了份儿兼职,想自己赚钱,结果交了中介费之后,没有把钱赚回来;甚至想谈一场恋爱,你喜欢的人却不喜欢你,喜欢你的你却不喜欢。梦想太美好,就会破灭的很快。大学,其实就是梦想、努力与坚持付诸行动的化学反应。

现在回过头来看看我的高三与大一,其实挺不后悔我就那样过那两年了。毕竟,有些事,你得亲自经历了才会懂得其中蕴含的一些小道理。只有经历了,你才不会后悔走了这段路。

**评语:**文章中提到的两段经历是人生的重要时期,高三是磨炼与蜕变,大一是成长与体验,在文中以对话的形式,直抒胸臆,表达了两段经历所带来的深刻感受。这不仅是笔者的感触,同时也是在表达同处于迷茫阶段的大学生们的感受。走过来时的路,好与坏都是人生的养分,是我们无比珍贵的青春时光。(陈洁)

# 走进大学

黄晶晶*

一切仿佛都在昨日，高考的我们，各奔东西的我们，迈入大学的我们，辛酸与苦楚，欢笑与泪水，从幼稚走向成熟，最终如抛光过的珍珠璀璨照人，一切，尽在不言中。

还记得高中时代的我们，一个个意气风发、怀揣梦想，立志要考上一所好的大学！那时的我们，起早贪黑，捧着书苦读，怀着对大学的美好憧憬，不知疲倦地埋头于题海中，暂时放下对电视剧、电脑、小说的迷恋，全心全意投入到高考中去！

终于到了高考的那一天，天是灰蒙蒙的，时不时伴有小雨，不似往年那般烈日炎炎，蒸得人喘不过气来。不得不说，这样的天气，对正在考试的莘莘学子来说，对站在考点外等候孩子的家长来说，是最好的！只是，考场上的我们依旧满头大汗，手里冒着汗，紧张兮兮地奋笔疾书，进行着人生中一次重要的考试——高考。这是一次对高中生涯的反馈，也是一份答卷，其中饱含父母的殷切期望。不管好坏与否，最终我们都迈进了大学的门槛，走进了大学的殿堂。

而今来到大学快半年了，渐渐发现自己曾经希冀的大学只是空中楼阁，我曾以为大学会弥漫着浓厚的学术氛围，却发现是自由散漫的，大多数的人都带着对高中未曾做完的某些事的遗憾，决定在大学补回来，几乎人人捧着手机看电视剧、看电影、看小说、玩网络游戏。人慢慢变得自私，上课只顾自己，大声讲话，接电话，丝毫不为影响他人而感到羞耻，上课也不做笔记，拿着手机拍幻灯片，拍完就不看了，旷课，迟到也不以为然。我不知道这是不是当今大学生的悲哀！难道说这是当初考入大学的初衷？以为到了大学就是享受，就是完成自己以前未曾做完的事？试问，这对得起供你吃穿住行，供你学费的父母吗？

---

* 作者简介：黄晶晶，浙江苍南人，海南热带海洋学院人文学院语言文学专业2014级本科生。

有没有想过，当自己挥霍无度时，父母在干什么呢？他们辛辛苦苦挣钱，供我们读书，求的不多，为的只是你将来有出息，不要重蹈他们的覆辙，可是我们却一直践踏他们的真心，真是可怜天下父母心！

当然，并不是所有大学生都这样，有些同学还是勤工俭学、有担当、能够负起责任。

来到大学，也是真真切切明白，天外有天，人外有人。个个都能歌善舞，很有才华。相比身无长处的自己，真是自愧不如！我深刻地明白，大学要从零开始，大家都从同一起跑线出发，不管曾经的你有多么辉煌！

大学，对我来说，要适应很多的第一次，第一次离家，第一次独立，第一次住宿舍……不能不说，离家那么久，也会十分想家，常常会偷偷躲被窝里哭泣。在一次次的磕磕碰碰、小摩擦中，我们也学会了宽容与理解。

大学，也不再有固定的教室上课，我们都疲于奔波，也不再有凝聚力极强的团体，我们都只为自己。大学就像一个小社会，让还未真正走出社会的我看到了世态炎凉，人情冷暖。大学，也让我知道，人不能一直碌碌无为下去，在具备一定的学习能力的基础上，还应有一定的经验。因而凭着对记者这份职业的兴趣，我便加入了校记者站，将校内大小事传播出去，做到为同学们服务。

总的来说，觉得自己的大学生活还是充实的，只是对于自己未来的就业方向，还不太明确，向前走一步看一步，但深知这样是不行的，应该给自己制定一个明确的人生规划，为未来做打算。

不得不说，前方风景独好，可执剑向前，纵使有荆棘密布，也不畏惧！愿过一次无憾的人生！

**评语：**读过此文不难感受作者在走入大学大半年时间内对自己行为的自省，以及对青春岁月悄然流逝而碌碌无为的慨叹。很多时候，我们越过一道坎便停下来欣赏，殊不知这只是生活的一小部分，未来的路那么长，我们怎能就此不前？（刘志佳）

# 最美的遇见

陈 洁*

匆匆遇见，措手不及，遇见缘分，妙不可言，人生的过客匆匆，谁能留在你的心间，谁与你一同赶赴那多姿的青春盛宴，谁陪你度过美好而又珍贵的青春时光，一次次遇见中，学生时代的生活是我们最美的遇见——题记

美丽的风铃，在风中摇曳，奏响一曲轻快悠扬的乐章，一个个美丽的贝壳串联成的风铃正如一个个青春年少的我们，串联着彼此的高中生活，串联着充斥美好回忆的青春，正当年少的我们，单纯而纯粹简单的相处着，在并不功利的校园小世界里愉快的相处，快乐也是再简单不过的了，一份简单的食物，一份有心的礼物，一句细心的叮嘱，一次精心准备的聚会，一次无心的玩笑，都能够成为彼此快乐的钥匙。十五岁的一场相遇，是我最美的遇见。

一次选择，差点错过了缘分，一次能够进入尖子班的机会放在了我的面前，对于刚熟悉起的环境和良好的学习机会，基础并不扎实的我选择在普通班默默地学习着，我也相信每一个决定背后一定有着它的必然性，同为班干的我们有了更多的共同话题，也有更多自己组织的活动，有组织者，有参与者还有活跃气氛的小伙伴，给枯燥无味，一如往常的学习生活增添了欢乐，就是这样别样的缘分，勾勒着从十五岁至今我们青涩的模样，海边游玩、生日宴、炒冰老地方，在那一张张照片里都能寻着我们欢乐的场景，十五岁记忆的容颜，毫无疑问，每当看到这些照片，都会感谢彼此的陪伴和相遇。

我们的梦想，闪耀着彩色的光，张开翅膀，飞到想去的地方，在激情洋溢的夏天，与高三的小伙伴共同努力，奔赴我们人生的战场—高考，因为知晓各自有自己的道路要走，各自奋斗，所以更加珍惜这段难以磨灭的青葱岁月。岁月如歌，滴答

* 作者简介：陈洁，海南东方人，海南热带海洋学院人文学院汉语言文学专业 2014 级本科生。

的奏响,我们也成长为翩翩的男孩和女孩,在这充满意义的夏天里,十八岁的我们是彼此最美的遇见。

黑白整齐的校服,洁白一致的耀眼班服,在校道上整齐一致的奔跑着,犹如一道靓丽的风景线,同样是元旦,但和他们度过的是别样的精彩,为了元旦晚会的表演,反复彩排,精心筹备,大家收获着欢笑也放松了自己学习中绷紧的神经。同样是儿童节,但和他们度过的是最有意义,最有回忆的儿童节,虽已不是属于我们的节日,但是我们嘹亮的儿歌大合唱却传遍了整个教学楼:“池塘边的榕树上,知了在声声地叫着夏天……”因为这一群人让我的学习生活丰富并快乐着,也给我留下了美好的青春记忆,这一群人欢乐着,搞笑着,努力着,是我们的生活姿态,我很幸运,在这样美好的年华里认识这一群可爱的人,同他们的遇见妙不可言……

十八岁的邂逅不仅止于中学校园里,大学里也有我们最美的遇见,在美丽的湖边,在广阔的操场,在静谧的图书馆,都有你我他之间的美丽遇见,有这样一群小伙伴,因为一场精心准备的晚会而努力练习着,为了更好的演出效果一遍一遍地反复练习,在学习的事情上也相互的给予帮助和鼓励,有时还会一起相约到图书馆看书,坐在干净整洁的环境中,找到一本自己喜爱的书籍,细细品读,别有一番滋味,不需要过多的言语,静静地陪伴就是最好的事,一起欢笑,一起分享。

昨天、今天、明天看似最简单的日子里,却仿佛没有尽头,昨天我们相遇,今天我们奋斗,明天我们怀念,十五岁、十八岁,无论是在怎样花样的年纪,相识于特定的地点,相识于特定的人,这一群可爱的人,于我们彼此而言,都是生活中最美的遇见。

**评语:**我看着路,梦的路口有点窄,我遇见你是最美丽的意外。记忆中的每一个你都是我生命中最美的遇见。你是风,我生命的旗帜因你而飞扬;你是火,我生命的热情因你而灼热。我亲爱的玩伴,谢谢你曾来到我的生命里!能够与你一起玩耍,一起笑语,一起分享青春年华,一起编制了彼此小时候的梦,那是我的幸运。(邱小妹)

# 我的大学

吉春完*

我走在偌大的校园里,没有任何思绪。漫无目的,就像校园里的流浪狗,生活就只有吃饱。求学,如今成了一个问题,一个大问题。每天傍晚的六点开始,灯火通明的图书馆,这也许是求学吧!

湖边的吉他声,就像是家的声音,我离不开它,是因为"老乡"这个美丽的名词。孤独应该是这个世界上最不能让人理解的东西之一吧!我喜欢孤独,某个时间的某个我一直占据着我生活里的大部分时间与孤独。音乐是人们寻求欢乐的方式,我不向它寻求快乐,我只是用它来减缓我的孤独,以至于喜欢自己一个人听着音乐骑着自行车在校园里兜风。

寝室里的那几台电脑总是向室友们发出一种反抗的呐喊,不知道是在呐喊着让我们多运用它,还是叫我们为了它们而荒废了我们的青春。青春,我正值青春,我读不懂青春,也许就是正值青春的原因。学校外面的网吧里坐满了那所谓的青春,是的,那是青春。网吧的无数台电脑都在呐喊着那些坐着的青春,还有那在校道两边整日挥霍着一天中仅空闲的那么几个小时的协会高层或者想进入高层的人们;有一些还大声喧哗着,那些属于他们的年纪,应该说是青春吧!

学校的食堂永远是学校最繁杂的地方,打饭的、收餐盘的阿姨,吃饭的学生。最多人关顾的应该是三楼的套餐,我是比较熟悉最靠右边的大碗饭窗口,不过让人可惜的是西红柿炒蛋居然没有蛋。还有那个价格总是比别的地方贵的食堂超市和爱心超市,虽然很不情愿,但是很多人都在那里消费,因为那是学校仅有的两个超市了。

依稀记得,图书馆借阅区静静地躺着的史铁生全传,还有那个我经常坐着看

---

* 作者简介:吉春完,海南人,海南热带海洋学院人文学院汉语言文学专业2013级本科生。

书的角落。一排排的书架，总感觉少了点什么。到如今，我还是有同样的感觉。同样的地点，同样的角落，只是时间不一样，我手上的书也已改变，从史铁生到鲁迅再到如今的史记。不知道从什么时候开始，书在我生活中变成了图书馆最角落边上的一种“午后”或者“夜晚”。无一例外，图书馆也坐满了青春，有在努力拼搏的青春，有在甜甜蜜蜜的青春，他们都在花费这个属于他们的青春，花费着，不管有用还是没用。

还有一间间的大教室，一个个低着头沉思的同学，一个个在思考着如何去消耗属于他们的那个所谓的青春。也许我只是在胡言乱语，因为那个还有可能是在求学，是的，是求学。

还有一栋栋宿舍楼，男的，女的，每一间并不大的寝室就有六个来自不同地区的同学一起聚集在一起。今天这个宿舍有人过生日，大半夜的还有人在唱生日歌，时不时地被舍管骂一顿，骂声一停，歌声依旧。隔三差五还有人在宿舍楼下来个深情的表白，蜡烛、玫瑰这些都是必不可少的，最后还是被赶走了。这应该是在大学里最有趣最热闹的地方了。

我走过学校的每一处草坪，看过很多的行人，一个的，两个的，一群的；有说有笑的，安安静静的，还有吵架打闹的。一天一天，不一样的时间，一样的地点，同一个我。

走走停停，我们都只是某个地方，抑或是某个人的匆匆过客。众生百态，节奏越来越快的生活，我们不断的追赶。生活对于我们来说那就只是生活而已，公交车上的拥挤，校园内的亲密，图书馆的安静……我们都在生活着。

我想说我们都在堕落，除了堕落，我们好像不知道要干嘛，因为我们都是在尘世间堕落的天使。

路边的小贩，路上的行人，路上的乞讨者，川流不息的车辆，越来越热的天气，都在往乡下跑的城市人。生活其实就是一个圆，我们一直都在转圈。那些所谓的进步、发展是好的，的确，但我们依旧是在转圈，我们都想用改变来弥补过去。就像身处在大学的我们在看高中的孩子一般，却不知其实我们当时也是如此。就像曾经的乡下人都想往城里跑一样，如今城里人也想着往乡下跑，我们就是在这样的圈子里打转。

大学，每个人想着改变命运的，很多人都梦想着要获取些什么的，也是许多人有了成就感的，也是收获真友谊的地方。可是，现在，我得到的只是寂寞，孤独，还有迷茫。

**评语**:作者对于青春的思考发人深省,对于人生抉择的考虑耐人寻味。在成长道路上每个人总会显得有些脆弱和不舍,但更多的是独立承担的勇气。青春的迷惘和彷徨并不可怕,因为它总是暂时的,永恒的还是我们的决心。(龚建华)

# 六月，无悔

刘杨杨*

六月，随着一串铃声响起，答题卡，试卷，草纸，垫纸板被监考老师一一收取。

七月，坐上短途大巴，我随母亲来到一个县城，这里有一所与市二中不分伯仲的高级中学。还没进校门眼球就被校门两侧的公告，海报所吸引。鲜红色背景板上，金色亮眼的字铺满整个墙壁。上面由高到低排列着今年从这所学校考入名校学生的姓名，分数，录取院校。校门上还挂着大大的横幅："状元名校""十年出十八状元"。如此大张旗鼓地张贴自己的"丰功伟业"，这所学校到底有多牛？

此次来这儿的目的，不是别的，是为了第二年的高考。报名，缴费，填表，我被分到了 23 班，高三 23 班。这是专门为复读生增设的班级。

八月，带着打包好的行李像新生一样的我踏入了这所学校。新老师新同学新教室新环境，曾经是鸡头的我而今变为凤尾，巨大的角色转变让我无力招架。五十人的教室被班主任划分了八列七排，前顶讲桌后抵墙，拥挤的教室里我坐最后一排，不是我个子高，而是因为座位的排列是根据成绩排名划分区域的。

我的同桌是个不拘小节的女汉子，来自辽阔内蒙古大草原的克什克腾旗，大眼睛，双眼皮，圆脸，长发，这样形容或许有人会将她想象为一位可爱的姑娘，然而她脸上特有的高原红以及微胖的身段，再加上脾气，怒目而发时乱骂人的坏脾气，我就觉得她不那么可爱了。同样来自克什克腾旗的还有一位亭亭玉立，秀气端庄的淑女，在生活上她是我的好伙伴好室友，在学习上她是我的良师益友。这两位在我这一年的学习生活中发挥了不少作用。

上课第一周，压力最大的课就是英语课，曾经考试从来没及过格的我每节英

---

* 作者简介：刘杨杨，内蒙古赤峰人，海南热带海洋学院人文学院汉语言文学专业 2013 级本科生。

语课听不懂不说，每节课单单听写单词句子背诵课文就让人胆战心惊，几乎每节课我都是在高度紧张，头皮发麻的情况下艰难度过的。所以几乎每天写日记痛恨自己过去几年没好好学习英语这门课程，但也激励自己努力学好英语，将学好英语作为梦想。翻了翻旧日记中有这样一段关于梦想的话："兰斯顿·修斯说：紧紧抓住梦想，因为梦想一旦消失，生活就像折断翅膀的小鸟，无法自由翱翔。我说：紧紧抓住翅膀，因为梦想一旦离开，生活就会变成贫瘠荒芜的土地，了无生气。"淑女室友是个英语爱好者，很巧开学之初她就当了班级的英语课代表，她将她学习英语的经验传授给了我：背单词，要讲究固定时间背，适时复习；背课文首先要通过速读熟读为先，弄懂短文意思及各句子结构，继而背诵效果更佳且不易忘记；做练习，英语阅读理解刚开始不要嫌麻烦，勤翻字典，不懂就问。就这样，扛着英语成绩烂到不行的压力下苦熬了三个月。

一月，在期末考试时我的英语破天荒的及格了。然而即使英语及格了，在这个群英汇聚的班级里我还是在倒数十名间"游荡"。

数学本来就是我的强项，但是经过第一次高考的检测数学成绩没及格后我开始质疑自己的数学。每天听从老师的安排按量完成练习。而女汉子同桌也是个数学爱好者，我们经常腾出自习课来解答各自的疑问。而她更出色的本领就是背东西。无论是政治课本上每章每单元的条条框框课本原文还是地理试卷中的固定答案，还是历史中的各种年代事件，她答文综卷子的"丰满"程度，至少让我"惊吓"不已，但是让人奇怪的是，答案正确率总体不高。

"亲爱的：补习的生活仅仅剩下最后的100天，抛下一切，专心学习，冲刺高考，因为我们都不是神的孩子，我们都是有梦的孩子。所以努力去追逐我们的梦想，过去的就过去了，以良好的心态迎接下一个黎明。"每当学习疲惫，考试受挫时同桌总会写一些此类的话激励我们一块继续努力。"淡定使人进步，宁静方可致远"，"你只能选择坚强起来拯救你自己，当灵魂赤裸在苍茫的天与地。"这是淑女舍友在给我的纸条上写的，她总是老成地说一些意味深长的语句，给予我心灵上的慰藉。

班级里的人要么是聪明型人才，要么是踏实型人才，要么是聪明又踏实型人才。各自奋斗了十个月，早起，熬夜，午不休，在教室，在宿舍争分夺秒。高考前最后一次在教室里上自习，同学们在黑板上写上离别寄语："贤前先思，已任铁杵磨针，只求前程似锦""念亲情感师恩，悬梁刺股但愿无愧我心""一马当先圆人生梦，十月奋斗笑吟一年""我们都是忠于梦想的人"。写尽了这一年的无悔与艰辛。

六月，随着一串铃声响起，答题卡，试卷，草纸，垫纸板被监考老师一一收取。

又是一年高考，我们笑着说，青春无悔。

**评语:**梦想的力量总能让我们义无反顾又充满希望,感谢每一个认真拼搏的自己,也感谢我们在奋斗途中遇见的每一个人。成熟像良性的预感,它有让自己重新来过的勇气,也像光,指明我们前进的方向。(龚建华)

# 在时光中相遇与离别

宋昱瑾*

三年前，那个艳阳高照的八月，我第一次走进了我盼望已久的大学校园，怀着各种复杂的心情，打量着眼前的校园。仿佛命中注定一般，我们会在时光中相遇，邂逅走失的记忆碎片。

曾经以为自己拥有一段不算太短的校园生活，总是可以尽情地去挥霍，毕竟心里总是认为这大概是自己一生中最后的一段学习和读书时光，轻松而又愉快。曾经以为时间是万能的，会磨灭发生的痕迹，改变来去的轨道。但现在却已经开始埋怨时间过得太快，感觉自己才进入校园，却已经到了即将离别的终点。

老去的歌声，遗忘的合影和那些每天来去的相似的景致，空气中淡淡的树木清香。还有那在我们刚进校后才建好的图书馆，一直静静地矗立在那儿，看着我们进进出出，来来往往，它会依依不舍的送走我们，送走一批批的学子。流水般的学生，不变的校园生活。

犹记鲜衣少年时，地厚天高未可知。晓来多少惆怅事，把酒笑谈敬尊师。虽说大学里的老师总是每学期都在变，但能聆听不同老师的教诲，感受老师们不一样的教学方式，总是一段独属于自己的回忆。有些人或许在我们一生中也就是短暂的几个月，从此再也没有相见的机会。所谓老师，就像是永远不能毕业的学校的幽灵一样，同这所学校一样与我们相遇又离别。

“如果我没有来到这所学校，我就不可能认识你们”，这是大一时我一位室友曾说过的话。是啊，我们来自五湖四海，却因为这所校园互相结识，朝夕相处。很多人都说大学的同学情没有初高中的同学情那么深，每天都在不同的教室上课，每堂课都坐在不同的位置，有些同学甚至在毕业时都叫不出来名字，尽管这样，每

* 作者简介：宋昱瑾，甘肃人，海南热带海洋学院人文学院汉语言文学专业 2013 级本科生。

天的相遇大家还是会扬起微笑点头打声招呼,即使这样,心里依然是暖暖的。“前世五百次的回眸,才能换来今生擦肩而过。”足可见我们的缘分并不浅。未来某一天,当我们翻出照片,看到彼此笑得傻乎乎的样子,还是会觉得不虚此行吧!

时光里的故事总是从相逢到离别,留下对岸的我们回头眺望从前的自己,周而复始。我想,人生大抵如此吧? 在漫漫人生路上,我们有时孤独前行,有时遇见一些人共同走上一段路,有时在一个特定的地点相遇,经历过一些事后,离别、各奔东西,然后遇到另外一些人……周而复始。

感谢我大学时光中所有的相遇与离别。我们在光阴之中,在一个又一个故事里,逐渐认清自己,完善自己,最终成为自己想要成为的那个人。

**评语**:时光总是这样,让我们相遇又离别,虽说我们的故事很平淡很普通,但回忆是真的,感情是真的,离别与不舍是真的,虽然没有讲校园发生的故事,可是已经让我不舍离别,只求时光慢点,让我们彼此更加珍惜。(杨晨)

# 我的校园生活

范媛媛*

香港大学孙教授说过这么一段话:“大学,就应该是早起吃点儿早餐;跑跑步;专业课认真听;公共课看看自己喜欢的杂志;中午小睡一会儿;下午参加个社团活动或打打篮球;晚上陪着喜欢的人散散步;或去自习室安静地看看书……社会不需要学霸,也不认什么学生会主席,更不希望看到学生放弃学业去创业。你只要能平稳地读完大学,寻找到自己所爱的人和兴趣,多去没有目的的看些能丰富自己思想的书,认识几个好的不成样子的朋友,锻炼或是塑造自己的身体,学精自己想要从事事业的专业知识……做到这些,平淡地度过大学这几年你就已经足够优秀了。”

我突然想起来,收到大学录取通知书的那一年,满怀憧憬的我问在读大二的姐姐,大学生活是怎样的。我清晰地记得高三那一整年,班里到处阵阵哀嚎声,每当我们因为高考焦虑不安、因枯燥而昏昏欲睡,班主任总是站在高高的讲台上鼓励我们,“等你们上了大学就好了”“考上大学之后你们想怎么样都可以”……姐姐会心地笑了,只说了这么几个字眼:学习、交友、运动、恋爱。然而爸妈在边上不赞同地皱眉头,“大学也是学校,你反正顾好你的学习,以后毕业好找工作就可以。”就这样,年少的我带着那颗雀跃不安而又激动不已的心踏上了班主任说的想怎么样都可以的大学。

转瞬光阴,似水流年,不知不觉大学只剩下了四分之一,我忽地意识到,原来我已经成为了毕业季的小尾巴,不想承认然而又不得不承认。我总是会回头,回望曾经走过的一些路,酸、甜、苦、辣,尽在其中,就像是李煜说的“别是一番滋味在

* 作者简介:范媛媛,海南三亚人,海南热带海洋学院人文学院汉语言文学专业 2013 级本科生。

心头”。这个中的滋味，总是萦绕在我心头，又岂是别人能懂。

那些青葱岁月里的回忆美好而简单。那一年，邂逅了一个喜欢穿白衬衫、干净而又温暖的大男孩；结识了一些无数次闹过口角却又相互离不开对方的损友；那一年，和寝室姑娘们打打闹闹地度过一个夏天又一个秋天……

很喜欢S老师，喜欢她温柔的性格，独特的思想，她曾在课堂上这么说过：学生时代的恋爱是最单纯的，不会因为你没房没车就没有女孩子喜欢，不会因为你没有貌美如花就受不到男生关注，我认为在学生时代就应该有一场不以结婚为前提的恋爱。天哪，我觉得应该让我爸妈来听听这番话，自从踏入大学校门的那一天起，每次给家里打电话总是无可避免地听到我妈电话那边说：“在学校要好好学习，不要想些有的没的，等你以后工作了，想怎么样都可以……”

接下来要说的是好友J，怎么形容她呢，“我就是喜欢你看不惯我却又无法干掉我的样子”，这是她的人生信条。现在慢慢回想以前的日子，能够成为好友不知道是如何的，就是稀里糊涂地就这么对上眼了，大概是身体里都有着相同的性格因子，也大概是因为她有炸鸡而我正好有啤酒。

最想说的就是寝室姑娘们，因为几点关灯几点睡觉这样的小事可以闹上好几天，总是觉得为什么别人不能理解我，为什么一定要我去迁就别人。然而，相处时间最长的也是我们这一群姑娘们呀，由一开始的相互嫌弃到慢慢磨合，到最后几乎变成了相同的作息习惯，也许这就是一个寝室和睦背后不为人知的辛酸史，也许多年以后回想大学生活，回忆里最多的就是你们，仍然记得之前很多关于网络上寝室的新闻资讯，像是“不满室友外放音乐而捅死室友”这之类，那时候彼此说得最多的一句话就是“跪谢室友不杀之恩”，这些与你们之间的搞怪，甚至是小争吵，回想起来也是啼笑皆非。

我想，这就是我的青春吧，有张力而不张扬，有欢笑也有苦涩。开心的时候，我喜欢叫上朋友一起，围着操场欢乐地跑上个好几圈儿；难过的时候，找个没人的角落，戴上耳机，世界仿佛只剩我一个；悠闲的时候，嘴里哼着我喜爱的调调儿，踱步着欣赏校园里的俊男靓女；闹书荒的时候，推掉周末邀约，关掉手机，静静地和图书馆谈一场恋爱；临近考试的时候，在图书馆复习，偶尔抬起头看看旁边的帅哥就觉得很开心……

有人跟我说，大学四年的时间里，她拿了好几份奖学金，做了很多份兼职，看了无数本书，我淡笑而不语。你有你的生活，我也有我的生活；我支持你，但我也不会否定我自己；我就是我，不一样的烟火；我的校园生活，一朵璀璨的火花。

**评语**:很喜欢文章中“我支持你,但我也不会否定我自己”这句话,可以看出作者对于自己的生活有独特的见解。生活不止苟且,还有诗与远方的田野。大学四年其实很快就会过去,我们应该更好地享受这四年当中的美好。友情、爱情、师生情,多一份包容,多一份珍惜,总有一天,都会穿越人海发光发亮。(叶晶晶、容凯)

# 缘来，我还在这里

高　丹*

木棉花开，一树妖红；木棉花谢，一树纷白。转眼间，竟已是三载。

那年盛夏，我怀揣着所有的热情与希冀，来到这个我梦寐以求的伊甸园——我的大学。我本以为，我的梦想能在这里开花结果，可最终，我那些自以为是的执念被现实的迫击炮炸得溃不成军。直到最后，在眼泪中明白，生活幻变，唯有坚守初心，方能立于不败。缘来，我还在这里。

那年初识，我青涩懵懂，你亦然。我沉醉于这份初见的美好，感受着你带给我的那种未知却奇妙的生活。对我而言，你是那样的神秘，让我如此的着迷，我总是在空闲的时候悠悠地漫步在你那落满榕树叶子的长道上，轻轻地拂过开在路边的每一簇三角梅，每当我走倦了，便随意地坐在湖边的台阶上，仰着头，看那湛蓝的天屏上你变幻着的表情。平淡，真实。

那时追逐，我满怀激情，你欣然。大一的我们，凭借着高考的余热，胸有成竹地规划着大学的宏图，自觉地晨起，认真地听课，信誓旦旦地要攻下奖学金的堡垒。而你，总是在我最寂寞的时候陪伴着我，清晨的那一缕明媚，夜晚的那一束的霓光，每当我从图书馆的门口出来，我总能够看见你为我撒下的一地月光，轻轻地托着我的影子，为我挥去那一身的疲惫。宁静，温暖。

那份堕落，我锥心蚀骨，你惋然。生活总是充满了诱惑，当室友出去聚餐，我却要独自在办公室值班时；当别人早已进入梦乡，我却要彻夜书写策划时；当我身心俱疲，却还要忍受他人不理解的白眼时，我动摇了。付出了那么多，除了那份倦怠，我还剩下什么？于是，再也不愿早起，那本读了一半的《活着》怎么也没看到结局。在我堕落的日子里，遗弃了那个我珍爱的你。我没有看到我每每嬉笑着经过

---

* 作者简介：高丹，浙江人，海南热带海洋学院人文学院汉语言文学专业2013级本科生。

图书馆门前，你躲在云后那落寞的神情；我没有听到我在课上猛玩手机时，你在窗外拍打玻璃发出的“沙沙”声；我没有闻到我在寝室睡懒觉时，你为我盛开的木棉花的味道。糜烂，弥漫。

再见，流年已逝，初心不谙。恍惚间，我与你的分隔竟如一个世纪的纷扰浮华，物是人非。再也不敢顶着一脸素颜行走在校园里，只因周围的人都是比我更为明媚的年轻人；前后桌讨论的不再是去哪吃喝玩乐，而是如何考研，找工作；躺在寝室里睡懒觉的时候，却总被门外传来的背书声惊醒。原来，他们都已经离我远去，而我，却留在原地。于是，我想起了你，那个曾经始终陪伴在我身边的你，是否，也离我远去了？

开到荼蘼花事了，尘烟过，知多少？今年的木棉花又开了，我很庆幸，每天清晨，我都能闻到那熟悉的味道；每个夜晚，我都能看到那熟悉的月光，是的，你从未离开，在我寂寞孤单的时候，在我奋发图强的时候，在我堕落奢靡的时候，在我幡然醒悟的时候，你始终都在。我造就了你，你成就了我，我的大学，我的校园生活，点滴虽小，却浃沦肌髓。

蓦然回首，缘之随来，你在这里，我在这里。

**点评**：那年初识，我青涩懵懂，你亦然。那时追逐，我满怀激情，你欣然。那份堕落，我锥心蚀骨，你惋然。全篇采用了第一和第二人称，讲述“我”和“你”之间的点滴事迹。让读者纳闷，“你”是谁？最后结尾处揭晓答案，原来是“你”——作者的大学及校园生活。“缘来”是最美丽的遇见，“原来”是最欣喜的发现。（冯月芳）

# 静默的独立

毛　宇*

走在高高的木棉树下,脚踏着排列整齐的石砖板。我在想:这是我的大学啊,是我高考的结束,18 岁的开始。我曾想过像玫瑰一般浪漫的大学:古希腊的礼堂、仿大本钟的古朴时钟,奇特的、漫画图案的教学楼;我也曾想过艰难朴素的大学:陈旧的教学楼上满是爬山虎、宿舍上的黑印与青苔、人挤人又热又闷的食堂。当我来到这时,我才知道:哦! 原来如此。

作为一所热带学校,又位处三亚这样的国际旅游胜地,除了有蓝蓝的海天外,还有各种热带植物。让我印象最深的就是芭蕉。这里的芭蕉有"雨打芭蕉"的宁静,也有粗壮的枝干,有一种在自己领地里油然而生的"霸气"。去看看六栋的芭蕉,那是我见过的最大的芭蕉树了,它不张扬地躲在楼后边,在那小小的只能见到天空的地方肆意生长着,它不需要过多的关注,在那几尺之地,有着阳光,雨露,有摇摆的姿态,有孤独的静立,足矣。我还在三栋的教学楼看到过一株小小的植物,它长在围栏下,地板的夹缝里。我当然会惊奇这样一个感动的瞬间,它或许在某一个雨天,跟着雨水的力量到达这样一个地方。它或许本是鸟儿含在嘴里的食物,因为一声啼叫,在这里安了家。不管如何,它存在于这里,存在这天地间,跟我们一样顽强地生长着。

你看! 那儿有散步的人们,有慢跑的人们,有广场舞的音乐,有打闹的童真笑声。在时间充裕的时候,真的无须想太多,不要管你今天穿的什么鞋,穿的什么衣;不要管有多少人在看着你,不要管接下来会发生什么,只需要尽情奔跑。听听《卡农》,听听陈洁仪的《心动》,在景色变幻中感受从内而外发出的呼吸、节奏声。伴着夜色,感受体育场别样的宁静,那样,你会是笃定的吗?

---

* 作者简介:毛宇,湖南浏阳人,海南热带海洋学院人文学院汉语言文学专业 2015 级本科生。

号称三亚第二的图书馆不得不说，走进图书馆，周围立刻安静了，暖黄的灯光，各色书籍整齐地排列在书架上，坐上棕红的木椅，思绪也慢慢蔓延开来。在这里度过春夏秋冬，《飘》过《诗经》《上下五千年》，未尝不是一种享受。图书馆外是一片朗朗读书声，年轻的人们在这里追寻梦想。我也曾早晨背着书包，在这里感受过李白的自信，“则三千之中有毛遂，使白得颖脱而出，即其人焉”，“十五好剑术，遍干诸侯；三十成文章，历抵卿相”；我也曾郁闷时独自坐在这，看着塘里水波粼粼，大哭一场。一座建筑经历过辉煌与落败才更有韵味，人也何尝不是这样呢？

你有没有伴着月光走在静悄悄的路上？你有没有为了喜爱的东西与他人义无反顾地意见相左？你有没有在半夜看着手机屏幕想着遥远的故乡？

孤独也罢，我们都要像一朵花一样，静默的独立着生长。

**评语：**古人叹：“流光容易把人抛，红了樱桃，绿了芭蕉”。时间可以让人发生一些变化：在静默中坚强，在坚强中成长。不知名的植物、操场、图书馆，它们或无人知或热闹非凡，然而它们却在共同的承载不同人的思绪。在喧闹的时刻，你孤独吗？在安静时，你充实吗？而你，又需要如何的生长？此时无声胜有声。（屠鲁旭）

# 2015 年,请允许我这样与你告别

屠鲁旭

坐在台阶上,面前的湖水波光粼粼。风吹着,水清柔柔的便来来去去,晕黄的灯光斜斜地照射着,给这昏黑的水面无声的光明。

没有进图书馆,就这样地坐在外面,你会发现外面比里面还要安静。可惜没有灯光。风吹着,有点凉。我坐着,听着飞机轰鸣的声音,看着面前的高架桥车辆来来往往的过来过去,静谧,安详。抬起头,我看见图书馆因为仰视而显得高大,背影后便是闪亮的星星,一闪,一闪。

我想到了去年的这个时候。没有湖,没有风,没有星星,我做着试卷,直到深夜。没有什么纪念的,每天都是稀松平常。但总归要表达一些,来安抚一个当时的心。大概唯一的纪念便是一首诗,深夜,我很认真地在写,一笔一划。

时间到底是什么,没人能确切说得清。看着表中指针旋转着,一周便是一秒,一周便是一分,一周便是一时。每一天都是如此平常而珍稀,只是今天或许更有一点的意义。现在,我坐在石阶上,想干什么便可以干什么,有湖,有风,有星星。若我想出去便可以去街上闹闹,若我不想,也可以找一个安静的地方,喝茶,吃点心。一切变得自然而平常。

我经历过很多重要的时刻。这一年,大概也是如此。走出考场,走入大学。疲惫,空虚,兴奋,憧憬。想想便过去了,一切坚定而又不留痕迹地划过。如潺潺之溪流,如日出之晨光。

迷茫过九月,沉醉在十月,流离了十一月,现在就要过去了十二月。有些感叹,仅仅限于感叹。我大概在零几年的时候吧,那时候我六岁或者七岁,在想,2000 年之后 20 年之后会怎样的排年份,那样叫的话会不会很别扭,会不会不好叫。那时候我还不知道 2010 年之后大抵是什么,自己与世界又将要如何的变化,现在想想,2015 年也要过了。

一个人总是有很多的过往与秘密，有些事只会带过，不想说。大抵只有某一天我自己想通了，才会写出来。迷茫的感觉，和去年很像。而相同的是，不管是往昔还是今日，我都已经调了过来，虽然这浪费了很多的时间。一个人只有经历过一些，才会知道自己到底想要的，而这感觉又是如何的强烈。

我渐渐地写了许多东西，因为我发现这件事变得有趣了起来。而做一件事，有趣二字便已经足够。我开始看更多的书，我仿若看到了一个湖泊，碧绿色，岸边周围还有美丽的草坪。我舀着水，我在草坪上沉睡，四周还有彩色的蝴蝶。我开始写我想写的，以前没有写的。因为这使我感到头脑的充实，就如我此时看到如此美的夜景而不再感到寂寞。我以前做到过一个梦：一条漆黑的路，光，我看不清的人。这梦像一道闪电般出现又离去，如果说这是神灵对后来的启示，我宁愿相信，这是遥远的彼方对我的祝福。就这样，风轻轻地吹着，有点冷，星光一闪一闪。

我渐渐地变了许多，改了许多，虽然有时候还会退化回去，但我已经渐渐的不是原来的那个样子，重合又分离，陌生而熟悉。而有一天你也会发现，你会慢慢地遗忘掉自己曾经的样子。你看得见的看不见的也终将会消逝。排着队，购买的东西掉到了前面，前面的同学帮我捡了起来。过一会，又掉到了后面，后面的同学帮我捡了起来。一样的，此时我会对她们报以微笑，说一声，谢谢。真诚而又率真。

我坐在石阶前，想象着外面的繁荣与热闹，想象着三亚湾路的舞蹈与歌声，想象着凤凰岛上的霓虹建筑，想象着海中的游艇，想象着三路公交上自己想象着自己瘦成闪电来嘲笑那些占位面积大的人，想象着今夜在外漂泊的人。我又回头看看我自己，静静地坐着，看星星。

我已经很久没有抬头看星星。

夜晚的风继续吹着，我只穿了长袖，是有点冷的。面前的牌子红红的，写着“危险，池塘水深，严禁翻越”。稀松平常。等一会儿，我将要回去，洗澡，洗衣服，上床，或许会看看电影，重复而平常。明天，我将睁着惺忪眼看着窗外的阳光洒落在我的床头，一天而去，一天而来。

愿你我都从容地立于此间，因为今天是2016，昨天是2015。

2015年12月31日，交

**评语**：2015年与2016年的交替，我看到了内心的宁静，看到了过去的回忆与未来的展望，看到了真诚、梦想，更看到了一个正在成长的少年。（毛宇）

# 也 许

## ——记于毕业班舞蹈表演

屠鲁旭

也许，今天
这是最后一支舞
夜、灯光、舞台及你
都染上了昨日的迷蒙
我与你在记忆中相触
九月无华六月如雪
梦醒了，一切都在今夜
你我相逢
洒满星光的空，回避了
你会是一颗潇洒的流星
我为你在星空下见证
我们都成了今夜的风
闪亮的星和历史的长流
自然中流浪的幸运儿

也许，明天
这是第一支舞
我们越过了漫漫长夜
相望于醉眼的霓虹
我都会与天上的飞鸟告别
深影背后，流水激荡的山涧

会出现一拱七色的虹
那是一片玫瑰的花谷
和蒲公英的牧场
风吹着风信子上扬
猎手拿着新鲜的幼兔
清洗猎枪
渐渐地,天空皱起了波痕
在夕阳的暮鼓和海浪中
我都会回想起
风铃的叮叮声
时间的壁画
夜、灯光、舞台,还有你

2016 年 1 月 4 日,11 日改于机场

**评语:**作者以时间为线索,勾勒出一条细细的相思轨迹,在夜、灯光、舞台中。短短几个字,便给人以无限的遐想空间,有非常大的感染力,以相思入相知,以相知入离别,情思在递进回环中散发出淡淡的忧伤。(刘圣贺)。

# 遇见你的那些日子

陈姜蓉*

小镇巷子里的围墙上挂满了四季常青的藤蔓,青石板路已经被磨得十分平整。当宛若游丝的竹笛声在狭长的巷子里被拉得格外悠扬,思绪就开始不安分地躁动了起来,关于你我,关于青春,关于未来。

那个阳光清浅的午后,我闲坐在碧水漫天的湖畔。一抬头,便撞上你含笑的眼,惊鹿一般躲闪开来。清风懒懒散散地扶起垂柳,一松手就触到了微澜的水面,在我的心底打了一个圈儿。

苇絮轻飘飘地铺满小镇时,你微笑着走向我,伸出手,我们追着落叶,尾随着秋的气息,迎着夕阳一路奔跑,斥责和否定被远远地抛开。众人都说,早恋是长在青春里的毒罂粟,躺在成功路上的绊脚石。我们却偏要固执地去尝试。晚风跃过窗棂,玻璃上映着你的侧脸,低眉颔首。凉风掠过你的发梢时,你望向窗外,眸子里似有星河万年,我于其中辗转。突然地,你却冲我做了个鬼脸……

这甜蜜的味道该是长久的,不会输给时间,不会败给距离。可是,成长的速度总是可以让人措手不及,我们的故事就像你的画笔,错误地落在白衬衫上。终于,你背起画板,踩着积满愁绪的雪,留给我一个背影,落寞地走远,走远……

学校的画廊里挂着许多你的作品,那些街角、古宅、落日,我都陪你画过。我穿梭在宿舍和教室之间,为了高考忙得昏天暗地,煎熬的六月最终以胜利者的姿态结束。时隔半年,我们平静地坐在一起,这一次,我们只是坐坐而已。录取通知书被寄了回来,你北上,我南下。我朝着呼啸而去的火车挥了挥手,心里沉甸甸的东西就被一同带走。尽管我们都错了,我们稚气未脱,我们不懂爱,可是关于青春,又有几个人能说得明白,这两个字,从来都没有一个词能将它完美的诠释。这

---

* 作者简介:陈姜蓉,陕西人,海南热带海洋学院人文学院汉语言文学专业2015级本科生。

一段回忆，无法复制，不可重来。

三亚的冬天，植物已经忘却了季节，无休止地绿。我在图书馆、教室、宿舍间来回穿梭，你偶尔发短信给我，说以前吵架又和好的种种有些幼稚，我也会波澜不惊的回复，是呀。后来，你寄来一幅画，是小镇的巷子，附上一首小诗。

夜下湖畔绽开一朵睡莲
恰似你一身纯然不动的白衣
恍若世间予我千万种满心欢喜
沿途逐枝怒放
那些沉重流离和虚妄
我都愿一人去经历
而你
只需要着一身白衣
等待阳光照进你
你要明媚地笑着
等一个人
等他满身风尘地
回来认取

阳台上的绿萝在风中无助地摇摆，似乎想要抓住些什么，却被梳理得更加油绿茁壮。或许我们都还不明白，到底怎样才算爱，可是我们学会了祝福。也不会毫无顾忌地为着自己的开心，纵容自己的任性，更多的，比如身后的父母，近在咫尺的未来，变得无可替代。这一切，我们心照不宣。总有一天，我们会处变不惊，而那些脸红心跳的日子，也将被岁月珍藏。

一朵木棉花落了下来，我没有拾起，它已经渡过花期，随风远去和落红化土都是很美的结局。

**评语**：青春是美的，作者用她柔软的笔触，带我们走进她如诗般的青春年华。文中的一首小诗，可谓点睛之笔，简单平淡中透着温暖，青春并不需要浮夸精致的外表，而是一颗丰盈柔软的内心。(叶昇)

# 左岸青光

钟荣娜*

每个人都在憧憬一个美丽的校园，或许是北国风光，暮雪皑皑；或许是樱花之语，烂漫温馨；抑或是袅袅烟雨，清新朦胧……当我跨入大学的门槛时，失望了，没有万紫千红的百花竞艳，更多的是不见曦月的茂林修竹。漫步间，倒是偶见这其中的墨客风骨。

雨露未晞，晨光微起，空气中的水珠折射出层层彩晕点缀在芽尖，随着微风荡漾扑闪着彩光，倒是多了分孩童般的俏皮和轻盈。当叶片上的水渍被蒸干，叶脉清晰可见，叶肉的颜色愈加浓厚，犹如皱着眉头的苦闷，淡不开的深沉，也是如此才透不过强光而腾出了一片阴凉。微风扫过，校道上的浮尘被抹去，丝丝清凉透过衣襟嵌入毛孔，整个人都清爽了。

那样一个清晨，一个女子穿着一袭长裙，白色帆布鞋尽显她的恬静，怀抱着几本书若有所寻却又很淡然的样子最是动人。在台阶上坐下，打开书静静地翻阅，此时她和着绿茵成了最别致的景色，这就是校园的气息。同学们的一颦一笑都是这碧波中荡漾的生动描绘，秋季进学晚来迟，留不住那芬芳却又有谁能抹去这永驻的青春呢？

婀娜多姿的杨柳扶靠在荷塘岸边伴着琴房回荡的旋律陶醉，于是她的腰线更加柔软了，零星飘下几片碎叶，仰望，那不是细叶榄仁挺拔的身影吗？枝与干分得很清，笔直到细枝末节，容不得破了规律而本末倒置。说到笔直脑海中浮现的更多是纤竹，然而在校园里的竹子却是让人奇怪，不细看还以为是跟竹子几分相似的植物呢！也怪不得，那竹子修长茂盛，茂密的叶子已经把枝条都给包裹起来了，

* 作者简介：钟荣娜，海南昌江人，海南热带海洋学院人文学院汉语言文学专业2015级本科生。

这大概也只有南方才会生得这般滋润吧!

风光无限好,不止这风景美,人为建筑让这静谧的校园更添墨气。

没有少年朗朗的读书声,没有鸟儿戏水的空灵韵,人影离去,尘埃都静置了。图书馆半弧的曲线交割竖立的直线棱角,玻璃反射光把绿叶点亮,呼应这边线勾勒出一个干净、工整、沉稳的气质形象,到了夜晚灯光充斥着四周包围的树木,仿佛希望在延续,周围的黑更突出了图书馆的暖色调和静谧。

我们习以为常的校园也能如此多娇,仔细想来生活中并不缺少美,无论站在什么样的位置,转换瞳孔凝视的角度就可以收掠身边的童话故事,一片树叶、一块石子,一根红绳……它们带着故事和创意等待心灵的相遇。

**评语:**细致化的抒情描写将校园生活充分展现在读者的眼前。阅读本文的同时,也是在阅读一颗作者对生活的热情,对未来充满向往的赤子之心。(李品)

# 一颗童真的心

吴金妹*

一个人独自来到五彩缤纷、千奇百怪的世界里，追求的东西有很多，有名利、地位、金钱等等。在匆匆步履的追求中是否还记得曾有过一颗心，一颗童真之心。它如天使般，带着我们飞回到孩提时代，回忆起童年的点滴，承载着儿时的梦想起航。

一颗童真的心，我们每一个人在童年时期都曾拥有过，经历过。随着岁月的递增，生活在物质横流、纷繁复杂的社会中的人们，有的已忘记了它的味道，变得自私自利，身上已披上了一层又一层似真非真，让人捉摸不透的厚纱衣，脸色也增添了几分严肃与冷气。而有的，无论走到哪里，经历过什么，依旧还保留一颗小小的童真之心，这颗心带他走向他所憧憬的未来，这样的人我曾有遇到过。

村子不算大也不算小，却有不计其数的人们在那里幸福快乐地生活着，这一片净土就是我生长的地方。他是我家隔不了多远就能到达他家的那么一个人，他有一双机灵、乖巧的眼睛，眼睛的下方是高高的鼻梁，再下方却是不能说话的嘴巴。他没有上过学，可要完成的事，他心里清楚得很。每次，我眼望到他家的园院时，心里不禁要发出一番赞美。地面是一副崭新的样子，如被雨水冲洗过了一番。落叶躲得远远的，杂草也不敢探头，树木散发出一缕缕阳光的味道，雨露的清新。吃饱睡着的小猪个个都沉寂在安静的睡梦中，鸡鸭狗也悠闲散步去了，我想这一切应是他辛勤劳作的甜果。此外，他还经常和小孩子们玩起踢足球、羽毛球、扑克牌之类的游戏活动，孩子们那爽朗的笑声和他那幸福的微笑都深深地印刻在了我的脑海里。有时候，孩子们讲故事，他也会去凑合，静静地听着。等到孩子们讲完

---

* 作者简介：吴金妹，海南临高人，海南热带海洋学院人文学院汉语言文学专业2014级本科生。

了,他也会露出孩子般的表态——吃了别人家的糖,不能白吃,要送回一颗,这是小孩子天性中含有的善意回报。他也讲,心里挺急切的样子地讲,只不过没有像我们说的话那样清楚,但他还依然竭尽全力地吱声,打手势,为的是让孩子们听得更清楚,看得更明白些。孩子们一窝蜂似的涌了上去,认真地听,听他讲述他那童真般的故事。他没有上过学,没有接受过老师、同学任何一丁点的知识,但他懂得的东西不亚于正常人所懂的,他能谱写一首首优美的诗歌,一篇篇醉人的散文,哼出一曲曲动听的歌谣。这成功之作归功于他有一颗童真之心,是纯朴自然引领他对大自然的深思与体察。

不仅仅是他,在我们周围就有很多,数也数不完,他们就是一群天真烂漫、活泼可爱的小孩子们。

大人们打发闲暇的方式有很多种,其中最开心的是与孩子们逗玩了。大人们常常会眉开眼笑,乐个不停就是因看到了小孩子们的俏皮可爱、天真、真诚,感觉出孩子们是他们源源不断的欢乐源泉。孩子们有简单、极富表现力的动作,有善良的天性,说出来的话不经刻意经营,不讲究炼字,而是想说啥就说啥,自然流露,畅通无阻,无论是好的还是坏的,对的还是错的,都一一说出,在他们眼里心里只装"直率"两字。童真是一门科学,一项运动,也是一门艺术。孩子们的世界里充满了无限遐想,没有灰尘的飘进,没有风沙的阻挠,清亮得如同晴朗透彻的天空,无边湛蓝的大海,刚出生洁白无瑕的小绵羊。快乐、勇敢、乐观仿佛成了他们心爱的小糖果,黏着他们。我们常以孩子们为乐,常以孩子们的思维演绎一个个童真的故事,感动成千上万的人。我们知道童真的心是大自然纯粹的妙音,能吸引众多的人来欣赏。可大人们,你们知道的是如此之多,你们的童真之心又在哪里呢?又藏在何处?它可是你们内心深处原本最真实的心灵,怎么现在却把它抛得远远的,你们现在的心里又装上了什么,怎么是朦胧不清,捉摸不透的呢?

记得一位大画家说过:"每一个孩子都是艺术家,不知什么缘故,有不少孩子长大了反而变蠢了呢!"他们真的变蠢了吗?看,他们手里还拿着几本高等学历的书在那津津有味地看呢!他们与日俱增的知识、丰富的经验、伶俐的口齿、广泛的交际,有谁敢说他们真的蠢了呢?可悲的是,他们蠢的却不是这些。在知识的海洋里,他们只一味地追随这固定的模子,想象的空间已被这固定的模子紧紧充斥着。没有了孩童时代的天真想象,他们的思想死死地固定在了链条上,被拷住了,他们紧缩着,生怕弄断这链条。

人们啊!勿忘初心,去找回已经遗失或者正在慢慢遗失的童真吧!它是真善美的结合。

**评语**:文章比喻生动形象,感情真挚,描写自然,条理清晰,劝慰恳切,从故事上升到道理,从身边发散到社会,引人深思,总体来说是一篇不错的文章。但是文章用词不够准确,语言不够流畅,望在这方面加强。(楚清清)

# 05

## 邂逅阅读

# 当垆仍是卓文君

李周悦

《凤求凰》的袅袅余音还在回旋，浸在沉水香的余烬中，不愿散去。恍惚间，我仿佛看到了你，在那个梨花风凉的夜晚，遇到了那个弹着绿猗琴的男子。

我不知道这是流水遇上落花的错误，还是金风与玉露相逢的乐事。或许，对当时的你来说，是觉得遇上良人了吧。我不知道司马相如是否算是你的良人。你若没遇上，可能历史上便不会有你的一席之地，这也是你的悲哀。一个腹有诗书的女子却被囿于深闺中，甚至可能孤独终老。“望门新寡”四个字就是一道枷锁，锁住了一切希望。你遇上了他，但后来他却打算另娶他人，即便最后他放弃了这个打算，对你而言，却已经产生了一个心结。

《史记·司马相如列传》中记载：司马相如过饮于卓氏，以琴心挑之，文君夜奔相如，同驰归成都。这是你人生的转折点。在我看来，司马相如的行为未免轻佻了些，而你身为大家闺秀，也不该做出这样惊世骇俗的举动。但是感情这种事谁说得好呢？或许是司马相如的卓然风度正好与你心中的良人相合，又或许是那“凤兮凤兮归故乡，游遨四海求其凰”的吟唱触动了你的心事，更或许……理由太多太多。

你这一走，可就成了大事了。不管是当时还是后世。道学家们自然是斥责你不守妇德，败坏门风。即便是当下，也有人从《史记》《汉书》一些从未被关注的细节记录为佐证，指司马相如对你的追求是有预谋的劫财又劫色。让一群不解风情的老头子去研究风月之事，这本身就是个错误。管他事实如何呢！你早已走出了那段历史，而成为后代文学中的榜样。《西厢记》中张生亦隔墙弹唱《凤求凰》说：“昔日司马相如得此曲成事，我虽不及相如，愿小姐有文君之意。”

文君之意是何意？愿得一人心，白首不相离，仅此而已。

我生于江南，也游历过不少地方，一直希望能够在某个雾雨岚岚的傍晚，遇上一个如你一般的女子。可是这确是奢望。每当看到路边的小酒家,我总愿意进去坐坐,望着外面的绿杨阴,白沙堤,却在心中勾勒着一个眉似新月,腕若霜雪的你。这个时候,我便仿佛来到了千年前的成都,看着你素手濯水,当垆沽酒。

你的眼光没有错,司马相如非池中之物,早晚会有飞黄腾达的那一天,但是,他没带上你。他在长安逢迎圣意,宝马香车;你在成都凭栏远望,误识归舟。直到最后,收到司马相如意欲纳茂陵女子为妾的消息。司马相如算盘打得很好,你既与他私奔,便只能跟随他一人了,纳个妾又何妨?有着与司马相如私奔勇气的你,不会是个任人摆布的受气包,你有天生的傲骨,可惜司马相如似乎并未发现这一点,如若我在,定是要嘲讽他一番。

锦水汤汤,与君长诀,这是你给司马相如的回复。没有哀求,也没有妥协,有的只是决绝。司马相如终究还是回到了你身边,你们重新过上了琴瑟在御,莫不静好的生活。但我却为你不平,你太轻易地原谅了司马相如。但是细想想呢?不原谅他你又能如何。与他私奔恐怕是你最大的勇气了,你不可能再离开他。这是你的悲哀,也是无数人的悲哀。

入梦前,我许愿,能在梦中遇见你,看着你当垆沽酒,而我独饮一杯。

**评价:**一曲凤求凰,成就了一段美好的故事,才子佳人的故事都摆脱不了最后才子中榜,抛弃佳人,但这个故事的主人公是卓文君,才貌双全的女子,她用一首诗点醒了,挽回了司马相如,即便有那么那么多的无奈。此生惟愿遇一人,白首不相离。(钟媛)

# 关于神雕的神思

高雨萌

我从来就不同意说，小说里的东西是虚假的，相反现实中存在着的事，也未必是真的。

所有文学艺术原是为了打动人心，既然我们的心底最敏感的部分已经为故事所触动了，那么再去讨论故事是真实还是虚幻，无异于是去背叛自己的心。感情是真的，故事便是真的，当你的眼与那些文字相遇的瞬间，那些人那些事已经活在了你的心中，而且有时候心中的东西最是持久，不离不弃。

所以对于我来说，我从来都相信金庸只是一个叙述者，他的世界中有着萧峰的慷慨悲歌，令狐冲的潇洒不羁，又或是蛛儿手背上永远的伤口，李文秀那颗固执的心。然而脱离作者他们存活了，真的。即使是你不在意的配角，何尝不在自己的世界里欢乐悲哀着？

而在我，《神雕侠侣》对我的影响已经超过所有其他的总和。说不清的缘由，反正是打进了我的心坎。这大约是血液里的偏爱之情，一切都以最美的姿态发生了，至少在我看来无法更好。

我们往往花一生的时间，去处理理想与现实的问题。比如爱着神雕的人叹息着现实中没有过儿与龙儿，其实可以换个角度的。

我不曾把他们看作神仙中人，我把他们看作有血有肉的性情中人。

时代的发展注定了现代人的自私凉薄与没有耐心，人本来容易在安乐中沉沦。

小龙女给杨过带来了安定生活的希望，杨过带给小龙女的，是生活的全部意义。

十八岁之前，小龙女只见过两个人，师父死得早，孙婆婆也不过是一个每日为她打理生活琐事的仆人。十八岁之前，小龙女从未下终南山一步，不知道外面的世界是什么样子。十八岁之前,小龙女过着清规戒律式的生活,无贪无欲,秉持先师遗命继承古墓派衣钵,但是连自己也不知道为什么而活着。在外人眼中,小龙女是传说中不可亵渎的白衣圣女,可在她自己看来,“一个人总是要死的,多活几年,少活几年,又有什么分别”。是杨过的闯入让她的生活变得充实和值得留恋。日子长了,她会习惯这些,习惯听杨过讲外边花花世界难辨真假的故事,习惯在杨过练武满头大汗时帮他擦去额头的汗水,习惯在昏暗的灯光下替杨过缝补破损的长衫。再过一些日子,她会怀念这种生活,开始感觉出这种生活与十八岁之前的生活是不同的。当练习玉女心经重伤将死时,她最终没有杀杨过,因为此时她已经对这个世界充满留恋,她知道自己不愿意就此死去,所以也不愿意杨过就此死去。

如果一直这样下去,两人也许会相互默默地关心,平静的日子一天一天流逝,直到终老,各自睡在最里间石室的某一口棺材里。可是李莫愁的出现打破了这种平静。生死关头杨过挡在小龙女身前,李莫愁轻轻道:“师妹,你的誓言破了。”一个誓言点燃了小龙女内心压抑多年的激情,那个誓言说道,如果有一个男人肯愿意为你而死,你就可以随他而去,随他下山,随他到天涯海角。一个并不令人意外的誓言,事实上她在自己意识到之前,就已经深深地爱着他,只是她心中有一道樊篱,不知道或者不愿意承认那是情爱。一旦冲破那道樊篱,激情来得比预料更加汹涌,不仅如此,杨过让她对生活产生留恋,杨过是她生活的全部内容,于是她的心被爱怜充满了,再也没有疼痛,再也没有悔恨,再也看不到别的任何东西。除了爱情,她一无所有,除了爱情,她别无所求。

以现实的眼光看,不论杨过还是小龙女的做法固然过于极端,可是现实中又哪有这样经历的人呢,既然是小说,那就不妨立足于小说设定的情景仔细体悟一番,说不定许多人会做同样的选择呢。愚以为,读书的境界不在消遣娱乐,而在忘我于书中,思人之所思,感人之所感,同样,文章的境界不在吸引最大多数的读者,而在表达一己之感受,使有相同感受的人喜逢知音高呼痛快,使有不同感受的人也能说,我不理解你的感受,但是仍然对你的感受表示尊重。这就是金庸的书的魅力。

**点评**:我也看过金庸的作品,但一直觉得那是虚幻的世界,看完也就一笑了之。作者高明的地方就在于她首先把虚幻的人物当成自己身边的人,甚至想象成那就是自己,但是她又明白现实与书中的不同,她走进每一个人的故事,才能写出如此生动的读后感。最后一句对金庸写作手法的点评更是点睛之笔。(管欣悦)

# 读　书

高雨萌①

世界在这一瞬间失去色彩，世界在这一秒钟淹没音符。当年华撒落了一地的花瓣，唯有你，跨越了时间与空间的距离，飞过了现实与梦想的差距。没有了国界，没有了季节，你，让世界插上羽翼！

读书，在绚烂的春天。没有人会否认春天的温暖和浪漫。读你，就像读一个五彩的春天，“迟日江山丽，春风花草香。”当百花齐艳，百鸟争春，在书的海洋里，我寻找甜美的神秘，当一本秦文君的《男生贾里》握在手里，我想没有人会拒绝它的甜蜜，没有跌宕起伏的情节，没有波澜万丈的人生，但它却让你情不自禁地和书中的人物一起笑、一起哭、一起走过甜蜜的青春年华。读一本书，就像读一个温暖的春天，让温暖照亮你的心窝！读书，在热情的夏天，没有人会否认夏天的火热和激情，读你，就像读一个激情的夏天，“接天莲叶无穷碧，映日荷花别样红”。原来，夏天也可以有这样的景致。当一本郭敬明的《1995 至 2005 夏至未至》握在手上，没有人会拒绝它的热量。手心有了温度，眼神有了潮湿，浮草开出了伶仃的花，寂寞推开了沉重的门，和主人公一起走过十里花海，然后就是一望无际的沙漠。灼热的泪无声地划过脸庞，读一本书，就像读一个热情的夏天，让热情燃烧你的心窝！读你，在悲凉的秋天。没有人会否认秋天的苍凉与希冀。读你，就像读一个希冀的秋天，“停车坐爱枫林晚，霜叶红于二月花”。读《钢铁是怎样炼成的》，看着保尔悲惨的遭遇，认为一切都有了尽头，而你却告诉我们有一种力量叫坚强，它能让一切腐朽变为神奇，让人即使在悲凉的秋天也能看到生命的活力。读你，就像读一个希望的秋天，让希望填满你的心窝！

---

① 作者简介：高雨萌，海南琼海，海南热带海洋学院人文学院汉语言文学专业 2014 级本科生。

读你，在寒冷的冬天。没有人会否认冬天的寒冷与肃穆。读你，就像读一个肃穆的冬天，“忽如一夜春风来，千树万树梨花开”。然而，你却告诉我们，冬天到了，春天还会远吗？你告诉我们，有一种力量叫坚持，所以寂寞的山谷里，野百合也有春天。读《轮椅上的梦》，你教会我们，即使身处严寒，只要永不言弃，我也能活出真精彩！读你，就像读一个坚持的冬天，让坚持捧暖你的心窝！读书，在四季，四季，在读书！你是那蜿蜒曼妙的古爵城堡，埋藏着这世上最闪亮的星星，你是我心中最深邃的美丽，让我的人生之路永不迷茫！

书是人类进步的阶梯。书不仅是人类发展的驱动，更以焕然一新的方式给我们一方畅索未来，渺若辰星，扑朔迷离的幻想之境。也许就在我与它心与心的触摸、体及之中，我已展开了一对以智慧为羽翼的翅膀，在忘我的书海中飞翔……生命的形式不仅仅是满足于，在平实的陆地上默默无语地度过空虚的寂寞时光。而应该在潜移默化中升华自己的肉体，更重要的是提高自身灵魂的高尚情操。我思故我在，人只有在读书中思索，在思索中读书，在不知高深处的湖水中漫溯，从而达到另一种生命形式的诞生。灵魂也就这样从混沌的尘世中超脱出来。《爱莲说》中的荷花“出淤泥而不染，濯清涟而不妖”。在浑浊之中，不受污染，以洁身自好的品格立足于尘世中，亦称之“君子者也”。在不尽的书海中，无数倾吐芳香的荷花，在文人墨客的笔下，更显其高贵从容。也就在文学气息的充溢间，这个世界的纷繁事物都被净化了，丝丝渺渺浸润着这香气四溢的空灵之境。人在书中，也就更像是飞翔，毫无束缚，随心所欲，在不尽的大自然中也能嗅之清灵之气。在书中的一隅，奏响了春之声，绵柔细滑，清新怡人，恰似一位出浴的少女身着粉裙，在柳叶间翩然起舞，无怪乎有诗云：“碧玉妆成一树高，万条垂下绿丝绦。不知细叶谁裁出，二月春风似剪刀。”“书中自有黄金屋，书中自有颜如玉。”书中的世界令人神往，如痴如醉于诗情画意之中。枫叶寄托着人的思念故人之情，秋风瑟瑟，枫叶飘飞，滑落于你的指尖，你是否会想起“停车坐爱枫林晚，霜叶红于二月花。”当读到“飞流直下三千尺，疑是银河落九天时。”是否会为瀑布的壮阔雄浑所吓倒，要知道假若瀑布退缩于岩壁之上，而不迈出腾空飞越之举，瀑布又怎么会有今天之奇观呢？我不是一棵干枯的芦苇，而是在书香的雨露中沐浴长大的青翠欲滴的幼苗。在不断的畅想中飞翔，又在不断飞翔中升华。只有与书心与心地触及，才会感受到生命竟是如此丰富多彩。如烟往事俱忘却，心底无私天地宽。这种境界恐怕只能在徜徉于书海时，才能真正体会，也因为如此生命才能自由地飞越。

文字之所以比烟花更璀璨，是因为，我可以看着它在光滑的纸页间静静旋舞，演绎出永恒，浅吟低唱岁月的旋律。那时，我是班上最不受欢迎的“怪物”。在绚烂的阳光下，乌云为我留下了一个孤单的角落。庆幸的是，我没有把自己背弃，我并不是形单影只，还有书，成为我最忠实的朋友。他忍受了我古怪，孤僻的性格，他接纳了我丑小鸭似的脸蛋。书，一个好温暖，好亲切的称呼，如雨后的太阳闪烁着湿润的光泽，永远令我爱不释手。在寂寞里，他告诉我"成大事业者必须忍受孤单"；失败后，他鼓励我"就算有一千零一次失败，也要做一千零一次努力"；众人的嘲讽、白眼中，他叮咛我"冷静是给羞辱你的人最好的表情"……于是晶莹剔透的文字在一个个夜晚、白天，以金子般细碎闪亮的光芒串联起一个空灵无暇的世界。我以新的最清澈明亮的目光剖析这个天地。我学会了稳重而笃实，开朗而沉静，活泼而严谨。

在人生的冬天，书用一个个灵动的文字融化了南极的冰雪。我已经学会平静地学习，收获。灯下读书的日子点燃了我一个个梦想。读书，成了生活的主旋律，成了生命的主心骨，它是生命最简朴的表达形式。生命中，许多味道会被岁月的风冲淡，但一缕温柔的书香久久在袖中萦绕，不用嗅，就沁人心脾。

读书，生命飞翔的羽翼向往飞翔，羽翼是一个前提。童年，告诉母亲：我想飞。母亲回答：书能帮我。所以，我就去读书。生平第一次读的是《海的女儿》。当读到结尾："公主觉得自己变成了许多泡沫，飞向天堂……"一段时，很伤心地哇哇大哭，为公主最后变成泡沫而感到难过。所以，在这个故事围绕着我的一段时间里，总觉得公主变成的泡沫就在我身边。当时，很气愤地问妈妈："公主为什么要变成泡沫，王子是个坏蛋。""不啊，公主很善良，所以她在天堂会生活得很好，还能飞呢？"妈妈微笑着回答。善良就能飞吗？我善良就能飞去见公主了！我心想。可是书是完了，我还没飞！我认为一定是我不够善良，书看得不够，所以，往后我就分给乞讨者饼干，钱。书呢，也读得多了起来。从《海的女儿》教会我善良开始，由于读得书日渐增多，书也就不仅教会我善良：《简・爱》教会我如何做一个智趣高尚，心灵丰富的人；《基督山伯爵》教会我如何做一个沉着，毅力强的人；《巴黎圣母院》教会我如何学习如加西莫多般外表丑恶，却心地善良的人，《澎澎澎》教会我如何看待友谊……书读得多，道理也懂得多，心灵丰富了，但我仍未理解什么才是真正的飞翔。所以，我要去读，去寻求。

当指腹触摸到一本书时，我才顿悟，何为真正地飞翔。它叫《悲惨世界》。冉阿让、芳汀都是巴黎那时代的历史缩影。芳汀曾经是多好的可人儿，但是不曾想，她却成了妓女。一切都是为了抛弃她的男人和她远在乡村的女儿。因为一对抚养她女儿夫妇的欺骗，她无奈拔洁白的门牙去抵债，剪去秀丽的长发去治女儿莫须有的病。她在夜晚来回踱步，我似乎可以听见她撕心裂肺的伤痛，她恨，她怨，她无奈,终于她还是成为公娼。我的心在芳汀决定成为妓女的一刻停止了跳动。原来,远望过去,悲的是无奈,惨的还是无奈。我感觉有种感觉我快要触碰到了。冉阿让也是因为一张囚犯释放后所执的黄卡让他不能正常生活,他到处受歧视,到处流浪。眼前,仿佛看见了冉阿让正哭泣地问着天主为什么?为什么富人可以欢乐,可怜人却只能哭泣?泪的出现,终于掀开了那种感觉的面纱:今天,我找到了飞翔!即使我不能成为鸟儿,我也可以驭书而飞,在飞翔中,我慢慢长大。幼时的精神意识也逐渐成长。精神不是通过培养,而是通过书中人物的生活经历去体会,去感悟。

**同学点评:**作者让我们畅游在书海里的世界,这样的力量仿佛能让不爱读书的人也爱上了读书。将自己对于读书的体会表达得淋漓尽致。唯一的缺憾就是没有按照一定的顺序,如空间顺序、时间顺序等,文章稍显混乱。(管欣悦)

# 风吹哪页读哪页

黄小倩*

读了大学，虽不是什么数一数二的名牌大学，也不用惆怅自己当时多么时运不济，命途多舛，这么年轻的我们说这样的话未免未老先衰，姑且用"是金子总会发光的"这样的话聊以自慰，有时候也给生活在这个有诸多无可奈何的城市里的读书人以些许的勇气。"既来之，则安之"，老话总是有道理的。

大概是选了中文这个专业的原因，渐渐地习惯了在闲暇的时候捧着书。有时，也偷偷庆幸自己选择了这样一个不得不看书的专业，填补了无数被生活琐碎肆意侵占的小时光。因为有了这样一个念想，渐渐地惦记着它，也渐渐成了生活中不可少的一部分。有时候，竟贪婪这样的时光，哪里都可不去，什么都可不想，坐着、站着、躺着，姿势是随性的，但是思想是活跃的。倘若正逢宿舍里的小伙伴都埋头做自己的事或是只有自己一人，也不觉得沉闷孤独，正无须再顶着三亚无时不强烈的紫外线跑一趟离宿舍尚有一段距离的图书馆，搞得满身汗渍渍的，坏了阅读的心情。

倘若身边的新旧朋友要问我大半年来究竟读了些什么，我会泛泛地回答：没什么，都是些以前来不及读的。可不是，所读的大部分书不是在以前就该读读么？想起家里书架上的书，小学开始就慢慢增加了数量，现在还有好些还未曾翻阅，本来羞于为外人道，现在就当是对自己阅读经历的反思吧。有时产生一种想法，真不必责怪应试教育剥夺了我多少阅读课外书的时间，当真给了我时间，我也不一定一门心思地扑在书上面，反而虚度了青春。思想的成熟使我有了自知之明，这点倒不纯粹是书教给我的道理。生活和社会，也是一本书。正如从文先生说的那样，读一本小书时也在读一本大书。譬如生活让我懂得天真有时未必好，因为不

---

* 作者简介：黄小倩，浙江舟山人，海南热带海洋学院汉语言文学专业 2014 级本科生。

懂世事艰难步履蹒跚;而世故也未必不好,走过人世沧桑反而更懂宽容。这确实离我并不遥远。现实活脱脱地呈现在我面前,我得习惯,适应。

也有人说:“炎热的地方,不适合治学。”无论它是有科学的依据还是某些人的主观感受,我多少是有些赞同的。但是这样的断语放在这里似乎没有什么力量,难以触动那些在炎热的地方还依然静如止水的人。而我,就恰恰想成为其中的异类,尽管我赞同那样的说法。谈治学,我尚不能说上些振聋发聩的言语,只能在自己的狭小的文学世界里扑腾几下——我总想在看完某本书某位作家后,说点什么,但总是止于辞藻匮乏,那点遐思常常在脑中徘徊。

比如,如果你读过张爱玲,你就懂得原谅生命的不完美,因为这“华丽的袍子上爬满了虱子”;读三毛,你会看到人生的豁达与洒脱,看到茫茫沙漠中的“女神”;你读过席慕蓉那浓郁的诗句后知晓,任时光老去,也能依然从容与优雅;读了徐志摩,就会深深明白“天空的蔚蓝,爱上大地的碧绿,他们之间的微风,轻轻叹了声‘哎’”。如果你读过……很多很多我还未曾来得及读,不急不急,随遇而安。

以后的以后,又倘若身边的人问我:读了什么。我想我还是那样的答案。一盏青灯,灯下杯茶独饮,几丝碎影,偶尔清风拂面,吹乱了发丝,吹乱了书页,我依旧读着。

**评语**:这是一篇带有作者主观感情的文章,面对早已注定的结局,虽有不甘,但多了一分阔达。偏僻无名又何妨,炎热难耐又何妨,过自己想要的生活,在对的时间里完成自己所想之事,无悔一生,才是属于自己的成功。(严晗雨)

# 三毛,你是我不及的梦

孟开朗*

她,没有张爱玲的敏感凌厉,没有冰心的婉约柔情,亦没有陆小曼的决绝放纵。

她,只是一个用生命诠释写作的台湾女作家,一个被无数青少年热爱的女作家,一个在颠沛流离的生活中创作的作家。她,就是三毛,特立独行的三毛,其人其文都呈现给我们一个凄美纷彩的世界,她的一生就是一部唯美的流浪史,在真实与自由中抒发对生命意义的表达。

三毛作为现代女作家的代表,身上流露出的自由、豪放让人钦佩。她一生到过59个国家和地区,逃学、苦恋、远走高飞在沙漠中体验美妙的爱情,最终沉重地结束生命。她大喜大悲,有笑有泪;她很浪漫,也活得很精彩;她在寻找心灵的故乡。三毛的作品充满着传奇性,而三毛自身也充满奇特而动人的神秘性。毫无疑问,这些都与她的人生态度分不开,而这种态度又奠定了她创作的艺术风格。对于三毛而言,写作构成她独特的生命方式。与那种负有严肃使命感的作家不同,三毛是以自由自在的"游于艺"姿态从事写作的,在人生经历的写真实录,自我灵魂与生命个性的张扬等方面,更具有女性文体的写作意义。作为大千世界里一个独特的生命传奇,三毛的创作不仅把人生最美好、最诗意的东西加以定格,而且使她的生命跨过万水千山,穿越滚滚红尘,在读者的期待视野中成为永久的文学存在。如果说读书是三毛走向文学生涯的铺路石,旅行为她提供了取之不尽的生活素材,写作则使她的生命姿态展示出最动人的风采。笔耕,无异于三毛生命过程中不可剥离的一种存在形式。

流浪的生活赋予她写作的激情。生命,在一个人的身上凝聚、迸发,并通过人的言行举止体现出其丰富的内涵,所以,生命的意义就是不断探索自我的完善和

---

* 作者简介:孟开朗,三亚人,海南热带海洋学院汉语言文学2014级本科生。

提高。考上大学之后,三毛选择了极不喜欢的哲学。三年之后,她毅然告别父母,流浪远方,向她神往已久的撒哈拉沙漠走去,从此开始了自己的流浪生涯。这就是她在不知不觉地寻求生命的最佳表达方式。背包客的生活打造了她最美好的文字,她用自己的所见所闻,以“自传”手法向世人阐述了坚强、脆弱、愤怒、情仇……沙漠里的三毛是幸福的。三毛本计划在沙漠待上一年,可时间一直延续长达六年。三毛说:“其实当初坚持要去撒哈拉沙漠的人是我,而不是荷西。后来长期留了下来,又是为了荷西,不是为了我。”她从周围普普通通的人写起,融入自己的感情,清新、通俗、机智、诙谐,字字嵌真,笔笔求实,不雕不琢,情真意切。这种真性真情使得三毛作品的“叙事”中往往呈现出诗与画的意境。

三毛的自我抒写来源于率真和积极的人生观,她很重视生活,明确地宣称她的写作是“游于艺”的。三毛说:“像《雨季不再来》,因为年纪轻不知道怎么游戏人间,过了好苦闷的青少年时代。后来知道自己在世上的时间,过一天就短一天,我一定要享受人生。”她正是以对日常生活全部细事和孕育其中的私人情感的原生态展现,带给我们一种身临其境的诗意感觉。三毛喜欢漂泊,喜欢流浪,喜欢不断扩大自己的生活领域,喜欢一边流浪一边在人生与艺术两个世界中渴望和探寻,三毛没有走虚构小说的创作之路,她从生活本身受到启发,不去编故事,只去写生活,而她自身奇特、浪漫、新鲜的人生经历,恰恰构成生活中最真实不过的故事,以至于读者往往无法区分它是文学作品,还是生活本身。读她的散文,仿佛在听一位朋友讲述她动人的经历、深刻的感悟、淡淡的忧伤、无羁的快乐,令人感动。

三毛的一生是流浪的一生,她用自己的一生去追求完美和爱。她游历过59个国家,在陌生与熟悉的夹缝里寻求生命存在的真谛。正因为如此,读者才能从她的文字里望见三毛流浪的背影,她的文字也因此具有无穷的魅力。恰如她在《橄榄树》所写的那样:“不要问我从哪里来,我的故乡在远方,为什么流浪,流浪远方……为了我梦中的橄榄树。”

三毛,你永远是我不及的梦。

**评语:**从作者对三毛极具倾注的描写,可见作者对三毛热爱至深。作者提到“三毛没有走虚构小说的创作之路,她从生活本身受到启发,不去编故事,只去写生活,而她自身奇特、浪漫、新鲜的人生经历,恰恰构成生活中最真实不过的故事,以至于读者往往无法区分它是文学作品,还是生活本身。”所以读她的散文,仿佛在听一位朋友讲述她动人的经历、深刻的感悟、淡淡的忧伤、无羁的快乐,令人温暖而又感动。(陈秀卿)

# 《伤逝》与《五四遗事》读后感

孙晓梅*

《伤逝》是鲁迅先生的一部以爱情为主题的短篇小说，它所讲述的是两个觉醒的知识分子涓生和子君的爱情悲剧。涓生和子君在新思潮的鼓舞下，大胆反抗家庭和世俗，从自由恋爱到同居到分离，子君在“严威和冷眼”中无助地死去，涓生则沉浸在无尽的悔恨与痛苦中。与《伤逝》的悲剧基调不同，张爱玲是以一种讽刺的微笑讲述了一个历经波折的自由恋爱的新式婚姻，最终退回到一夫多妻的老式婚姻的婚恋传奇，作品表现出一种轻喜剧基调。两篇小说基调的不同，在一定程度上反映了作品的主题和作者的人生观和价值观。

鲁迅的《伤逝》与张爱玲的《五四遗事》都消解了关于爱情的神话，而鲁迅更强调从社会和外在环境的影响去谈涓生和子君的爱情；而张爱玲则是从日常生活一些细节中去描写罗文涛的爱情。《伤逝》中涓生和子君的悲剧：鲁迅从外在内在多方面揭示了悲剧的成因，诸如封建世俗势力的强大，失业带来的经济压力，爱情没有得到及时更新，两个人思想观念、生活目标上存在着差异等。涓生与子君的爱情中，两个人最初走在一起是因为有共同的语言，两个人的奋斗目标一样，所以他们不顾家里的反对，走在了一起。可是在短暂的幸福之后，涓生开始不满于子君的庸俗无为，因为结婚之后的子君什么书也不看，而整天沉浸在家庭的琐事当中，为了柴米油盐而生活；而涓生的思想在不断地变化，不断地更新，所以他对子君越来越不满，而这更多的是体现在精神方面上，而不是在物质方面上，更多的与社会的日益变化相关。

在《五四遗事》中更多体现的是在日常生活中，罗虽然也接受了新思潮的影

---

* 作者简介：孙晓梅，辽宁宽甸人，海南热带海洋学院人文学院汉语言文学专业 2014 级本科生。

响,但是他只追求自由恋爱,并且在两次离婚中前后耗了十一年的时间。在他的身上更多体现的是一个世俗已婚男人追求自己心爱的人的矛盾心理,虽然有外在环境的影响,但更多的是他自己,他要离婚时他的母亲和妻子都不同意,但是他并没有正面地去面对,而是选择逃避,一直拖延到最后,即使最后他真的和自己心爱的人走进了婚姻的殿堂,但婚后生活却并不尽如人意,范的邋遢与世俗,与之前完全不同,使他对这次婚姻也充满了失望。

我认为这就是《伤逝》与《五四遗事》的一个不同之处,一个更多的是在社会压力的背景之下造成的爱情悲剧;而另一个更多的体现了日常生活中的一些小事以及自己个人的变化,虽然最后的结局并不算是悲剧,但我认为也不是喜剧。

在《伤逝》中子君对爱情始终是忠贞不渝的,即使涓生表示不爱她之后,她被父亲接走了,但她还是郑重地将盐、干辣椒、面粉和半株白菜放在一起,旁边还有八十枚铜元,把两个人的东西都留给了涓生,从这一细节可以看出子君的善良。她对涓生的爱也是无私的、忠贞的、奉献的,即使是离开了涓生也还是在为他今后的生活着想。

而《五四遗事》中罗和范对待爱情却不够忠贞,他们虽然也在努力,但是不能够彻底地为对方付出,像子君那样的义无反顾、勇敢无畏。罗的第一次离婚拖了六年之久,而范的家人担心范年纪大了给人填房都没人要,并且对罗产生了怀疑,所以就给范安排了相亲,范既没表示同意也没表示不同意;而罗同样如此,当他听到范与当铺老板相亲之后,他便放弃了自己所追求的爱情,娶了王家小姐,这也说明了罗对感情的不负责任和不忠贞。我认为在这背后更多地体现了人的自私与世俗的一面。

通过《伤逝》与《五四遗事》的比较,显示了鲁迅与张爱玲不同的创作理念与审美趣味,通过自己的作品来反映社会的一些现象,让人有所反思。

**评语:**文章描写《伤逝》和《五四遗事》的区别时,由笼统入详,给人一个大概的总结,印象慢慢加深,对涓生和子君,罗和范这两对的认知,有清晰的把握。从鲁迅和张爱玲作品感情表达和形式展开分析得很好,但总体显得不够深入。(王岚)

# 一座小城，一份记忆

王渊静*

一座呼兰河小城，承载着一份童年的记忆。在这里有欢乐，有温暖，有寂寞，亦有悲哀。萧红笔下的呼兰河小城仿佛是个多面体，每一面都是一道风景；每一面都仿佛诉说着一个故事。

在呼兰河小城中可还记得那片晚霞？当地的人们并不懂什么是晚霞。他们只知道天上有美丽的火烧云。在萧红的眼中，它仿佛有千百种颜色、千百种姿态。追随着她的脚步，我似乎看到了那片火烧云，快看啊，它的颜色变了！葡萄灰、大黄梨、紫茄子……还有一些从未见过的，诸多种颜色。多么奇妙啊！忽然之间，天空出现了一匹马，接着大狗也来了，一眨眼又有一个大狮子。恍恍惚惚，千百种样子。大自然是多么神奇啊！火烧云，它就像一幅多姿多彩的图画点缀着这片呼兰河小城，使它显得那么神圣又美好。

在呼兰河小城中可否看到了那份亲情？萧红的童年是寂寞的，父亲的冷淡和母亲的严厉使她感到十分孤独，但是祖父却不一样了，给予她最温暖的亲情和关怀。儿童的世界是十分简单的，谁对我好我就喜欢谁。对她来说，祖父是和蔼的、慈祥的。和祖父一起度过的时光，是她童年最美好的回忆。记忆深刻的片段是祖父烧鸭子给我吃。我吃，祖父在旁边看着。祖父不吃。等我吃完了，祖父吃。他说我的牙齿小，怕我咬不动，先让我选嫩的吃，我吃剩的他才吃。在这平淡的话语中我看到了伟大的亲情。不管是谁，亲情都是无法割舍的。在萧红的笔下我们仿佛见到了亲情最好的样子，在现实生活中何尝不是这样呢？要学会感恩身边的每一位亲人，正是因为他们我们的生活才会更加温暖和快乐！在呼兰河小城中，那可爱又无私的亲情，深深地扣动了我们的心弦。

---

* 作者简介：王渊静，河南人，海南热带海洋学院人文学院汉语言文学专业2013级本科生。

在呼兰河小城中是否也会有忧伤？小团圆媳妇，一个可怜的小女孩。在她只有十二岁的时候被卖给了老胡家做童养媳。她婆婆要给她一个下马威，“不管白天黑夜，一天打八顿，有几回，我是把她吊在大梁上，叫她叔公公用皮鞭子狠狠地抽了她几回。我也用烧红过的烙铁烙她的脚心……”她婆婆说打她是为了让她懂规矩！为她好！可她就算拼命地干活，还是动不动就会遭到婆婆的打骂。小团圆媳妇“病”了，人们就按照跳大神的话请人给她洗滚开的热水澡，昏过去用冷水浇醒再烫，烫了三回，不能动弹了。听听，多么可悲啊！这个小女孩本应该无忧无虑地度过童年，但却成为童养媳，最后被那些所谓好心帮她治病的婆婆们折磨而死，就像还未盛开的花朵，早早凋零了。在这里，人们的思想是愚昧的，但是他们又甘愿承受着这份无知。呼兰河小城的人们是悲哀又麻木的，但这是他们流传下来的传统。他们眼中的一切都仿佛是理所当然的，他们不想也不愿意去做出改变。

追随着萧红，我们仿佛走进了她的童年。会因为她的欢乐而欢乐，也会因为她的悲伤而悲伤。就像她所说的：“只因它们充满我幼年的记忆，忘却不了，难以忘却，就记在这里了。”是啊！这是她童年时代的回忆。在她的记忆里，我们看到了这座小城里人们善良的一面，也看到了其丑恶的一面。但是她始终用一种宽容的心境去描绘她记忆中的样子。既没有美化它，也没有丑化它。在这个长长的旧梦里面包含着对故乡人们的热爱和思念，显得那么深沉而绵长。

**评语：**本文以萧红的《呼兰河传》展开论述，作者分别从三个不同的角度阐述自己对这本书的感触，三个视角分述新颖又独特，不同方面的论说同时又显得层次分明、简略得当。内容表达的情感丰富、语言清新流畅。而结尾与开头的互相照应使得文章回环复沓，文字的感染力极强。（潘佳娜）

# 我微笑着走向生活

## ——如果你是汪国真

金浩田*

诗人汪国真2015年4月26日去世了，记得当时在新闻上看到这个消息的时候，心里咯噔了一下。当时的心情就像是一个并不起眼却非常懂你的朋友远去了一样。回想起这个“不起眼的朋友”与他的诗。我调动了所有与他有关的记忆，但首先想起的却是每次读他诗时的自己。距汪国真老师去世也有一些时间了，其实一直想写点东西来纪念一下这位对我影响最深的诗人。但是每每提笔才发现自己并不是很了解诗背后的那个汪国真。直到今天才发现，其实我们自己就是汪国真。

今年夏天有一首民谣《南山南》可以说是唱遍了大街小巷，不怕笑话，我第一次听这首歌时就把我听哭了。歌词里有种诗歌般的沧桑感怀。唱出一种悲戚、怅惘与惶惑，蕴藉的感觉。我相信一定也感动了很多听众。在一次报道上我看到，记者去问词作者马頔，这首歌里是不是有一个故事？马頔回答道：你听到这首歌时，就与我无关了，你留的眼泪，才是只有你自己知道的故事。我在感叹马頔对这首歌的理解之时，不由自主地就想到了汪国真的诗，的确如此，读汪诗时的我又何尝不是这样的感受呢。

初看汪国真的诗，是在我刚上初中的时候，那时的初中语文作文刚刚接触了如何写议论文，语文老师给我们每天必留的一项作业就是在自己所看的文章中摘抄几段自己认为精彩或有哲理的句子。当时偶然在一篇作文里看到了汪国真《珍爱生命》的一段“既然选择了远方，便只顾风雨兼程”并且按照老师的要求还批注

---

* 作者简介：金浩田，内蒙古呼和浩特人，海南热带海洋学院人文学院汉语言文学专业2013级本科生。

了类似:写得很押韵,铿锵有力。还从内容上看觉得作者一定是一个特别坚强的人之类的话。其实我想当时摘抄这段话的最主要的原因应该还是这个什么都不懂的初中生为单纯的完成作业吧。不过从此汪国真的这句诗在我的脑子里就占据了一席之地。而且在大大小小的语文考试中,多次应用了这句诗来给我的作文"提分",屡试不爽。

再接触汪国真的诗就是在我上高中,当我在学校门前书店买《五年高考,三年模拟》的时候,看到了这本《汪国真诗集》。当时真的就像见到了久违的故友一般,想一探究竟。没有任何理由不假思索地就连同《五,三》一起带回了家。现在想想,当时的我足够幸运,同时遇见了对我高中生活影响最大的两本书。《汪国真诗集》让我在紧张单调的高考备考中,丰富了自己的内心世界。其中的一首诗《我微笑着走向生活》中"生活里不能没有微笑,没有笑声的世界该是多么寂寞,什么也改变不了我对生活的热爱,我微笑着走向火热的生活!"这首诗就好像承载了我的大学梦一般,每每当我筋疲力尽的时候,这首诗就会告诉我"你美好的大学生活在等着你!"

《汪国真诗集》陪伴着我的梦来到了海南三亚,来到了我的大学。或许是机缘巧合,或许也是汪诗对我潜移默化的影响,我选择了汉语言文学专业。在大学这个自由丰富的学习生活环境中,我对汪国真又有了多层面的认识。在恋爱中的我切身体会到了汪诗《只要彼此爱过一次》的柔情。失恋时的我重新品味了"感情上的事常常说不明白,不是不想爱,不是不去爱,怕只怕爱也是一种伤害"的无奈。随着我阅历的增加,对汪诗的理解也变得多样和充分起来。汪诗对于不同阶段的我,有着每个阶段不同的意义。每一次读它时,就仿佛置身花海,所散发出的味道都是不同的。

现在的很多人提出汪诗是心灵鸡汤的一种表现。但在我看来,汪国真的诗,不一定会感动我们每一个人。但在这个时代,人们在追寻一点点,可以让自己去奋斗的理由。汪诗就做到了这一点。说到诗人,我们都夸赞北岛。我也热爱北岛也看北岛。但那是可以让一个人去努力去奋斗去生活的诗歌吗?并不是。每个诗人,都有不同的职责。汪国真的职责,不是唤起一个民族的觉醒,而是唤起某个人的精神,让他去做医生,去做律师,去做老师,去为自己打拼一点点未来。谁能说,这是错的呢?抑或谁能说,那个时代的诗人里,有人在这方面比他做得更好呢?

此时此刻我感觉自己就是汪国真,用发自内心最简单的文字,最平铺直叙的话把我对汪国真老师和他的诗的感情书写出来。我不敢拿自己和汪国真比。但我相信自己和汪师有一点点写文字的念头是相似的。那就是写出自己想说的话给人们一些微不足道的帮助。因为普通人需要的,不是彻底颠覆生活,而就是这一些微不足道的帮助。或者有些人说,写东西就是要写直击灵魂的东西,就是要彻底改变这个时代这个民族的命运。只有一个想要被直击灵魂的人,才会被直击。也只有一个想要被升华的人,才会被升华。而大多数的人,在苦闷、悲伤、哀愁的时候,要的无非是一根救命稻草,一两句温暖的话。那就给我们自己共勉吧!“你来,便有一种温暖潜入心怀;你来,清风就来;你来,海潮就来。”

**评语:**金浩田同学的这篇文章,有条不紊地描述了汪国真的诗对作者人生每个阶段的影响。全文有两条线索,一是汪诗对整个社会的贡献,二是突出更深层次的主题:汪诗所留给读者的是读诗时的作者自己。从而直面自己,升华心灵。(李学飞)

# 一个午后的梦和一棵未栽的树

陈菲莉*

光影的细腻打散在电影的情节里,躲在片中的人物年少轻狂,对着世间万物宣泄。片里的他正值青春,片外的他零散的脚步迈得愈来愈远,年老近在咫尺。当初演绎的欲望与青春变成了回忆。侯孝贤的长镜头时常将宇宙万物凝结起来,它给人不同于岩井俊二晃动的回忆方式,让观者犹如成了上天的一只眼,能时常观望自己。

是在《恋恋风尘》的开头,我开始喜欢上侯氏的长镜头。

电影开始,黑底白字,"恋恋风尘"四个大字,圆润饱满,随后切换到阴暗的隧道,远处是摇晃的隧道口,经过绿植盖天的山区,再是进山洞的蜿蜒崎岖的轨道镜头。对话是闽南语,对于闽南人的我而言,不需要太多刻意的牵扯,这些腔调足以在脑海里构建那个时代的面貌与声响。这是在看完《童年往事》时想起的《恋恋风尘》的画面,很奇怪的是两部电影之间可以有这样的对接。在对接中流动思考,镜头让人动情也教人理智。

我想象着电影里头的人到底是如何以深刻的心情去面对一切。亲人离去时的悲伤哀嚎、爱人变心时的心如刀割、时光流逝回首时的孤独寂寥,电影的时长成其一生,缺乏长短概念而留下自我意义的一生。

比起电影里把时空无限拉长的几十秒镜头的长,许多年后,我还是没能看完那部漫长得如同整个人生的《追忆似水年华》。普鲁斯特到底如何回忆童年如何探寻自己,现在的我还是不得而知。但是这个能花十余年时间不问世事全身心投入创作的作者还是让我没彻底放下看完它们的念头。

那是普鲁斯特的一生,而在《一生》里,莫泊桑写道:"我觉得人的脆弱和坚强

---

* 作者简介:陈菲莉,福建安溪人,海南热带海洋学院人文学院汉语言文学专业 2013 级本科生。

都超乎自己的想象。有时,我可能脆弱得一句话就泪流满面;有时,也发现自己咬着牙走了很长的路。”生命会遇见不同的未知,在其中我们感受着过程的安静或喧哗,最后慢慢内化成自己的精神。

写到这里,我想起前段时间做的一场梦。在梦里,我虚幻着过了一生中的揪心时刻。梦境里我和妹并肩走进小学校园,不同的是我们不再是姊妹关系,而是互不相识的同校生。上楼了,走在她身后的我发现她变得胖硕,声音也变得浑厚不再清脆悦耳。我想伸手去拉她,但梦里的意识提醒着我收回手。我很震惊,熟悉的妹变成了陌路人,与她仿佛相隔了几个世纪才再相见。我渐渐感觉到了什么是疏远,它和成长一样都是过于迅速的过程。时间的转轴神秘而朦胧,当你下意识知道有个人在身边时,昼夜间就新增了许多猜不透的东西让彼此只能观望远离。我害怕的,想尽办法躲避的,在梦里却发生了。

下午三四点的光景,我从梦里醒来,惶惶然眼角突兀地落下一滴泪。抓抓头发拍拍脸,坐在椅子上看见去年夏天给放学回到家正在吃大西瓜的妹拍的照片还静静贴在墙壁上,内心变得安宁。我与她的一生必然相连,特殊的血缘关系不会像梦一样剥夺我成为她生命中重要角色的权利。然而关于疏远,却始终惧怕。

十年前的四月天,妹妹来到我身边,我如观赏尤物一样,目光不停地想记住她的模样。这灵动的生命从此牵引着我的心又上又下。如今,想到她到来的那个四月星期日,依旧感到不可思议。此时再次想起《童年往事》里那棵迎风摇曳的大榕树,想起米兰·昆德拉称生活是一棵充满可能的树,依旧心心念念能在自己喜欢的任何一个地方种上一棵松树,原因只是因为我和妹妹都喜欢吃松子。这棵树枝丫繁多,不张狂,且自由。

仍然觉得一生变幻莫测。不论是在侯孝贤的电影里,还是在与现代人格格不入的卡尔维诺笔下树上的男爵柯西莫让人费解却又充满信仰的人生里。不同的一生,像散落在黄山上的石头,形貌各异却彼此相通。

追溯几世纪前英国诗人约翰·多恩的诗,他说:“没有人是一座孤岛,可以自全。”生命离不开与他人的联系,甚至是离不开一句让人热泪盈眶的句子,存在于山水之间的我们养育着生命之树,随风而生,同时帮助着另一棵树扎根生叶。

**评语:**本文贯穿作者生活所见所闻,用细腻的手法表达,生动传情。想象奇妙却源于生活,不失生活本真。开阔了读者的视野,精巧深刻。通过一场梦和梦想栽一棵树,流露出作者内心的平静与对安宁生活的渴望。(吴忆静)

# 寻回阳关雪

葛纹静*

“一杆竹管笔偶尔涂划的诗文，竟能镌刻山河，雕镂人心，永不漫漶。”

祖国锦绣大地何其辽阔、壮丽，历经大自然自身鬼斧神工的雕琢与先辈精益求精的建造，给我们留下了无与伦比的财富。不过很多时候它们最先呈现在我们眼前的样子是文人所著诗文使我们产生的想象。古迹自然不必说，如滕王阁、岳阳楼一类，还有那些我们一时无法亲身感受的山川大河，有了诗文的描绘，这些古迹也似增添了一份文化气韵，并使其形象长留于人们心中。这是我们的幸运，在未曾踏足的远方，文人给我们了想象。

以前会不明白“文人的魔力，竟能够把偌大一个世界的生僻角落，变成人人心中的故乡。”现在细细想来却也有其道理。也许是因为从小教科书上的篇章留给我们的印象太过深刻，一遍遍诵读中，我们不禁一次次描摹它们的形象，这种积累使笔下的古迹在我们心中生根，对它的熟悉是使我们愿意亲近它们的驱动力。但是与此同时会不会产生为了名胜之名而奔赴名胜的情况呢？答案是肯定的。因为这些诗文中的古迹名胜拥有较高的“知名度”，很多人都愿意在当今旅游日盛的情况下选择“到此一游”来引起朋友圈的共鸣。悲乎？幸乎？

“阳关坍弛了，坍弛在一个民族的精神疆域中”，然而丰富多彩的朋友圈可以充实我们的精神世界吗？

曾经以为，广阔的沙漠单纯、干净，还能给忠魂留下“一帙风干的青史”，即使在中原内地，由于国家的态度对文化的影响加重，使得在那重重的美景中“无数不知为何而死的冤魂，只能悲愤懊丧地深潜地底”。但是这样的危害也比不上民族精神世界匮乏所带来的危害。

---

* 作者简介：葛纹静，浙江人，海南热带海洋学院人文学院汉语言文学专业2013级本科生。

不重视文人，不重视精神文明建设，一代强国也终会成为过眼烟云。但是要强调的是精神文明建设不仅仅是看全国博物馆参观人数达到多少，各类旅游景区游览人数达到多少，还要看看书店经典书籍销售量达多少，图书馆借阅数量达多少……为了“文化”而“文化”的现象不是我们期盼的，我们的国家需要国民的精神文明得到真正的提升。

“即便是土墩、是石城，也受不住这么多叹息的吹拂，阳关坍弛了，坍弛在一个民族的精神疆域中。它终成废墟，终成荒原。身后，沙坟如潮，身前，寒峰如浪。”战争对文化的破坏不可轻视，封建统治阶级对文化的轻视不可否认，这些都是对本该傲立于世的中国文化的摧残。“阳关的风雪，竟愈见凄迷”，令人心痛的是：凄迷的何止是阳关的风雪，更是我们宝贵的中华文化。

中华文化，曾经壮美，曾经辉煌，却倒在了历史长河的大雪中。仅仅是战争的破坏吗？仅仅是统治者的轻视吗？难道没有整个民族的精神世界软弱的原因吗？我们无疑会深刻地感受到中国文化所经历的苦难历程，这不禁促使我们反身自问，文明是什么？文化是什么？我们在哪里将其遗落？又怎样才能将其找回？

缺乏内在精神支撑的国家是危险的，即使物质外壳很强大，但是一旦因内部精神的缺失而颠覆，强大的物质外壳只会拖着整个民族向更深的深渊坠落。

努力寻回历史长河中的阳关雪！

**评价**：本文辞藻华美，用典多样。表达了作者对中华文化的深刻理解，对祖国美好河山的热爱。通过对历史的追溯，体现出中华文化的博大精深，同时也表达了对当代中华文明进一步发展的忧思。最后呼吁国人回归历史，推陈出新，具有很强的时代感和现实意义。（郑舒芃）

# 费思量

王　璐*

南有乔木，不可休思。汉有游女，不可求思。汉之广矣，不可泳思。江之永矣，不可方思。

翘翘错薪，言刈其楚。之子于归，言秣其马。汉之广矣，不可泳思。江之永矣，不可方思。

翘翘错薪，言刈其蒌。之子于归，言秣其驹。汉之广矣，不可泳思。江之永矣，不可方思。

——《诗经·周南·汉广》

那一天，他在汉水的这头砍柴，她在汉水的那头游玩。他看见她，怦然心动，但也只是心动。于是他看着这宽广且长的汉水唱到：南边有乔木高又壮，行人却不可以在底下纳凉歇息呦，汉水江边有个漫游女，我却不可以求得她呦。滚滚的汉水是宽又长，不能泅渡我空忧伤，滚滚的汉水是宽又长，不能摆渡我空忧伤。

他也许是唱得很大声了，渴求着那女子能听到，若是她能答应一声他会是何许的欢喜。可惜没有，因为隔着的是那样宽且长的汉水，于是他失望了。

他收回远望的目光，低下头，愣愣看着自己粗糙的手里握着的斧头，该专心砍柴了。他砍着这杂乱的柴草，止不住的是漫天的思绪：这杂乱的柴草荆条，我要把它砍去当柴烧。哎，那个女子若是嫁给我呀，我得快把辕马喂饱去迎她。他有些累了，直起身子来歇一歇，抬眼就是那宽又长的汉水，他泅渡不过，也摆渡不得……

他只好又收起杂念，专心砍柴，想着这蒌蒿可得砍下来做柴烧，只是他砍着砍

* 作者简介：王璐，海南东方人，海南热带海洋学院人文学院汉语言文学专业 2015 级本科生。

着，又不禁地想到：那个女子若是能嫁给我呀，我得快把马驹喂饱去迎她。

他总是那么不由自主地幻想着，想着能迎她入家门，待她百般好。只是那条汉水啊，是那么的宽又长。

我就这样蹲在汉水的这一头，看他砍柴，同他去望那对岸的漫游女，最后再看他明亮起来又黯淡下去的眸子。看他渴望，看他失望，看他开始幻想，看他已经幻灭……我安静地旁观。我也这么呆呆地看这条汤汤汉水，不知源起，奔流不息。就像樵夫对漫游女的爱。我开始觉得，汉水就像古礼里的父母之命，媒妁之言了，讲究门当户对的婚姻爱情观，在那样谨守礼教的时代里，自由恋爱就如同难以逾越的天堑。我空余一声叹息。转而又想起，未必没有人去尝试过跨过这天堑，而那些尝试的人里，也确实有成功的了。为什么那汉水，他会渡不过呢？于是我想到她，那个总低着头去找地上的花，也时不时地踏两下水的女子。她许是有灼灼容颜，也可能只是清秀丽人，但她是那么的顽皮灵巧，才那般鲜活地留在那樵夫心中。她或许是有听到岸那头的他的歌声的，只是当作没听见罢了。所谓襄王有意，神女无心。于是，他与她的相遇，只是他一场没有止境的单相思。

陈启源先生在《毛诗序稽古编》里如是说："天说之必求之，然唯可见面不可求。"是啊，他求不得，只四字，道尽一片心酸遗憾。佛语有曰："人生有八苦，生，老，病，死，爱别离，怨长久，求不得，放不下。"我知他会生老病死，但我不知他会不会为这求不得的爱而怨长久，放不下。于是在这遥远的现在，有千万人为他感到遗憾，也为自己感到遗憾。懂得替他遗憾的人，因为自己求不得。也因为求不得过，才会在看到《汉广》时倏然醒悟，自己是不是也还没有放下。

我也替他遗憾，但又不觉得存在些许遗憾的人生有什么不好。高中时背的《赤壁赋》里，苏子也这么说："客亦知夫水与月乎？逝者如斯，而未尝往也，盈虚者如彼，而卒莫消长也。"世事就是这样，当如月满则亏，水满则溢，总要留些遗憾。遗憾是难免的，有些遗憾，才能怀有念想，才能在未来的日子里，留有奔头，保持冲劲。

**评语**：纵观千年历史，数不清有多少人为《诗经》里纯粹的爱情而触动。《周南·汉广》中，男子对汉水江边的漫游女一见倾心，遗憾的是两人之间隔着一条宽长的汉水，泅渡不过，男子可望不可即，最终不免是斯人独憔悴，作者为此而遗憾，却能够在遗憾中领悟人生，怀揣希望。（符慧）

# 悠然读书行

田 萍*

一个偶然的选择，我来到了这座城市读书。我们在三十摄氏度的高温下经历过军训，我们在青翠的枝叶下悠然走去教室，我们在藏书丰富的图书馆中寂然阅读。漫步在校园，你可以看到姹紫嫣红的鲜花争奇斗艳，四季花香弥漫。

我最喜欢的就是一个人在偌大的图书馆静静地看书，我所能想到的书籍，都可以在这里找到。一个人，一支笔，一本书，享受这独有的宁静。在这里，你可以尽情地在知识的海洋里汲取营养。

学校的图书馆，环境清幽，馆藏特色是旅游、海洋、生态、民族宗教以及学校特色学科、特色专业。我们学校的主校区图书馆大楼馆舍面积32000平方米，阅览室座位3600个。你可以在这培养自己的自学能力，也可以在这独享静谧的读书时光。

我喜欢一个人，抱着书，撑着伞，走在林荫小道上，缓缓地走向教学楼。静下心来，你可以听到风吹树梢的低吟浅唱，不知名的小虫儿的窃窃私语，还有自己砰砰砰的心跳声。悠然但坚定地向着梦想走去，一步一个脚印。

我喜欢读书，但是深奥的书像含蓄的女人，猜不透，读不懂。我只好读那些浅显易懂的杂书，纵然使人情痴痴，意迷迷，也不觉得荒谬。几日没有书读，便觉得日子空落落的，像飘在水里的浮萍，无依无着。

静坐，是一种享受，享受静谧，享受世界给予的安逸。放空思绪，不责怪易逝的韶华，似水的流年。不惋惜不断流逝的光阴，不感叹不断遗落的纯情。我只愿在人生的旅行中，不冷落那幽幽的风景，不凉薄那浅浅的光阴。偶尔，我也会思考，思考这一段沉寂的青春时光，是否为谁停留过。犹记得在哪看到过：人生不过

* 作者简介：田萍，江西赣州人，海南热带海洋学院人文学院汉语言文学专业2015级本科生。

是一段孤独的拾荒,我愿肩负着褴褛的行囊,面朝着梦想的方向,义无反顾地一路向前。我想我会一个人,静静地朝着最初的梦想迈进,无关风月,只为追梦.

时光以日子的形式缓缓流过,我们以泪水的形式缅怀着她。在三亚读书的每一天,都有新的发现。不需要刻意去寻觅,只要抬起头,放下手机,你总能发现这个世界,会以一种温暖的方式向我们打开。

在三亚的日子,平淡而简单。生活就是如此,简简单单,不需要什么复杂的羁绊。有着小小的期盼,努力实现它,让自己感受成功的喜悦,远离生活的枯燥乏味。给自己幸福,流水一般的绵延悠长,小小的情调,像溪水一样悠扬。天亮了熄灯,轻轻地拉开淡雅的窗帘,尽情地呼吸着水一样的空气。

犹记去年此时,还埋首在浩瀚的题海中无法自拔,时光悄然逝去,唯有回忆溢满心田。何必缅怀过去,仰望天空,阳光正好,回以明媚的微笑。

我在三亚,你在哪?

**评语:**最难得便是能一个人静下心来,去享受读书之情趣。作者细腻的用词,书写出自己在独处时与读书时所得到的满足,感受青春,思考人生。居于校园,心怀小小期盼,细品静坐之乐,并在此番享受中继续梦想之旅,也不负时光。(薛鸿雁)

# 06

## 亲情诉说

# 再叫一声，外婆

羊丽梅*

外婆走了有四年了，现在想起，仍有一丝疼痛哽在心头。

总也忘不了外婆卧病在床时那痛苦的模样。病中的老人虚弱地躺在床上，瘦弱的身躯止不住的颤抖，褐色的病颜抽搐着，连微张着的双唇都在颤抖着，偶尔发出几声微弱的哀叹。半闭的双眼已无力睁开，唯有眼角不停逼出的热泪，刺痛人心，枯槁的双手无力地抓着被角，仿佛在逼着我们面对，面对这微弱的生命在渐渐消逝的事实。看着这样痛苦的外婆，我心里竟产生了可怕的念头：走吧……外婆，走吧，与其这样的痛苦，倒不如走的干净，或许在天堂里，不会再这样被病痛折磨。

终于，在一个冰冷得令人心寒的冬日，不堪病痛折磨的外婆走了，永远地离开了我们，终于也摆脱了病痛的折磨。那天，我从学校回来，吃完了午饭，正想着有时间去看看外婆时，父亲低沉的声音已在耳边响起"你外婆，不在了"。在那一瞬间，心里一阵刺痛，泪水已浸红了眼眶。这是我第一次面对亲人的离世，以前就想过会难过，却未曾想到，竟是这样的令人心痛。

那一天，我和妹妹到舅舅家时，外婆已不再颤抖，只静静地躺在一张席子上，身躯被一张白布裹着，却还能看出那消瘦的轮廓。我站在香炉前，燃起手中的香，静默着：外婆，安心去吧！远离了这尘世，没有了病痛的折磨，希望你是快乐的。望这缕缕香气，能带去我的思念与祝福。

回想外婆未病之时，我和妹妹偶尔会去舅舅家。几乎每次去，首先看到的，都是独自坐在门前小凳子上的外婆，双手撑着拐杖，脸上是落寞的神情，一双眼睛凝视着前方，找不到焦距，眼里是浓浓的寂寞。看到我们，紧抿的双唇总会咧开，露

---

* 作者简介：羊丽梅，海南洋浦人，海南热带海洋学院人文学院汉语言文学专业 2013 级本科生。

出仅剩的几颗牙齿,眼里跳动着喜悦。只可惜,那时的我们,从不会在意这些,从不会在意一个老人的寂寞。在跟外婆说了几句家常话后,毫不犹豫地转身离去,只因那时我们来此的目的,从来不是外婆。若我那时回头,是否能看到,外婆脸上渐渐敛起的笑容,暗淡的眼神……

直至外婆卧病在床的那一段时间,我们去舅舅家的目的也终于只为了看望外婆,只是,那时病中的外婆,意识已模糊。总是一个人躺在床上,在等待时光的流逝中,独自面对无尽的寂寞。看到我们,已无太多反应,只是抬起被岁月刻满了痕迹的脸。眼神是那样的平静,平静中却掩藏着太多的寂寞,用那微颤的声音寻问来人:“你是谁?”在再三确认了来人是自己的外孙女后,脸上总算露出了笑容,眼里终于又有了神采。嘴里反复说的都是令人心酸的话语“你们上学回来了呀?”“吃饭了吗?”“怎么有空过来?”“你们都长这么大了呀!”一遍一遍回着外婆的话,眼前已被泪水模糊了视线。

病中的外婆,瘦弱不堪,却任性得像个孩子。每次,被孙女问“你吃饭了吗?”总是低着头,一声微弱的叹息从嘴里流出,然后委屈地说“不想吃”。千哄万哄,总算哄得外婆喝了几口粥,又看着她虚弱地躺在床上,闭着双眼,沉沉睡去,心中尽是恐惧,不知何时,外婆会离我们而去。

之后每次去看外婆,心中的痛都增添一分,看着她一次比一次虚弱,一次比一次痛苦,心里在刺痛,我慢慢地产生了可怕的念头。与其这样痛苦地活着,不如就走吧,离开这世界,离开病痛的折磨,把一切思念与痛苦都留给活着的人去承担吧。这样,对外婆来说,或许更好。直至外婆离世的那一天,我虽心痛,却更是为外婆的解脱而释然,走吧,走吧,以后都不会再有病痛的折磨了……

如果现在还是在外婆身体健康之时,我多想帮她梳一梳那满头已失去了光泽的银发;多想握着她瘦弱的双手,跟她诉说外孙女在学校的趣事;多想听她诉说年轻时的经历;多想回头,看到她敛起的笑容和暗淡的眼神时,回去蹲在她的身前,听她诉说心头的寂寞与苦闷……

外婆,身在天堂的您,应已远离了病痛的折磨,您是否会怪您的外孙女,是否会责怪我的任性与粗心。如果可以,我多想,多想在您的注视下,再叫一声——外婆!

一声一声念着“外婆”“外婆”……泪水已浸湿了双眼。外婆,如果你能感受到我的期盼,是否能原谅孙女的任性与粗心……

**评语**:当我们一天天成长起来的时候,身边至亲至爱的人也慢慢地转身,去往另一个地方。面对这不可抗拒的离别,来不及做些什么的作者用文字来感怀,纪念那慈祥的微笑。文章短小精悍,饱含真情,字里行间流露着对外婆深切的思念。(李金英)

# 海 情

龚建华*

我可能是海的女儿吧。

——题记

母亲对大海有着很深的感情。

我的母亲出生在海边,那是一个叫作墩头村的地方,母亲在那里度过了她最童稚、最美好的青春年华。

母亲生我时年纪比较大了。社会发展变迁,土地景物都变了样子。等我记事时,墩头村已经不是母亲记忆中的模样。但当我们一起回村时,这个可爱的小女人还是会兴致勃勃地在一个个现代化的建筑前努力找寻当时触动她的细节,带着我们回忆它们旧时的模样。她会跟我们述说眼前这个贴满光亮瓷砖的大别墅以前是一个爬满了三角梅的小瓦房,小小的她和小伙伴在这个"花房"前高兴地做游戏。她说,之所以会选择这块地方是因为当时那个三角梅绽放的屋子里住着一个时常会给小伙伴们零食吃的老奶奶。她会跟我描述这个如今被改造成盐场的地方原来是一片平坦、满载鲜花的草地,她和姐妹们在这片草地上采摘鲜花、嬉戏打闹,这个如今的盐场在她看来满载了她的少女情怀,灿烂年华。

小小的母亲在这一片土地上奔跑,跳跃,和花儿对话,和白云相望。当时的生活虽然贫苦,但是好在无忧无虑。幼时的时光在如今看来,真是充满了无数的亮点。

母亲总是提到海。

---

* 作者简介:龚建华,海南琼海人,海南热带海洋学院人文学院汉语言文学专业2013级本科生。

她说海很大很大，很宽很宽，在岸边捡海螺补贴家用的她无法看见大海的尽头。每次夕阳西下，海浪被灿烂的光映得一片金黄，似红似黄，一簇又一簇的浪花带着“阳光水”温柔地向她拍来。这种时刻她总觉得自己很渺小，仿佛翱翔于天地之间。前方是广袤无垠的大海，后方视野范围内是自己那个小小的但是很温馨的家，家里有母亲有哥姐，有慈祥的奶奶，还有只在过年时才会回家的在外努力工作的父亲。思绪飘回，大海略显腥涩的气味飘进鼻间，周围除了大海拍打沙滩的声音，风的声音还有村里靠海生活的村民们捕鱼归来进行交易吵闹的声音。这时，她就从迷离的思绪中走出，从大海的美景中走出，走向大海带给当地村民的“食物聚集地”——渔船。买鱼回家，为家里人做上一顿美味的晚餐。

“我可能是海的女儿吧。”这是我幼时听见母亲提到记忆中的海时经常听到的一句话。当时的我十分的疑惑，母亲怎么会说她自己是海的女儿呢？是在模仿安徒生童话吗？其实当时的我对于母亲的这种说法抱有一点嘲笑的心理，觉得真是有一点不符合年龄的幼稚。

长大了，离开家外出求学，才知道原来母亲当时随口说的，我一直以为是玩笑话般的“我可能是海的女儿吧”是那么的情真意切。这是母亲对家乡的怀念，是母亲对过去忙碌、辛劳但是充实的生活的怀念，也是母亲对当时靠海生活的她自己表示敬意。当然，最重要的还是对这个博大、慈祥，仿佛能包容一切的母亲一样的静静哺育人类的大海的赞美。是大海给了母亲，或是说给了当时那个物资匮乏的年代的人们一丝生活的安慰；给了他们生存的空间与精神；给了他们丰富的营养和知识。让他们在那片土地上生根发芽；让他们在地球上焕发属于自己生命的活力。

母亲一直扮演着一个能包容我一切缺点，努力培养我一路成长的角色。她静静地坚守着她心底里小小的愿望——希望自己的家庭越来越好。她甘于奉献，不辞辛劳，无论是慈祥母亲的角色还是孝顺女儿的角色她都能完成得很好。这一切都是因为她深深地爱着她的生活、她的事业、她的家庭，她想让这个家庭更加的幸福美满，让家里的每一个人都能够得到很好的照顾、精心的照料。她不计回报，从来不说自己的辛劳，只会把笑容留给我们每一个人。

母亲是一个富有中国传统气息的妇女。她有着新时代人的骄傲；有着稳定工作；有着能够养好家庭的工资；她也有着“以家为大”的果断与刚强；有着自己的原则。以前的我总是认为母亲在家里一直扮演着付出的角色，很辛苦，很累，好吃的总会给我和姐姐吃，好用的总会给我和姐姐用，她给我的印象就是不会好好照顾自己。或者说是疏忽于照顾自己。而现在我觉得可能是因为我们作为孩子还不够强大。

现在我们长大了，母亲也在老去，我们是时候将家庭的担子一点点的承担起来，就像当年那个年轻的母亲一样。

大海很宽广，仿佛能包容下所有，母亲也是如此。他们一样美丽，一样慈祥。

**评语：**母亲忆海，母亲爱海，母亲像海。海，存留着母亲的童年记忆；海，饱含着母亲对家人的深情；海，像极了母亲宽广的胸怀。是海给予了母亲坚韧又柔软的性情，是母亲让海更有人情。（刘杨杨）

# 外婆的味道

郑舒芃*

我是外婆带大的孩子,在我的记忆中。外婆总是那个对我有求必应的人,不论我向她要什么,她总是尽力满足我。外婆是一个很能干的人。小时候,她会带着我去割兔子草,带我去菜园里拔花生。在我的记忆里外婆总是微笑着看着我。

那一段时间,我的心脏总是很难受,我并不知道为什么。直到那一天,我接到妈妈的电话,妈妈告诉我外婆病危。当时,我就觉得脑袋"轰"的一声,瞬间一片空白。

小时候,外婆的味道是甜甜的。我是一个喜欢吃糖的孩子,外婆总会把我最喜欢的甘蔗切成一块一块的,放在一个小碗里面让我一块一块的咬。小小的乳牙,咬在甜甜的甘蔗上,甘蔗的汁水在我的口中溢出甜甜的滋味。小时候,我总是跟在外婆的后面,是外婆的小跟班。外婆是经理,我总是借着外婆的名头四处"作威作福"。我总是用外婆的名义,逼迫外婆的手下们向我进贡,糖果、巧克力、饼干,甚至信誓旦旦的威胁说,如果他们不向我进贡我就会让外婆扣他们的工资。小小的我还不知道,我胡作非为的这些事情外婆全部都知道。但是,外婆总是假装不知道……

长大后,外婆的味道是香香的,我最喜欢的是外婆包的粽子,外婆的粽子里面有香香的糯米、咸咸的蛋黄、软软的鲜肉、圆圆的干贝。刚刚出锅的粽子散发着自然的清香,打开绿油油的粽叶,香香咸咸的糯米咬在口里,很有嚼劲。小时候,我就立志一定要学会外婆包粽子的技术,可是,现在我已经没有机会了……

那一天,我从机场赶回家里,看见外婆虚弱地躺在床上,肚子里都是满满的胀气。说话都说不出来,那一刻我的泪水在眼眶里不停地打转,却不敢流出来,因为

---

* 作者简介:郑舒芃,福建人,海南热带海洋学院人文学院汉语言文学专业 2013 级本科生。

我害怕外婆看了会很难过。在外婆最后在世的两个星期里,外婆的味道是涩涩的。看着外婆在我面前一天天消瘦下去,心里满满的苦涩,知道外婆离开我们的那一天,心里的苦涩就慢慢地蔓延开来经久不散。

外婆的味道就像五味瓶,在我的心中打碎了。酸、甜、苦、辣、咸,什么滋味都有。外婆的味道是我心里最难忘的味道。

**评语:**由甜到香再到五味杂陈,味道是作者对外婆的怀念。“树欲静而风不止,子欲养而亲不待”,由怀念香甜的味道转至酸甜苦辣咸,使人在味觉感官中感受到作者情感由欢愉转为“亲不待”的悲伤,十分新颖独特。(葛纹静)

# 浴锅旧事

吴忆静*

腊月十八,家里头祭祖。

我同爸爸到老家的辰光,家门已经打开。

在宜兴,年头祭祖叫做羹饭。年头上,每户人家歇年之后,立春之前,都要掸尘清扫家门,之后选一个好日子。早起菜场买好菜,中昼忙忙碌碌,下昼是饭菜、香烛、酒盅、八仙桌。饭菜还有讲究,鸡、鸭、鱼肯定少不了。另外还有白煮大块头夹精夹胖的猪肉,清炒水白芹,豆腐干丝炒青菜,红烧豆腐等。上座摆上两只烛台,插上红色蜡烛。另外要摆一只装满米的碗,插上几炷香。四面要摆上碗筷,小酒盅要斟满黄酒。然后关门放炮仗,意在通知祖先可以来家吃饭了。之后一个多小时里,除了主持祭祖的家眷,其余人是不能进客厅里走动的,怕是打扰到祖先。直到时辰到了,主持人为祖先烧完毛纸折的锭、小佬,其余大人才好一个个轮流跪到八仙桌前向祖先磕头、祈福。之后炮仗声起,家门才能打开,意在送走祖先。祖先吃完之后,才是轮到一大家子聚在一起吃夜饭。

今年爸爸妈妈因为工作原因,祭祖交给了大伯和姆妈,辰光到家,日头差不多已经落山,亲眷也基本都已经聚在了一起。

姆妈一向都是话最多的,“今年运势弗好,年末大雪,你家店里生意也弗如意,大姑年末还进了医院,君君,今朝我帮你多烧了一点纸,祖先面前也讲了不少好话。记得今年清明上坟飘钱再多烧点纸。”

“嗯,晓得。你今朝辛苦了,多吃点。”

……

* 作者简介:吴忆静,江苏宜兴人,海南热带海洋学院人文学院汉语言文学专业 2013 级本科生。

吵吵闹闹吃完夜饭，短暂相聚之后便又四散而去，继续开始年头最后的劳碌。爸爸妈妈在老家短暂停留，一箱牛奶，一箱苹果，还有几张钞票，算是孝敬亲娘。不惑之年，上有老下有小，在纷繁复杂的城市里奔波，小时候我总是会埋怨父母，现在长大了反而开始心疼父母。人生有太多的无奈，父母对他们父母的爱全都化作了物质的补偿，就像儿时常年在外的爸爸回乡之后第一次接我放学回家，从小卖部里买的AD钙奶和校门口4块钱一块的鸡蛋灌饼。

我住在了老家，打算陪陪亲娘。夜头同亲娘两人洗浴，自家井里吊起的清水，灶头点火，自家田里收的稻草，10分钟浴锅水就开始滋滋响。我大概有十几年没有在浴锅里洗浴了。离开宜兴之后，和别地的同学相处的过程中才了解到，原来浴锅是苏南地区特有的洗浴方式。一个2平米的小房间，一口大锅，里面放上大半锅水，下面是灶台点火煮热水，水热之后人就能坐在浴锅口上洗浴了。别省的同学对于这种洗浴方式都感到不可思议，而这恰恰是我小辰光最宝贵的记忆。

小辰光，冬天洗浴总是最开心的事。比洗浴还要开心的事就是每次都能抢到头汤第一个洗，那个时候不懂事，以为是靠自己努力奔跑，第一个跑到浴锅前才抢到的头汤。现在长大了，离开家久了才发现，在愈渐成熟的环境里很多事情不是光靠努力就能够得到的，而小辰光我的成功不过是父母对我最细微的庇护。

小辰光洗浴，总是要爸爸妈妈一同帮我洗，那个时候我还只有五六岁，调皮的孩子拥有整个世界。洗浴的时候一刻也不肯停歇。冬天，热乎乎的洗浴水，总是能在巴掌大的小房间里蒸腾出一片水雾。年幼的我太过调皮，看到水雾就手舞足蹈，父母一左一右忙着给我脱衣服，又生怕在外面待久了我会着凉。爸爸会把我高高抬起，一定要在空中飞一圈，像是腾云驾雾的神仙，在雾蒙蒙的水汽里，妈妈总是会一边试水温一边抱怨父女俩洗浴也不肯安稳。坐进浴锅后热乎乎的浴锅水从四面八方将我紧紧抱住，妈妈会打出好多好多肥皂泡，耐心给我搓背，还会挠我痒痒，挠挠我的胳肢窝，挠挠我的脚底心。开心得像个小疯子一样的我往往会把水溅得四处都是，妈妈身上也会被我溅得一身湿。洗完之后是爸爸再次背起我腾云驾雾，飞一般地把我扔进被窝里，打开我最喜欢看的蓝猫淘气，接下来的记忆便只有动画片的情节，直到妈妈打着喷嚏躺到我的旁边抱着我进入梦乡。

如今，我与这口浴锅阔别竟有十几年之久，这座给了我无数欢欣喜悦的村庄也已经老得我都快要认不出她了，只有亲娘和老人们守着荒草开始蔓延的村庄一起变老。那面结实得像爸爸肩膀一样的砖墙竟也没有挨过岁月的侵蚀。门口小河里爷爷的小船兀自横在那里，没有了爷爷的打理，只剩下一个空空躯壳。那条承载着我们无数欢音笑貌的小河一路向东面的太湖款款走去。城市高楼的阴影越拉越长,逐渐掩盖住这片老去的村庄,而村庄里的一口口浴锅也在岁月的更迭里慢慢消失,伴随着我无数的往日时光成为黑白文字。年头上祭祖的习俗,祭祖的方式也许也会随着父辈的老去而老去,我常常在想,承接文化的我们,究竟有多少人会去了解这些民俗,城市的商品房里,究竟要用怎样的方式去追思先祖。而我们的下一代,究竟还有多少人会为吴侬软语而骄傲,会为从小饮着太湖水而自豪。

我是真真切切地感受到自己真的长大了,祭祖的时候爸爸已经不用一次又一次抓住到处乱跑的我了,桌上最大的鸡腿现在也变成了由我夹给亲娘。那口渐渐生锈的,曾经包容过一家五口人的浴锅,承载着家眷之间不可隔断的血系亲情,承载着我无数珍藏的往日时光,成了我此刻最深的思念。离家在外,父母能给我的只剩下从千里之外的家乡寄给我的宜兴乌米饭,甚至是从不迷信的妈妈在得知我水土不服之后从家乡太湖边给我寄来的一抔泥土。而不善言语的父母,每次对我的思念便只剩下向我要一张近照,听听我抱怨抱怨学校的琐事。

我也已经不再是当初勇敢无畏的我了,独在异乡,我开始越来越经常的担心父母还有亲娘的身体,越来越经常的想念妈妈的红烧鱼,越来越经常想要回到在浴锅里洗浴的日子。

**评语:**文章语言流畅,语句优美,情感真挚,脉络分明,层次感强,叙述井然有序,纤毫不乱。贴近当地民俗民风,内容贴近生活,而又新颖别致,同时把握住了时代的脉搏,看到了城市发展的弊处。(陈菲莉)

# 我要说谢谢您，爸爸

赵燕珍*

我要说谢谢您，爸爸！谢谢您为我撑起一片明媚的蓝天。

时光往前飞跑着，一路阳光明媚，微风伴着花香。我以为路上不曾有风雨，回头才发现只因为所有的沉重与寒冷都打到了您的肩上。

本该是疯玩的二十岁出头的年纪，您却早早开始撑起一个家，随着我的到来，让您肩上的担子变得更加沉重。闭塞的农村，贫瘠的土地，给不了一个家庭平稳的生活。所以，您背井离乡，在远方的山上用挖铁矿挖得乌黑的双手为我们点亮生活。您不喊累，不说苦，藏好汗水对我们绽放笑颜。

我要说谢谢您，爸爸！谢谢您为我的梦想保驾护航。

远方似乎总是孤独的同义词，只因梦想在远方发亮，踏上征途的脚步依然义无反顾。我走得并不顺畅，磕磕碰碰才跨过了泥泞！我正想准备抱怨为什么我不能像人家一样有良好的条件让我顺利地往前时，发现您已经竭尽所有只为让我能够走上通往远方的路。

为了梦想，为了走上不一样的人生，本来可以帮您分担重担的我突然说要回来读高中上大学，全然没有顾及家里的情况。您只说："好的！"不说教不反对，不透漏您的苦恼与艰难。后来妈妈说，您那段时间都睡不好，总在想办法让我能继续追寻梦想，让我日后也不要因为家里的困难而被迫放弃，担心自己给不了我最好。所以您更加卖力工作挣钱，您低声下气去求别人把我带入高中。您也曾意气风发，也曾狂傲不可一世，现在却甘心为我的梦想低头守护。您不说辛苦，总说过得很好，就连手伤得差点被剜掉手心一大块肉都还怕我担心而瞒着我，打电话时依旧谈笑风生。后来妈妈说，受伤那时候那手真的是触目惊心，您的脸一点血色

---

* 作者简介：赵燕珍，广西人，海南热带海洋学院人文学院汉语言文学专业 2013 级本科生。

都没有,裹着沾了很多血和灰尘的衣服坐在寒冷的医院走廊边上！我知道您一直是很怕疼的人,但我摸着已经只是一条狰狞疤痕的伤口问您疼不疼时,您笑着说:“不疼的,现在都好了！”

大学刚开学您来送我时说:“都是因为你能来外边上学,我才能有机会跟着你看到外面的世界。”我红着眼眶多么想说:“更是因为有您,我才能到达我的远方。”

我要说谢谢您,爸爸！谢谢您日夜深沉的牵挂与爱。

远行终须离别,离家必有牵挂。您的牵挂是风筝的线,牵引着我翱翔却不失方向。往前有蓝天,转身有家。

从我开始住校起,您一直都在送我离开,再接我回来。小时候您知道我返校时如果没有人送我会哭。所以,从那时候起,每次我要返校那天您和妈妈都会至少有一个留在家陪我。恋家的我每次只顾自己难过,却忽略了您的担忧与不舍。这次寒假结束,您去火车站送我,在门口过安检后送行的人不准进入。时间快到了,我匆匆忙忙跑进去,快转弯时停下来转身望向门口,一眼就看到您在人群中踮起脚尖看着我。列车的窗口被墙挡住了看不到外边,我红着眼眶靠在座位上,想着您肯定又是等车开走了才回家。车开出去了之后我看到铁轨旁边的栏杆外有一些送行的人站在那里。铁轨比车站大厅高很多,要到栏杆外边必须得爬一段坡,没有路。我一想到您应该也在那里,然后赶紧趴到窗边看,但车速太快,一闪而过,我看不到您。前几天和妈妈说到这件事,妈妈说:“你爸那时也爬上去了,但是他说还是看不到你。”您不善言辞,不善表达,您的牵挂,您的爱,总是渗透在每一个小小的行动里,我看到了。

我要说谢谢您,爸爸！谢谢您竭尽所有付出的一切。

岁月在轨道上匆忙地前行,带走了您的青春年少,在您身上留下时光的痕迹,乌黑的鬓边染上白雪,头顶的发脱落得越来越多,手上的伤口淹没在不断加深的沟壑里,手心的老茧突兀立在逐渐单薄的手掌中……深深浅浅的印记,都是爱的证明。这么多年,为我付出的一切,为这个家做的一切,您辛苦了！

您是最沉默的伟大！您为我骄傲的同时,也要记得,我也始终因您自豪！原谅我不曾说过感谢的话,这一次,我要说,谢谢您,爸爸！

**评语:**命运赐予我们波澜不惊的生活,我们却轻易地忘记了珍惜和感恩。这篇作文没有刻意堆砌华丽的辞藻,却在不经意间让丝丝情感沁入其中,感情真挚,感人肺腑。读完它就明白原来父母一直是支撑着我们的最大力量,天暗下来,他们便是光;天塌下来,他们就是我们在寂寞天地中的大英雄。(武怡)

# 两个人

张小玲*

时光如风，悄悄在指缝流走；岁月如沙，握不紧、放不开。若不是蓦然回首，怕是，早已忘记：那两个人，久久地站在门外；翘首于窗前，期盼着亲爱的人儿，或是一声问候，或是牵挂了许久的相片，在这个世界上，只有那两个人，在永久地等候我……

曾经，如果说我爱过两个人，我怎么能说出口？我不能说。因为我无法形容，更无以证明。因为那时的我还不懂那是一种什么样的感情，存在着什么样的意义。我仅仅是享受着、依赖这两个人给予我的幸福感，我脆弱的不堪一击，无时无刻地汲取着他们给予我的养分。我的生命只有靠近那两个人才能存活。可是那时的我，也在想尽一切可能逃离那两个人的视线。我任性地以为，世界上还有更好的地方，可以替代他们给我的温暖；我无知地以为繁华而精彩的生活会淡化他们的存在，可事实是：永远都不可能。

四季的风，无情的吹。

当，门前那棵我最爱的梨树缀满了叶，又盛开了花；当，我再也不能陪伴在那两个人左右。而时间却在四季的变化里渐渐残忍，渐渐拉远了我与他们的距离；岁月，白了两个人的发，也搁浅了我单纯而幼稚的心。我猛然发现：我爱上了那两个人，一直都在心底深爱着，而我却不曾觉察。

此刻，我不知道，从何时深深地爱上了他们。我一样不知道为什么爱。但我却莫名其妙的、无法自拔地越远越爱，越久越爱。即使想起都是一种幸福。我内心的思念无法说出口，同那两个人一模一样，只是静静地藏在心里。我甚至不敢去翻看曾经稚嫩的照片。因为那小小人儿的身后，总有一双手，扶着、牵着、抱着

---

* 作者简介：张小玲，新疆人，海南热带海洋学院人文学院汉语言文学专业2013级本科生。

我。我情愿在电话拨通的那一刻,只说一句:吃饭了吗?还好吗?重复而简单。也不曾轻易地说过“我爱你”。我怎么没有说出口?我怎么学不会直白一点?我明明深爱这两个人啊!

下一秒,我永远无法预料。我不愿小时候温暖、吵吵闹闹的家里只剩下孤单单那两个人。无论什么原因,都不是我不爱两个人,只是,我控制不了自己的离开。就像小鸟学会了飞翔,它总是希望飞得越高越远越好,向着前方、远方,忘记了降落。我一样控制不了爱上两个人,并且爱一生。那个不曾展现的世界里,只有两个人是不变的永恒、是珍惜、是无可替代的唯一。

我说如果。如果,我同那两个人不能目光相望,就让我们的心相守。没有亲爱的两个人,我已经慢慢学会了独自坚强,慢慢学会了独立勇敢,也慢慢试着去怀念过往。怀念两个人无微不至的好;怀念那两个人不易言表的爱。漫漫岁月里,两个人的爱,无私而又深情,所有的不理解都不会是失望,而是更尽心的、更默默无闻的关怀与疼爱。我唯有用短短的语言,表达我深深的想念:

谁拾起一片花瓣,牵动了泥土的心?

谁吹落一捧雪花,触动了冬日的爱?

你痛,是两个人的悲伤。

你懂,是两个人的美梦。

那两个人心里的情感,从不曾停留于口齿,他们的证明是一生一世的呵护;他们的表达是汗水、泪水的灌溉。给予我们的幸福,是两个人的无限循环。无限循环的疼爱;无限循环的思念;无限循环的陪伴。如果我说我懂那两个人的爱,那一定是我说谎。因为,我没有像他们那样付出过,所以我无法深刻体会。全世界,唯有这两个人的爱是无私,是我们坚强的永恒动力。此刻,我只能感恩、珍惜。

感恩,那两个人一生一世的守候;珍惜,那两个人一生一世的牵挂。

**评语:**文章将父母翘首于窗前期盼孩子的场面描写得真挚动人。全篇画面感强烈,弥漫着丝丝温情,传神地展现了舐犊深情!敏感的笔触,以诗意化的语言描写了“我”的一系列心理历程。从依赖父母之爱到挣脱选择坚强,从思念到爱的愈渐加深,懂得感恩、珍惜父母的爱!(杨韵菲)

# 父亲的嘉陵摩托

冯月芳*

记得小的时候,阿爸有一辆二手的嘉陵摩托车——这是阿爸,也是我们家里的第一辆摩托车。阿爸很宝贝那辆嘉陵摩托车,经常给它“洗澡”。我有时候也会和阿爸一起给那辆嘉陵摩托车“洗澡”,我就拿着一块破抹布看着,阿爸一手拿着抹布仔细地擦着嘉陵摩托车身上的灰尘污垢,我也学着拿抹布擦,阿爸一手拿着舀水的瓢不断地舀水冲洗,我也学着拿瓢舀水冲洗。就这样从车坐垫,车头,车镜,车前后灯一直到车轮,都被我们擦得干干净净的。

现在想起刚开始买来那辆嘉陵摩托车时,觉得它真的一点也不“帅气”,一点都不“酷”。毕竟它是几经转手卖到阿爸手里的二手破嘉陵摩托车,它全身是黑色的,机身不大,刚好能坐三个人,而且还有点挤,各个部位的零件也很老旧,车坐垫后边是破的,露出里边旧黄的海绵。另外,车镜的一边还是坏的,排气管发出很大很嘈杂的噪音。整个给人看上去就像一匹病弱瘦小的老黑马,在槽枥边苟延残喘。

阿爸把那辆二手破嘉陵买回来后,就拿去给我们那里做机车修理的阿吉叔叔做一番修理。不久,老旧的车灯和车镜换了,破车坐垫换成崭新的车坐垫,机身被重新喷了光亮的黑漆,排气管也做了一番修理,让噪音变小了。那辆二手嘉陵摩托车焕然一新,让人的目光肯在它身上多停留几秒。

有时候,我会趁着阿爸不在的时候偷偷爬上那辆嘉陵摩托车,学着阿爸开车的模样。每一次见到阿爸要开着他的嘉陵去菜市场买菜时,我总要嚷嚷着跟着一块儿去,然后阿爸就把我抱起坐在车前头的位置,让我用手抓住车把内侧的两端说:“你要抓紧抓好哟,你要帮爸爸一起控制车头让它向前开的呐!”那时候真的什

* 作者简介:冯月芳,海南人,海南热带海洋学院人文学院汉语言文学专业2013级本科生。

么都不懂，只知道兴奋地喊道："好！呵呵……"当嘉陵摩托车向前行驶时，我很听话地用手抓紧车把内侧的两端，眼睛盯着前方看，那时我就有一种感觉，我真的在驾驶那辆嘉陵摩托车了，有一种认为是我在控制那辆嘉陵摩托车前进的方向的错觉，所以特别的兴奋。其实我是知道的，真正在控制那辆嘉陵摩托车方向的，是我身后的那个男人。那时我还在上小学，阿爸有时会在没有工作的时候载我上学、放学。那些都应该算得上是我童年里一段愉快的时光了。

记得有一回，家里接到我阿公的电话说我阿婆生病了，我和阿爸一起开着那辆嘉陵摩托车匆匆赶回老家去看望阿婆。我们刚出发时，天已经渐渐昏黄快要入夜了，从家里到老家开车大约要用两个多钟头的时间。我坐在阿爸的身后，阿爸开着车，亮起车灯，加着油门，我从身后抱着阿爸。那夜风有些大，在我们开着嘉陵回老家的路上要经过一段"特殊"的路，那段路的两旁是整齐高大的树，而树林再往里边点儿就可以看到一座座坟墓，是的，这是一段经过墓地的公路，这些坟墓紧挨着这条公路。也许是小时候对鬼神这种说法有些畏惧，当我看到一块块白色的墓碑从我眼旁掠过，像是白色的幽灵一般。那些高大的树更像是一群鬼怪，它们枝叶交错的树枝在风中不停招摇，如鬼手一般。抬头透过树梢可以看见天上不停闪烁的星，更像那群鬼怪的眼睛。风声在我的耳边呼啸而过，那"白色的幽灵"，那不停向我"招手"的鬼怪……我都不敢看了，我把脸埋在了阿爸健壮的背上，抓紧阿爸的腰。漫长的时间过去了，我和阿爸回到了老家，把嘉陵停在了老家的那个老屋前面的一棵树下，走向从里边亮着暖橘色灯光的老屋……

上初一的时候，我离开了阿爸阿妈去了外地读书，那段时间我有了些变化，也许是青春期的缘故吧，我同父母的交流愈来愈少。只有到周末才回家，话少了许多。有一次周末回家，阿妈因为有事回了老家，家里只剩我和阿爸，阿妈嘱咐我每晚烧好热水等着阿爸回来洗澡，阿爸每天都早出晚归去厂里工作，只有我一个人待在家里。晚上，我烧好了水就到房间里写作业，等着阿爸回来洗澡，平时阿爸最晚的时候八点就回来了，可是那晚，我等到了十点多还不见阿爸回来，洗澡水已经被我烧开了几回。我不时地看看时钟，不一会儿，我听到了熟悉的车的声音从远处向近处驶来，便赶紧去把门打开，是阿爸回来了！我看到阿爸鬓角夹带着几缕银丝，再加上头发上都是白色的粉末，全身都是灰尘和黑色的机油，还带有一股难闻的异味，一脸疲惫地进入家里，看到这景象，我的心里突然有一股泛酸的滋味。我跟阿爸说："阿爸，去洗澡吧，水还热着。"阿爸对我展开一副笑脸说："恩啦，谢谢妹仔了！"我也笑了，然后阿爸就去准备洗澡了。

我走到门口看看那辆嘉陵摩托车，它就这样默默地停在那里，岁月在它的身上留下了痕迹,一天天的颠簸让它全身都是灰尘泥巴,显得那么疲惫不堪。想到它为我们这个家任劳任怨,辛苦颠簸……想到这,我便想到了刚才的阿爸,那个男人那么多年来为这个家辛苦付出,不也就像嘉陵一样么?顿时我的心里百感交集,眼眶泛起一丝酸意来。不久阿爸洗澡出来,我倒了一杯水递到他面前,说:“阿爸辛苦了。”阿爸听完后一下子笑得很开心地对我说谢谢,其实我心里在说:应该是我谢谢您,感谢您对这个家的付出……我一直都知道,这个男人他是一个家的砥柱,为这个家撑起一片天。

**评语**:文章通过“我”的视角,讲述了“父亲”与“嘉陵”摩托车之间的故事。“嘉陵”的任劳任怨,娓娓道来,同时借物喻人,“嘉陵”也是父亲坚韧而伟大的象征,也是“我”对父亲的敬爱与感激的解读。(高丹)

# 夏日的痒

叶梦婷*

夏日的夜晚，徐徐清风驱走了热气，给入睡的人们一丝安慰，然而蚊子却不屈不挠，留下一个个红色的小包包和无限的痒。小孩子最讨厌的莫过于它们，总是扰人甜梦。每当夏季的夜晚到来，背后便有一双长满厚厚茧子的手摩挲着后背，不似指甲那般尖利，却又力道适中，解痒又安心，不是最柔软的手，却是最温暖的手。

一周岁的时候，父母由于生活所迫，便外出工作了。我便成了奶奶的小尾巴，因为爷爷实在太无聊了，每天就在家，不会陪着玩，总是会紧紧地把我抱在怀中，这大概是小孩子最为抗拒的动作之一。

白天的时候总会跟着奶奶到田野里，每当太阳当头，奶奶便会催促地赶我走，怕我被晒坏了。田野里有奶奶，有乐趣，正在兴头上的我怎么会舍得走呢，于是又使出“绝招”开始撒娇，这回却不管用了，奶奶佯装生气，我就只能作罢。想和她一起走，却怎么拉也拉不走她。待到太阳快落山，我便又兴冲冲地跑过去找她，夏日傍晚田野里一群蚊子总是在头顶上打转，好像在你身上安装了跟踪器一样，跟着你左右移动，跟蚊子斗完后，天空已经披上了黑衣，但这当口儿正凉快。奶奶又赶我走了，老人家迷信，觉得晚上了小孩子不要在田里了，以免碰上脏东西，我便又使出浑身解数，终于又失败了，最后她一个人在黑暗中与劳作为伴。

晚饭过后，便会一起到邻居家的院子里乘凉聊天。一天最放松的时候莫过于此时了，不一会儿，奶奶便会坐在椅子上打瞌睡，头一直往后晃啊晃，想喊她回家到床上睡觉，她却想在自然的凉风下多待一会。心疼她睡得难受，终于在软磨硬

* 作者简介：叶梦婷，福建泉州人，海南热带海洋学院人文学院汉语言文学专业2015级本科生。

泡中把她带回家了。等到回到床上后，我便会絮絮叨叨，不断地和她讲话，由于白天一天的劳累，她很快就又睡了过去，我却不依不饶，她便会嗯嗯地回答我，终于支撑不下去，沉沉睡去。

后来啊，上了初中便寄宿了，虽然长大了，却依旧不愿意和奶奶分房睡，有她在，就有温暖，有安全感。冬天的晚上，手脚冰凉，她却总是用捂好的热乎乎的手紧紧握着我冰凉的双手，双腿把我的脚丫子夹着，嘴里还不忘念叨，这手脚和你妈一样，去学校怎么睡得暖啊……

渐渐地，奶奶不再是那个当年挑着一桶水都不歇喘的人，从挑不动东西，到步履蹒跚，终于走不动了。这一切即使需要时间，却也来得太快，“超人”奶奶终于倒下了。

一个周末，她想我再与她睡一晚，两个人同床15年，她担心以后再也没机会了。转头抹了眼泪，重重地点了头。有她在身边，很好入睡，可如今我却舍不得睡着了。

每个周末回家都会去看她，她总是数着日子，要是有一星期没去，她便会追问我爸妈我是不是生病了。去陪她聊天，她总是握着我的手絮絮叨叨有好多讲不完的话，然而每星期都听一样的话也让人安心。高考前一星期，我到她床边说，还有一周我就高考回来了，看我上大学是她的心愿，她只是应了一声，离开的时候，没有像往常一样叮嘱我不要晚归，不要乱跑。她的反常，我却没有意识到。高考后母亲去学校接我，回家开门，刚说完先去睡一觉再去看奶奶，便看到了满客厅的纸糊，母亲说，别睡了，快去哭奶奶吧。天暗了……

半年过去了，却好像都在昨天。睡梦中时常见到她，两个人或相拥，或对视，那么真实。可能是她也在想我想来看看我，或者，她舍不得走，还一直在我身边。

夏日的蚊子总是扰乱人心，轻轻摸摸背，还留着余温。

**评语：**贪玩的稚童，慈祥的老人家，夏夜的凉风，院子里的大树，闹人的蚊子，还有广袤的大地与天空……处处勾勒出平和安宁的生活气息。渐渐地稚童长大了，老人家也走到了生命尽头，这才知道，痒的不是蚊子包，而是岁月的猝不及防。（王璐）

# 我一直很听话

刘卫卫*

孩子又一次来到村头那棵槐树下，槐树刚刚抽出点草绿的嫩芽。可是孩子并没有被它们的绿吸引，而是踮着脚尖往路口张望，像是有谁要回来了。在太阳最后一抹影子也消失的时候，孩子慢慢地走回家了，他默默地在心里说，也许下次就能等到了。

满树的槐花味道清香怡人，白色的花骨朵根部透出点嫩黄，看上去像一串排列整齐的小黄罩灯。孩子趴在一个小长方形的板凳上写作业，半个胳膊都悬空在外。由于凳子已经用了很久，边沿上的木头都磨出了木屑。有的木屑脱落了，有的还在负隅顽抗，形成了短小的木刺。随着孩子写字而移动的胳膊，不一会儿就被刺挠出了一片红。胳膊上又痒又热又有点疼的感觉，让孩子写字的速度慢了下来，但终究没停下。过了许久，家里的鸡闲逛到孩子身边了，它不理解它的小主人趴在这做什么，所以歪着脖子瞅了瞅孩子，最后又踱着步子走开了。孩子写完作业，抬起头接着扭了扭脖子，满足地长舒了口气，就搬着小板凳回屋了。

小小的院子里，槐树花开得很香了，蜜蜂嗡嗡地叮着它。学校正在开大会，校长正在宣读每个年级获得三好学生奖的名单。每个班级的同学错落有序地坐在校长面前的地上，老师们都站在校长身后。孩子在下面正襟危坐，伸长脖子竖起耳朵听每一个字，眼睛一动不动地盯着校长一开一合的嘴。每个年级只有一个班，学校只有五个年级，所以念到谁谁就上去领奖。校长很快就念到了孩子所在的班级，他看到自己的名字从校长嘴里蹦了出来，名字带出的唾沫在阳光下折射出了五彩缤纷的亮点。孩子去领奖状时，眼前仿佛看到了村头回来了两个人。

---

* 作者简介：刘卫卫，河南睢县人，海南热带海洋学院人文学院汉语言文学专业2014级本科生。

孩子又来到了村头的槐树下，槐树叶子送来阵阵清风。这次他没有张望，而是一直盯着村头那道柏油路。太阳又快快地下山了，孩子慢慢地走回家去。脑子里浮现出了妈妈说的话“你要乖乖听爷爷奶奶的话，好好学习，等你得了三好学生奖我和爸爸就回来了。”“难道他们不知道我得奖了吗？可是爷爷说他会打电话告诉他们的。”走到家门口的时候，孩子想通了，爸爸妈妈肯定是在回来的路上了，爷爷说爸爸妈妈去了很远的地方。明天再去村头等，就能接到他们了！孩子在心里默默地下定了决心。

我是这样的孩子，我村里的朋友也是。我们的爸爸妈妈很爱我们，可是我们却很孤独。

**评语：**全文有情、有景、有故事，感情丰富，语言富有感染力，使人切身感受到小孩的孤独与思念。（楚清清）

# 护吾一生

符　慧*

自从背上行囊，选择诗与远方后，便对父母产生了深深地依赖，每日的电话已习以为常。然而有一天不知何故没有打回去，第二天父母却主动打电话来抱怨道为何昨日没打电话。那一刹，万般滋味像有生命似的钻到心中，曾几何时，他们也需要依赖……

“父母”，简简单单的两个字，一个词，却有着世人最为深重的羁绊，这是一种即使剔骨割肉也无法斩断的血缘之亲，有父母在的地方，是归宿，是故乡。

于我而言，父母是一片天。小时候家里经济条件极为艰难，父母每日早早便出去耕种，常常一觉醒来哭闹着满屋找父母。而屋子里却早已没有了熟悉的味道，一整天下来都未见父母的身影，月胧星淡，我和哥哥姐姐就坐在屋外等着父母回来。直至看见那被月色拉得长长的影子，我们便欣喜地跑过去拉住他们的手，只是当时年幼只顾着高兴，而忽略了父母那满脸的疲倦和长满茧子粗糙的双手。就这样，父母像希腊神话当中的阿瑞斯，用他们最朴实的双手为我们庇护起一座无法沦陷的特洛伊城，使我们被保护得如同精灵般美好，不知烦恼，不问明天。

至今仍记得初入幼儿园时，大多数小朋友都是由校车接送，而只有父亲每日坚持自个来回接送，只因一句放心不下。那时如果我进了园子回头看不见他而哭闹，突然就会看见他变了戏法似的冒出来，手里攥着一个苹果，于是我高兴地接过苹果，蹦蹦跳跳的又去玩儿了。那时于我来说，只要一回头，父亲一直就在身后。而这种信任的背后，长大后我才明白，父亲在送我进园子后并没有走，而是默默地站在隐蔽的角落一直看着我嬉笑玩闹，直至看不到

---

* 作者简介：符慧，海南东方人，海南热带海洋学院人文学院汉语言文学专业 2015 级本科生。

我的身影。在记忆中父亲无论何日都会早早地守在园外等我回家，路上如遇狂风骤雨，父亲就把我放置在摩托后座，让我钻进他那宽大的衣服里，那一刻就如同回到了点着香泥火炉的屋子里。这件破旧宽大的衣裳把暖炉带来的暖意笼在淡妆素裹之中，把所有风雨隔绝在外，一室融融生暖。于“温暖”中我却恍惚感受到一股颤动，好奇地伸出头看个究竟，却被父亲轻喝道快躲进衣服里，急忙缩回去后，脑海中不由得想到刚刚匆匆的一瞥，父亲冻得通红的手以及因被寒雨浇透而打颤的双唇，苍白得毫无一丝血色。但他仍一直载着我，一路归家。

而我的母亲，只是大千世界中一位平凡的妇女，和所有的女人一样，她为家里的柴米油盐和儿女的未来勤勤恳恳地经年辛劳。我曾不止一次的因她叫我多穿些衣服，多吃些饭而嫌弃她唠叨，也因她的传统思想不耐烦地大吼或摔门而出，也为她专捡便宜半烂的水果买而与她争吵，甚至对她的付出肆无忌惮地享受，却对她所受的委屈视若无睹，这一切似乎都如此理所当然。有一天我拿攒够的零花钱打算带她去买一个她舍不得买的戒指，在柜台上她颤巍巍地伸出手，却一直止不住地往回缩，我一把抓住她的手瞬间便呆愣住了。母亲的手在耀眼刺目的灯光下一览无余：黝黑松弛的皮肤上布满着黄褐色的斑点，手心满是粗糙的茧子和密密麻麻的旧伤口，以及刚长出红色嫩肉的裂口，手指短小粗大，指甲参差不齐，缝中还掺杂着泥土。而此时拿出来的戒指太小带不进手，母亲讪笑了一声尴尬地说道：手太粗了戴不进。咫尺之遥，似有天涯之远。这是我的母亲，却突然好陌生，禁不住的一阵心酸。原来所谓的岁月无忧，只不过是父母替我们扛下了全部的重量。曾几何时，她也犹如诗经里的女子，手如柔荑，肤如凝脂，领如蝤蛴，齿如瓠犀，脱俗美丽，尽管在生活的百般蹉跎下，她已容颜迟暮，但我却独爱她那哀戚脸上岁月的留痕。

父母最疼爱的是孩子。这一句话至今我仍深信不疑，只因世间唯有父母的爱才不惧叶枯叶荣，也总色泽如初染，不掺一丝杂质。有人常问我，你信耶稣吗，我惯而概之答道：我只信我的父母，他们是佛，是神，是上帝。

那通电话之后，我深刻的意识到父母已经成为“大孩子”了，因此我想倾尽所有去回报他们付出的辛酸及劳累，多做一点，多做一点……最后我才发现，原来他们最需要的，是陪伴。时光不老，我愿牵着他们的手，一直走下去。

1997 年 6 月，折下一花，名曰护汝。

2016 年 3 月，回赠两支，名曰卡萨布兰卡。

**评语**:孩子永远是父母的羁绊与牵挂。孩子慢慢长大,会渐渐地脱离父母的怀抱。然而,父母对孩子却会变得越来越依赖。能拉长的是距离,拉不长的是血缘里的亲密。儿时,我等待劳作的父母归来,背上行囊,父母目送我离去待我归来。得父母庇护一生,回赠两支卡萨布兰卡,愿保他们平安健康。(叶梦婷)

# 归　兮

汪云鹤*

是否这一切本就是冥冥之中自有天意？我信，那花那树那草木，也在不停地因果轮回。只是，最后花谢树凋草木腐烂，它们来年还会彼此相识吗？

世间万物本就是可用一个“归”字来概括，无论你行走了多远，无非是在归途上。待到那一日，我的肉身腐化，就连骨头也被一点点磨蚀，剩下些什么呢？要不更加直截了当些，化成一把灰，洒掉，归去无痕。

有日看见一个帖子，问的是你回家要说的第一句的什么？我猜我的大概就是：妈妈，我回来了。紧接着一句怕就是我饿了，有吃的没……我虽然甚是喜新厌旧，可最吃不腻的，反倒是母亲做的饭菜。高考前，母亲特意辞掉工作，每天都在研究新花样，让我能够吃好。我早被养得娇气无比，可能是小时候太皮，被打骂得厉害，到后来只剩下满满的宠爱，说是溺爱也不为过。兄长曾说，我是家里的小公主，谁也不敢奈我何……其实很大程度都是母亲惯的。

说说母亲吧。十八年来，我也算是遇见过很多人，却未曾有人比她有勇气。周六晚上还在叮嘱我早些睡，次日，父亲就告诉我说，她单独一人去了云南。霎时，心蓦地沉下。立马打电话，她倒是在电话那头笑呵呵的，我却不知该说什么，只能说“你得小心啊，得小心啊。”我能说什么呢，我又能说什么呢？

我向来乐观，大概也是随了她吧。总认为，这世间好似没有磨难，好似到处都充满阳光。在这世间我能看见的绝大部分是温暖，然而何尝又不知，暖的其实是人心。亦明白，活着是不会区别哭还是笑的——哭着是活，笑着也是活，活得好是活，活得不好还是活。活着并不容易，但是能活着就是好的。也会有乌

---

* 作者简介：汪云鹤，湖南永州人，海南热带海洋学院人文学院汉语言文学专业2015级本科生。

云密布，也会有哭泣，也会觉得世界在与你做对。过去了的都过去了，该忘记的也都忘记了。

我如今在三亚，这里阳光灿烂，这里天空湛蓝。但我没见过有比那时更美的天空了。那是什么时候呢？其实不过几个月，现在想起来却像是上辈子的事。每天晚饭后母亲都会陪我去学校，手拉着手，讨论着各种话题，大多是关于未来的。我时不时抬头望望天，时不时看看母亲。曾以为那就是一辈子。彼时，目光坚定，对谁都说打死我也不出省，记得有老师问过，我说起时她还觉着诧异，我只是说舍不得家。嗯，预料不到的才叫作人生，我的好友们，大多留在了省内。

挚友，心心念念的是苏州，跟我们居住了十八年的小城市仅差一个字。尽管最终还是留在了湘西。我最欢喜的便是她的文字，细腻淡雅。同为中文系，相比不免觉得羞愧。身处千里之外，我却能看见她独自走在校园的小道上，望着枯黄的散落在地上的片片树叶，静静地沉思。我又能看见，她一人静默地坐在图书馆，看着那些她一向钟爱的小说或喜或悲。还记得，高考前夕翘掉晚修跑去湖边，置身漆黑里，望着远处昏黄的灯光，不知该从哪里寻找出路。我是想过的，她会来，只是不敢绝对肯定，我只是紧紧地盯着，那个身影还是出现了，我笑了，笑出了泪水。当初我们有那么多的怀疑与不安，终究是过来了，现在是好或是坏，谁敢断定呢？不如就前行吧，总会有条路的。就像她问“你还会回来吗?”怎么不会呢，我的根一直扎在这片土地，我的亲人在等我回去。

种什么因，得什么果。文学史的老师说，我们的一生，用四个字就可以概括：自作自受。悔吗？不敢说没有一丝悔意的。疼吗？怎会不疼。父母亲在不知不觉鬓角已斑白，皱纹也爬上了额头。而我距之千里，假装着时间不会流动，每天胡言乱语莽莽撞撞地随意生活。其实已经成年了呢，是该面对现实了，再过不久，所有你不期待并且一直逃避的全都会砸向你，砸得你遍体鳞伤，砸得你头破血流。然后，你才会真正地成长，才会明白父母护你周全有多不易，你更要为他们撑起一片天。

我不悔离家远行，更是不悔不久的某日要收拾行囊叶落归根。没有什么比在尘世里痛痛快快走一遭，切身体验这世间的爱与漂泊更让人欢欣的了。终有一日，我将归去，那个地方依旧有我的亲人。我在努力地跑，奔向更远的未知的地方。我在慢慢地回，走向那生长的地方。只是，不知谁在吟唱，回不去的叫故乡，到不了的是家乡。

**评语:**这世间真情有是有的,然而,真正不随时间消逝的,也许只有对于亲人,朋友以及家乡的情。本文作者有感于自己对母亲以及故乡的思念,落笔处自有真情流露,情感强而不烈,柔而不细。文章通过回忆的方式叙述了萦绕于心的一件件小事,在小事中咀嚼着岁月和亲情的滋味。(范鑫洋)

# 爸妈,我能为你做些什么

黎密密*

炎炎烈日的光辉,洒落在他那黝黑的身体,肥沃的土壤包含着他那辛劳的汗水。点点滴滴,毫不吝啬地给养了这片土地。他面朝黄土,背朝天,每天赶早摸黑。他们就是我的父母,平凡而伟大。他们这一生也许从未做过什么惊天动地的大事,但在我的心目中,他们就是最伟大的人。任何人任何事都无法取代他们在我心目中的位置。

跟着父母下地干活,是我儿时最喜欢做的事。我爱闻泥土的味道。父亲偶尔还会摘野果子给我吃,教我斗蛐蛐。偶尔我会骑在牛背上,聆听着鸟语,闻着花香。绿油油的禾苗在阳光的照耀下,散发出来的是绿色光芒,是多么的耀眼。远望着一片浅绿的田地,你看到的是正弯着腰辛勤劳作的农民,其中也包括我的父母。在微风的吹拂下,禾苗的飘动伴随着的是时隐时现劳作的身影。这是一幅多么美的人与自然和谐相处的画面。转眼间,夕阳西下,繁忙而又劳累的农活,也就暂告一段落。农民伯伯收拾农具,父亲一路吹着小调,母亲牵着我的小手,一同踏上回家的路途。

父亲教育我的方式与众不同。每一次考试,倘若不及格,随即而来的就是父亲拿着拖鞋往我屁股上打。当时对父亲愤恨极了,我是如此地不理解父亲的教育方式,不是打就是骂。心有余而力不足的我,嘴里边不断地唠叨,我不能对父亲做出反抗。于是我只能含着眼泪瞪着他。然而在父亲的眼里,我看到的是他对我的失望。当我看到父亲那为了家而操碎了心的背影,便理解父亲拿着鞋子打我的教育方式。从此以后,我发奋地学习,分数不断地得到提升,摆脱了父亲那一双沉重

---

* 作者简介:黎密密,海南乐东人,海南热带海洋学院人文学院汉语言文学专业 2014 级本科生。

的鞋。现在想来，如果没有父亲打下去那一拖鞋的教育方式，我就不会知道现在的自己是否能够踏进大学校园的门坎儿。因此，我很感谢我的父亲。

如今，时光带走了父母年轻时的风采，毫不留情地在他们身上留下一道道苍老的岁月刻痕，昔日远观着父母发出的笑容，总能看到迷人的小酒窝，而今皱纹却悄无声息地爬上了他们的脸庞，乌黑浓密的头发盘上了一根根银丝，手掌也不再像以往那样温润，而是布满了老茧，这是时光的流逝，并且毫不留情地给父母亲留下了印记。我知道，当父母看着我们渐渐地成长时，我们看到的却是他们一天天老去的身影，这就是给予我们无私的爱的父母。

高三那艰苦的岁月里，我几乎把所有的时间都放在备考上。为了多争取点学习时间，我便向母亲提议，给我伙食费去校食堂吃饭。无论怎么说，母亲自始至终还是无法接受我的这个提议，为此，我和母亲赌气整整一个星期。心里一直想不明白，为什么他们不许我去食堂吃饭。在家里，只要母亲跟我讲一句话，我便会毫无顾虑地说一些伤她的话。甚至在路上碰到，都没有前去叫一声母亲。这是我这十几年来最后悔的事了吧！开着窗户，皎洁的月光映到我的书桌上，我心里很烦闷。便去看看月光，这时，母亲走了进来，那时候我的眼睛里边已经含着泪水了，母亲便把一些钱放在我的书桌上，叮嘱我吃些好的。我已经意识到自己的错了，只是一直没有勇气去承认这份错误。

可能有的时候，我的内心或多或少都会羡慕那些富裕家庭的孩子，过着衣来伸手饭来张口的大鱼大肉的生活，而自己手上拿着的却是母亲蒸熟的地瓜。这个时候，我们便会埋怨自己的父母为何给予的却是贫困的生活。但后来，才渐渐地发现自己生活的家庭是多么的幸福，和蔼可敬的母亲，严爱有加的父亲，他们给予了我无微不至的关爱。现在是多么的怀念母亲蒸熟的地瓜，吃一个饱一天的贫困生活。

平平淡淡的生活，平平凡凡的父母。父母的大半辈子都生活在这充满和谐气氛的小农村，五彩纷呈的大千世界，却从未看到父母的身影。布满了山珍海味的餐桌，座客从来是高官贵族；高端大气上档次的衣服，却从未披在父母的身上。衣服破了，补了再穿。一件件平凡的事却让我看到了平凡而又伟大的父母。每个人都想吃好穿好，但在父母心里，只想把最好的给自己的儿女，这就是我的父母。

也许陪伴是对父母最好的回报，不论是哪种方式，为人子女就要懂得及时尽孝，以免留下了领养而亲不待的遗憾。

亲爱的父亲、母亲，我不知道我能够为你们做点什么，与你们相比，我深感自己是多么的渺小，感谢你们为我做的一切，而我能报答你们最好的方式，就是有一天能让你们过上好的生活,并永远伴你们左右。

**评语:**没有华丽的辞藻,也没有浓烈的抒情,作者用简单平实的文字表达了和父母之间浓厚的亲情。通过对往事的回忆来表现一对平凡父母亲的伟大,文章最后点题,作者真正能为父母做的事就是陪伴和给予未来。(段贝贝)

# 互相迁就

## ——给我的父亲

钟 媛*

我坐在远远的南边的一家水吧,看着电脑发呆,想了很久的名字。我不知道这个故事我会写多长,但是我真的开始了就不想放弃。

我也不知道接下来的每一天都会发生什么,我们可能会,不,我们一定会互相迁就一辈子。或许现在下笔的我多少有些冲动,冲动地希望我可以把一切都写下来,然后告诉未来阅读的自己,记得我们的互相迁就。

大概是从我出生的那一刻起,我们就开始互相迁就。你要忍受我每天无止境、无规律的哭闹,还无条件每天抢走你的妻子,我要忍受你不注意间对我的磕磕碰碰,还有把我的脚丫吞进嘴巴里,可能你觉得是疼爱,但谁知道我会不会烦呢,我现在也不知道啊。后来你要忍受我的疾病,我要忍受你的大惊小怪。你要忍受我不好好学习,我要忍受你不让我写东西。你要忍受我不听话乱跑,我要忍受你管得太严。这只是一点点,可是从来没有哪一天我们真正地厌烦过对方,记得我听过一句话,虽然有时候你让我无法理解,但是我还是爱你。

### (一)我是小鸟,你在呵护

小时候的记忆现在只剩下零星的片段,偶尔回想起来,就会狠狠地嘲笑一下傻傻的自己。

小时候,就觉得家里什么都好,也到楼下和同一个楼的孩子玩,大家的父母都是好朋友。平时很多时候是在爷爷奶奶家里,爷爷奶奶开了个小店,其实我真的

* 作者简介:钟媛,,内蒙古赤峰人,海南热带海洋学院人文学院汉语言文学专业 2014 级本科生。

不记得自己每天都在干什么。可能就是像小孩子们一样,每天问些傻傻的问题,做一点傻傻的事,养了个小兔子,天天抓着兔子的耳朵满院子跑,所以上幼儿园似乎是一种特别的体验。

记得第一次去幼儿园,感觉挺好的,饭也好吃,好多差不多大的傻孩子,还有带着玩的老师。每天放学都不是在教室里,大家多半都在沙子堆里,玩沙子,彼时那是最开心的了。听你们说第二周要上课的时候,我就不愿意去了,我的记忆里好像也有一点印象。似乎是很不想去,就一直赖在花园里,你因为我不听话,还打我了。尽管我的抗拒在这十二年里被消磨得干净,但还是好奇,自己怎么会对上学有那么大的抗拒心理。大概人的本性就是“尚自由”吧。

印象最深的还是那次跳舞。小时候身体就不是很好,总是打针吃药,总是缺钙,那么小就缺钙,难怪长不高。有的时候会腿疼,你说过我不适合跳舞。有一次老师让我去跳舞,我就跟老师说,你说的我不适合跳舞。然后老师就跟你说了。我不知道你们后来讲了什么,也不知道你记不记得了。你知道么,我到现在都不知道为什么当时会告诉老师那句话,你知道后来我有多羡慕台上演出的二姐。怎么会不喜欢跳舞呢,可能是我从那个时候就开始听你的话了吧,把你的每一句话奉为圣旨,你说的我都记得清清楚楚。

你那个时候二十多岁,工作也有几年了,有点累但是也还是好的,你会出差,总是如此。你每次出差之前都会哄我,跟我说你几天就回来,走之前还会买礼物给我,回来还会带一堆礼物给我。我记得我最喜欢的红色天线宝宝,我从来都没耐性摆完的多米诺骨牌,还有那件让我现在还哭笑不得的睡衣,十一年后我还能穿的衣服。当时是不哭不闹,因为还没反应过来你就回来了。

但是有一次,我是真的记忆深刻。就是你去北海的时候,我已经忘了我当时多大了,但是那个时候我们还没有去城里住,还是在我们的小镇上。

此刻,我似乎能理解你当时的心情了,真的。现在的我坐在三亚的一个学校里,电脑前,你在遥远的我们的小镇,真像是我们换了个位子。那年,你在广西北海,我在我们的小镇。我不是一个易被打动人的人,从小时候扎针到现在看韩剧都不会哭,可称得上是“铁石心肠”。但是此刻,漆黑的宿舍,深夜一点钟,我写到这里,默默地掉下了眼泪。那种思念可能让我现在去体会再也体会不到了,但是那六个月真的像是一个刻刀,把思念的感觉一字不落地刻在了我的大脑里。

现在的我,坐在最南端,才知道南海边有多远,那个时候,我对你去的地方只有几个记忆,很远,很久才回来,在地图的那个地方,好像很热。奶奶家搬到楼房之后在客厅里挂了一张大的地图,我记得一直到前不久租出去,那张地图才摘下来，那张地图是爷爷挂上去的，在你去北海之后。我每天都会和爷爷奶奶去看看那张地图，在地图最下面的一个特殊比例尺的小图片里找到你去的北部湾。每天都去，那个时候不知道什么是想念，似乎只是为了知道你在哪，然后就可以安心，很简单，很小的一个想法，看起来很可爱，但在小小的心里，那就是难得的安慰。你出发的那天，其实哭得最凶了，后来没怎么哭过。我清清楚楚记得那天是冬天的某个星期四，因为本来是要去上英语补习班的，因为你要出发就没有去。我记不清当时的具体情况了，记得最清楚的就是我在妈妈怀里，哭得好凶好凶的一幕，那种无助，我也不知道小小的我怎么会有那么深的无助。妈妈拍着我的背，安慰着，我忘记了妈妈眼里是否有泪花，对于那段时光的记忆，最深刻的就是那场眼泪。现在的我，想到还是会泪流满面，我是第一次把自己写哭了，我忍受了你强加给我的六个月对思念最深刻的教育。我以为这样就够了，但是上天似乎还是觉得我不懂思念，所以接下来的一段日子又让我好生品尝了一番。

你回来比预期早，由于一个意外的发生，你听我说，可能你想象不到，每次你讲到那个事故，我仍心有余悸，我甚至不敢听也不敢想。那种差一点的一点，让我心有余悸，胆战心惊。还好你回来了，还好一切都没发生，我有时候真的感谢老天眷顾。

我经常执着地说着，我讨厌你，我不喜欢你这么管我，我不喜欢你的教育方式，但这和我爱你无关。那些年，经历许多年后的我写出来还是会一样地难过，一样地胆战心惊。我口口声声地说我不想家，口口声声说我跑这么远是为了逃离你，但是夜深人静的思念，其实真的是很多很多。

## （二）我在成长，你在成长

今天写之前真的是想了好久，不知道怎么下笔，因为这段记忆不是很久远，却因为人类的本能，忘记得差不多了，一般刻骨铭心的记忆你就会记一辈子但是如果是那种慢慢来的痛苦记忆，人就会慢慢地习惯，然后在一切改变之后就会彻底忘记，因为温暖的生活可以让你忘记一些曾经的痛苦。

如果说你去北海的时间对那时候的我来说是刻骨铭心，那么接下来的日子里，你的三五个月回一次家就不算什么了，是么？同样是想念，但是却是那种缓慢的，慢慢的那种，我喜欢用我的双手书写爱情，所以有些时候我喜欢用爱情作比喻，那种想念就像是爱情，一点点渗透到一个人心里，然后一点点地侵蚀折磨你，像是有千万只蚂蚁啃咬心脏一样。所以在你回来之后，我会忘记得那么快。

我十二岁，冬天，五年级上半年。这一年是我生命的一个小转折，也是你的。

工厂的效益不好,我读的学校没有高中,你们就去离家里大约一个小时车程的市里买了我的另一个家,我们接下来的几年一直在那里生活。

我就是那种恋旧的人,这一点可以从我到了那里之后的反应得到证明,而对比于现在,还真是时间可以改变一个人,我现在早已没有过去那种想家想到哭的能力。对于自小生长的家,对于那时候的我,其实是认为我一辈子都不会离开那里的,那里有从小一起长大的伙伴,还有那棵和我一样大的柳树。现在想起来有时候我午夜梦回还是会想起来我在那棵树前面的小路上玩耍的日子,还有那时候每一个在我身边的人。现在我不在那棵树下,他们也不在我身边,我身边的一切都不一样,我只想说一句,愿时间善待他们。

其实现在我离开了后来的新家来到了遥远的这里,也会有那么一丝丝的思念,对那个其实有我许多痛苦回忆的地方。或许这段记忆对于很多人来说并不痛苦,但对我来说,我一直觉得这是一个人一生最大的痛苦,没有人可以逃离。更何况又加了些思念做调和剂。

五年级面临的是小学毕业和初中的入学考试,这是绝对不许放松的,只是为了去一个好的班级。母亲每天陪我学习,每天早起给我做饭,而我每天都早起然后去学校,然后一天,周六周日则是去补习班或写作业,其实我也好奇为什么我的小学生活可以忙成这样,我没有太多的朋友,基本不和别人出去玩,后来上了高中我才知道。这种早起晚睡补课的生活,整整过了七年,后来就慢慢习惯了。记忆最深的还是高中最后一年,我知道或许我现在抱怨你看起来并没有什么,但是你要知道,对于一个不安于平静生活的人来说,循规蹈矩的生活是几乎无法忍受的。每天早起上学,晚上去补课,有时候要补课到十二点回家还要学习,那时候的生活同我从小学就开始补课的原因一样,实在是我对数学和英语这两个东西不敏感,直到上了大学,我幸好不学数学可是英语还是挂科的,这是你的无奈,也是我的无奈。

或许这生活也有人同我一样吧,毕竟每一个父母都会望子成龙的,可是那些作为调和剂的思念还真是扰乱了生活。

可以用万万没想到来形容我对于你去很远的东乌旗工作的事。我以为你从遥远的南方回来了,就不会再有思念,可是你还是被派到了较远的县城工作。那段生活里的思念就像是某种头疼,一阵一阵的,每一次疼起来都让人无法忍受却无可奈何。思念其实在之前已经成了习惯,可偏偏我不争气,那几年总是感冒,生病,让母亲一个人带我去医院,让母亲一个人为我担心,那个时候母亲的无助,恐怕也只有亲身经历才知道有多难过。

还有那次爷爷生病我们联手创造的谎言，我承认我骗了你很多，但是相信我，骗你的所有事情里最为你着想的恐怕只有那个谎言了。上面说到了我每次想到在北海你同事发生的事都会心有余悸，就是因为这个我们才会选择瞒着你。爷爷生病是在过端午节，这个我记得很清楚，挺严重的，送医院及时，但是还是要住院一段时间，而恰好，那个时间你不在家，大家都怕你担心，也因为爷爷恢复得好，没什么大事，就没有告诉你，我也是被迫过了一段中午自己吃饭，自己叫自己起床的日子，还要在爷爷奶奶不在家而在医院的情况下，在家里告诉你爷爷奶奶在吃饭，最"惊险"的一次是爷爷奶奶中午输完液在回来的公交车上，因为当时盛行的小灵通是同家里的座机是绑定的，所以你打的电话爷爷奶奶在公交车上就接了，车的声音和雨的声音从电话这头传到了你耳朵里，你似乎发现了，挂了电话又打了一次，我在家里接到了，你问我爷爷奶奶去哪了，我当时觉得你可能发现了，所以就骗你说爷爷奶奶在吃饭，你问我刚刚为什么有车声和水声，还好当时在下雨我便告诉你因为你打的是手机，爷爷在屋里接的，外边下雨了，开着窗。可能那个时候我比较乖，在你眼里根本不会骗人，所以你就相信了。我也不知道你回来知道事情经过的时候是怎么评论我的，但是你没有训我就是了。之后很多年我都不曾为了你而骗你，经常都是为了自己，可能只有这些。我为了写这个故事告诉你，我早就睡觉了，算是为了你骗你了吧，毕竟这个是我想当成礼物送给你的。

其实我之所以把思念叫调和剂而不是增味剂，是因为思念不光给我的生活带来了痛苦，也带来了好的变化，是什么呢？是你现在看到的，即便一文不值，可是对文字的渴望只增不减。我大概是从那时开始的吧，什么都不喜欢说出来，愿意用文字叙述，这样可以把感觉写出来还没有人知道。所以其实还是感谢那段时光的，是那段时光坚定了我对文字的爱恋。

我想我们之间没有战争的几年好像就到这里了，到这里，我并不知道我们会吵架，因为相聚的时间不长而我又不懂其他，没有想要的其他。

我感谢命运给我安排的一切，谢谢它安排给我一生这么重要的几年，谢谢它让我在人生最后的时候，有这样一段唯一不后悔的时光，谢谢它给我人生这样一段在想起时就会微笑的时光，谢谢它给我这样一段坚定我梦想的时光。

### （三）我要飞翔，你给我翅膀

其实我也不知道就这样浑浑噩噩地读完了高中，记忆里到底都留下了什么。自从高考完，有关高中的记忆虽然发生在眼前，却好像是过去了很久很久，在走出高考考场的一瞬间，全部随着记忆的长河流向了远方，如果不刻意地去回忆好多事情都是记不起来的。做过的事,爱过的人,遇见过的麻烦,受过的痛苦全部都放在了记忆的最深处,不愿意想起来,就再也想不起来,只是在某一刻某一样东西的触动,让我可以想起来。

青春伴随的就是对爱情的懵懂和莽撞,现在的我虽然刚刚脱离那段时间,但还是无比羡慕那个时候的自己,对于爱情还是有那么多义无反顾。可能因为在那个刚刚脱离了初中的青涩,距高考有一段时间的日子里,没什么顾及的事情,才会那么无所顾忌吧,看看现在的我,因为理想,只顾着日夜兼程,哪有那么多多余的想法,就算是有心仪的人,还是会绕道而行,因为有时候,只有做完了该做的,才有资格去追求。

对于高二那段感情,其实我还是记忆比较深刻的,虽然之前我对于爱情是尝试过的,但是我还是要说,虽然分开了,虽然看起来很幼稚,但是那是我到现在最珍惜的一次经历。因为那个男孩是第一个符合我的要求的男孩,他可以陪我写诗,他可以鼓励我学习,他甚至可以教我学习,到现在,这还是我欣赏一个人的标准。但是你不许我恋爱,至今都不允许,现在想想你说的也对,学习还是重要的,现在也是一样,而且我知道你只是不想我太早受伤。不过,其实现在也不后悔当时和你的争吵,反抗,为男孩的爱情争吵这样才是完整的青春。我感谢那段日子让我知道了爱情的意义,也让我看清了该做什么不该做什么,也完整了我的生命。

除了爱情小插曲,18 岁最重要的就是无止休的学习和经常光顾的病痛了。我并不多说那些无止休的学习,每个人都懂。那些总是光顾的病痛,让你,让我都饱受折磨,我永远都忘不了那几十服汤药,和那扎在我身上和你心上的许多许多根的针,还有无数的检查,永远都忘不了那段在高考的黑暗上覆盖的痛苦。你最常做的,就是去给我买止疼药,带我去医院,深夜挂急诊也成了常事,甚至某种意义上来说,医院的搬迁对于我们来说都是好事,搬得离我们很近很近,不用半夜跑很远很远。你猜,我那个时候,最怕什么?如果让你或者大家来猜,有人会说是苦涩的汤药,有人说是每天扎的针,但其实都不是,我那个时候,最怕的就是你看我难受心疼的眼神。我并不想让你看我难受的表情,我也并不想看到你心疼的眼神。你知道,我过去太要强,小时候生病最怕亲戚来看我,我想你记得,有一次住院检查,亲戚来看我,我不愿意见人的事吧。虽然现在不一样了,但我还是惧怕别人的过分怜惜,可能这是一种过分到极致的要强吧,你批评我,不要太要强,扛不过去就不要扛,我是个女孩子,谁知道我是怎么想的,或许是我不够怜惜我自己吧。

那段日子你身体也不好,生了很久的病,你第一次生病我并不知道是怎么回事,但直到我慢慢接受你总去北京看病住院的事之后,我才慢慢感受到了无力,是啊，是无力，对于眼前发生的一切我就是无力。我不能给你减轻负担，却还不断地增加负担。那种同之前你去南方发生的事一样的感觉又每日缠绕着我，害怕得要死。还好上天眷顾。你生病的那段时间，争吵却越来越多，我当时的学习成绩别说二本，可能三本都读不了，而你又生病，我又迷迷糊糊地追逐着不该追逐的东西，争吵变成了常事，从那以后，我们的争吵开始增加。

高中毕业了，你由着我的任性，让我来到了这里，就为了我的爱好，就为了我只爱这一个专业，就为了我的执念和梦想。我能想象你在报名结束档案投掷成功的那一瞬间心中的开心和失落，虽然当时的我并没有发现，因为任何人都无法在自己愿望达成的一瞬间说不开心，但是越到后来我越明白，那种离家千万里的感觉。我从出生那天开始，没有离家这么远过，更没有一个人离家这么远这么久过，所以你满满的都是担心，所以你满满的都是不放心。

高考假期的三个月，是最好的三个月，我们几乎没有争吵，我们开心地等着时间过去，却又希望时间慢一点，慢慢地准备好一切。然后我们踏上了路。

本来想写写你，毕竟我写了太多我自己，但是我还是没忍住，我想写写那个时候的感觉。我去过很多次北京，坐过很多次动车，不管是去看病还是什么，我们都会出去玩，而这次，你知道当我坐在去机场的轻轨上是什么感觉么，每一次，都会买回程的票。而这次回程的车票并没有属于我的，这次是去上学，如果我想再踏上回去的路，要等到好几个月以后，那个时候是满满的，尽是失落，我就只有那一次，那么一点点不舍，因为要强。

到了学校，我们忙活了好久，总算是弄好了所有的东西，然后就是短暂的旅行。你带我去附近很多地方玩，那个时候，真的有一种这就是平常出游的感觉。直到，开学。你们该是多放心不下我，硬是在我军训的时间里，陪了我一个星期。那个时候，我多开心，你们可能真的不知道，因为我害怕一个人，害怕一个人去面临军训，你们知道，每天跟着队伍去海防营，看马路对面就是父母的感觉么，那个时候我真的觉得，有父母的地方就是家，我多想，就那样下去吧，我宁愿永远都军训。可是时间还是让我们分离，我记得的，那天我们一起吃了午饭，下午你送我到学校门口，我头也不回地走到队伍里，我拼命地找着我的同伴，我一直在聊天，我强迫自己不去想，不回头，队伍离开学校的时候，我还是看了马路对面的你和母亲，我只是匆匆一瞥，我不敢多看，然后就随着队伍去了海防营。自始至终，我一滴眼泪都没掉，可能这就是我现在深夜止不住眼泪的原因吧。后来你隔了好久问我当时有没有哭，我云淡风轻地说了我没有，但是，有时候，哭不一定要流眼泪。而你告诉我你流泪了。我知道，这就是我们的互相折磨，我拼了命的追逐梦想和远离你的约束，你无可奈何地放我走，我们都会流眼泪，毕竟成长有时候就意味着剥离，从我从你的手掌心剥离。

记得这个故事开始写的时候是大一上半年快放假的时候，现在已经是下半年快放假了，已经从2014到了2015。回家的迫切渴望已经习惯了，走在路上一个人的孤独也成为了习惯。说一点轻松的吧。还记得你们这次送我上火车的时候吗，我们一个小房间四个人，我是最厉害的，对面铺是一对父女，父亲因为在女儿学校附近工作所以送女儿上学，我下铺是一个大男孩，同龄，很高，但是车开动的一瞬间，我听到了他的哭声，同样跟父母告别的我却什么反应都没有，那一次我真的好奇自己是不是铁石心肠了。那个男孩没有我走得远，倒是哭得不轻，我当时就觉得，一个男孩子么，怎么可以这样不坚强么，直到刚刚写上面一段的时候，我才发现，我就是不敢承认而已，哭的时候不比别人差。

## （四）岁月不会放过任何人。

岁月不会放过任何人，我们都在不断的随着岁月一起往前，你会慢慢老去，我会慢慢成长，老去。我不知道未来我们之间会还有什么事发生，反正我自从降临到你身边我们就要互相迁就不是。

其实对于未来，我猜想过许多，你也知道我想象力着实丰富。我想像自己以后的生命轨迹，过什么样的生活，走什么样的路，认识什么样的人，去什么样的地方，是否可以完成我的梦想，嫁人那天的模样，还有……你老去的模样。其实我还是很怕你老去的，所以现在就不敢去看你的头发，不想看见白发，虽然有的时候它们藏得很隐蔽。我不敢想象死亡，一点也不敢，我不知道，当这个世界真的只剩下我一个人的时候感觉，不敢想象自己老去了，而你们不在的感觉。有人说，不敢想就别想了，珍惜眼前最重要。

你说，未来我们还会争吵多少次？

你说，未来我还会因为你留多少泪？

你说，未来我失去你怎么办？

你说，未来……

未来太多变数，无论我跟谁说我不会离开你都可能是假的，唯独对你，对妈妈，只有你们离开我的可能，我永远都不会离开，我也知道你们怎么可能离开我。我写了太多故事给爱情，偶尔为亲情落笔，我才发觉笔尖的无措。因为爱情、友情可以用语言文字写下来，怎么写都生硬的。唯独亲情，只有自己经历了才是真实的，哪怕写得再好，那种不是亲身体验到的感情还是生硬的，所以，我并不期望很多人读到这个故事会有感动,只是希望读到的人可以给父母打个电话,但是我知道,你,一定会和我有一样的感受,因为你,是我的父亲。

虽然我们互相迁就,但是,我还是要说:爸爸,我爱你。

**评语:**父亲是我们的依靠,他的肩膀扛着沧桑,扛着家。有些时候亲情之间的摩擦其实是更好的爱,更好的和睦。我们累了,父亲的肩膀、母亲的怀抱是最好的停留。所以珍惜我们的父母,爱他们,毕竟,他们是我们最坚实的港湾。(李周悦)

# 海唤 · 思念

李金英*

最清的波，
作纯情的眉眼；
最白的浪，
作醉人的浅笑；
最柔的风，
作温暖的怀抱；
最软的沙，
作倚梦的臂弯。

一辆单车，
一片海，
跨越万水千山，终来到你身边。
我说，
这是你深情的呼唤，
你说，
那是我任性的青春。

隔窗，
南墙外的椿树翘起向南的枝桠，
那痴痴的盼望啊，
远隔了重洋的惦念。
雨下了，

* 作者简介：李金英，河北衡水人，海南热带海洋学院人文学院汉语言文学专业 2013 级本科生。

带着那深深的挂牵，
秋雨入河，
河归大海，
朵朵细浪，
都是慈祥的笑眼。

春去，
浅雪复深寒，
三千里路云和月，
不舍昼夜盼与念。
风凉了，
夹着唠叨，
吹皱了您的额头；
叶黄了，
掺着思念，
压弯了您的双肩；
雪化了，
融着泪眼，
染白了您的鬓角。

难言，
太多的爱怜，
愁苦的挂牵，
咸咸的海水又怎不是惦念的眼泪？
暖滩、细浪、骄阳
难敌，
他乡路漫漫，
远方，
故乡。

踩着金沙，
踏着碧浪，
抬头是满脸的阳光。

海风中，
我奋力飞翔；
阳光里，
我安静成长；
沙滩上，
我自由奔跑。

大海说，我是您的眼睛；
您说，我是大海的浪花。
大海笑了，
白浪如练；
您也笑了，
却泪眼如虹。

海边，
我静静祈祷，
学着您的样子，
思念融在阳光里；
祝愿和在微风中；
期盼化在雨露间，
借那北天的星辰，
夜夜相伴。

待春风携细雨；
待暖阳伴满月；
燕子喃呢，
柳枝新绿，
笑会更灿烂，
大海会更蓝！

**评语**：曾经为了看海，你有的是青春，有任性的资本！只是迫不及待的飞翔的急切，给你的心遮住了一半的帘，从而看不见她们不舍的思念和泪眼！如今，海就在你眼前，沙滩踩在你的脚下，脑海里却是对北方小村庄的无限思念！海看够了，就回来吧，这里永远是你的家，等你回来！（马娟）

# 后 记

为同学们的习作编选一个集子，是我们的夙愿。

在编选的过程中，我们反复阅读这些文章，不时被感动。丰富的想象力、细腻的审美直觉，丰厚深沉的情感，高超的驾驭语言的技巧，使我们在他们身上看到希望，也为教学的付出感到欣慰。同时，我们面对的是青春的心灵世界，能有机会这样近距离深度感受一群富于朝气的生命律动，我们感到幸运。

比之写作技巧的训练与提高，编选这个集子的更大意义在于，使我们教育工作者、我们的父母亲们，能够真正地认识他们，理解他们，处于青春期的生命是极度需要理解的，而且是一种带着关爱的理解。青灯下，面对一行行真诚的文字，我们似乎看到了自己年轻时的影像，忧郁、敏感、自负、自责、反叛、放纵……我们总是记得这些，这些使我们成熟长大。

文字间跳动着的一颗颗善良的心灵，年轻而富于朝气，使生活在嘈杂世界中的我们警醒，虽说是师长，青春的心也能滋润我们的灵魂，从这一点说，我们也要感谢同学们的贡献。

文集分为六个栏目，我们的初衷是能尽量涵盖青春精神生活最具典型的侧面。“青春思绪”是对青春的思索，“节日断想”是对传统的感知，“校园生活”是青春的精神家园，“邂逅阅读”是对精神生活的追求，“永恒亲情”伴随青春的生长。三亚的海伴随着同学们的大学生活，“拥抱海洋”是海洋文化与青春的相遇相知。六个栏目的量并不平衡，其中“青春思绪”分量最大，也最重，记录同学们对于青春的深度认知。编选集子过程中，优秀的稿子很多。由于时间和编选体例的关系，许多优秀之作没能收录到这部文集之中，遗憾的同时，要对同学们说声抱歉。

杜光辉教授的序言为本书增色无限。读这部文集，杜老师的序是最好的导读。

编选文集的往复修改过程，也是我们与年轻人的一次次对话，这种对话无私而平等,完全开放,充满温馨,我们期待着下一次!

可以说,这部集子是海南热带海洋学院人文学院汉语言文学专业写作教学实践成果的一次展示,纪录着南海之滨莘莘学子的青春印记和心灵迹履。海南热带海洋学院前身是琼州学院,有着60多年的办学历史,汉语言文学专业是学校办学历史最悠久的专业,曾经在五指山南圣河畔孕育了一批又一批文学爱好者和创作者,1993级中文班的李孟伦是海南省最早出版个人诗集的在校大学生,2003级中文班的吴兴华是海南省最早出版长篇小说的在校大学生。一代又一代中文学子在文学创作的园圃里辛勤耕耘,收获满园芬芳。如今学校主校区搬迁到三亚,从南圣河畔来到南海之滨,学校转型更名,天涯诗情连天远,南海文韵接统续。我们希望通过文集的编选点燃中文专业学子的文学创作热情,让文学的光和热伴随着同学们的求学之旅,让"勤学、精思、善写"的传统一届又一届传承下去,让"包容、担当、阳光"的学院人文精神发扬光大。

编者

2016年春于三亚